Jackie May est le pseudonyme d'un duo d'écrivains marié. Josh et Kelly vivent près de Phoenix, en Arizona, avec leurs quatre enfants et leur chat, Mr. Darcy. Jackie May est leur seule fille (et ne cesse de réclamer sa part des droits d'auteurs, puisqu'ils utilisent son nom).

De la même autrice :

Nora Jacobs :
1. *Démasquée*
2. *Désirée*
3. *Déchirée*
4. *Déchaînée*

Shayne Davies :
1. *Moi, rousse et fauchée*
2. *Lui, blond et paumé*

Ce livre est également disponible
au format numérique

www.milady.fr

Jackie May

Moi, rousse et fauchée

Shayne Davies – 1

Traduit de l'anglais (États-Unis) par Alix Dewez

Milady

Milady est un label des éditions Bragelonne

Titre original : *The Devil to Pay*

ISBN : 978-2-8112-3321-1

Bragelonne – Milady
60-62, rue d'Hauteville – 75010 Paris

E-mail : info@milady.fr
Site Internet : www.milady.fr

Pour la reine de ma playlist, Aretha Franklin.
Un mot : Respect !
Shayne

Chapitre premier

Tout commence lorsqu'il fixe ses beaux yeux bleus sur moi. J'en suis la première étonnée. Il y a cinquante mille personnes dans ce stade de base-ball. Et on parle d'Ardee Todd quand même. Le seul, l'unique. Je ne suis qu'un visage dans la foule, une énième groupie qui hurle dans les gradins en priant pour qu'il réussisse sa dernière prise et remporte le match le plus important de l'histoire de nos Tigers de Détroit.

Pourtant, son regard brillant… Pas de doute, je ne rêve pas. Il est juste là, sur le monticule, à un lancer de la gloire éternelle. Le monde entier a les yeux rivés sur lui. Et c'est moi qu'il regarde. Je me fige. Non, je me fais sûrement des idées, c'est certainement l'abri des joueurs juste en dessous de ma rangée qu'il scrute, à l'affût d'un signe de son coach ou de ses équipiers. Pas moi.

Mais le voilà qui hoche la tête, l'air de dire : « Si, toi. »

Et moi de répondre par un regard languissant : « Oh ! Todd… »

Il esquisse alors un sourire charmeur qui sous-entend : « Appelle-moi Ardee. »

Mon regard gémit de nouveau : « Oh ! Todd… », car il n'est pas question que je l'appelle Ardee. On n'a pas idée de donner un prénom aussi ridicule à un type aussi canon.

Il enchérit en arquant un sourcil, avant d'enchaîner sur un lancer qui l'inscrira à jamais dans le panthéon du base-ball : il envoie la dernière balle sans regarder la zone de prises ! Je vous assure, sans jamais me quitter des yeux, le mec tend le bras en arrière et, « zoum ! », réussit une troisième prise parfaite. Fin du match, les Tigers ont gagné. Le stade est en folie, les équipiers de Todd se précipitent vers lui, euphoriques. Sauf qu'ils ne parviennent pas à le rattraper, car il est en train d'escalader l'abri des joueurs pour me rejoindre. Cinquante mille voix l'acclament, une centaine de milliers de mains se tendent vers lui, mais Todd n'a d'yeux que pour Shayne Davies. Il est tout près à présent, et plus rien ne nous sépare que l'incroyable tension sexuelle contenue dans le maigre espace entre nous, si électrique qu'elle menace d'exploser à tout moment.

— Oh, Shayne ! souffle-t-il, haletant.

— Oh, Todd ! je réponds, les lèvres tremblantes, à un centimètre des siennes.

Puis il plonge sa langue dans ma bouche. Fin. Un nuage d'extase atomique rase le stade.

En réalité, non, mais il paraît qu'il vaut toujours mieux attaquer son roman avec une scène un peu chaude. Du sexe, ou une explosion. Du coup, j'ai opté pour les deux. D'ailleurs, c'est exactement ce qui se passerait si j'embrassais Ardee Todd. Parole d'honneur.

Bref, pardon, on reprend tout depuis le début. En réalité, je suis sous ma voiture, roulée en boule contre le pneu arrière, en train de roupiller sur un bitume sale et craquelé. Une douce brise fraîche caresse ma fourrure. Ma queue rousse, dont la pointe semble avoir été trempée dans un pot de peinture blanche, me sert d'oreiller, rabattue sous mon menton. Bon, en soi, les renards n'ont pas de menton, mais vous voyez l'idée. Et encore désolée pour l'histoire du stade. Vous vous dites sûrement : « Minute, tu es donc une renarde, et on peut dire adieu au joueur de base-ball sexy ? » J'en ferai peut-être une histoire bonus plus tard – le genre de nouvelle offerte si vous vous abonnez à la *newsletter*. Je pourrai alors vous raconter comment je me suis retrouvée chez Todd sans rien d'autre sur moi que sa chevalière de la Série mondiale.

Mais revenons-en à nos moutons. J'ouvre enfin les yeux, réveillée par le bruit que j'attendais : celui d'une porte d'appartement qui s'ouvre au troisième étage de l'immeuble en face, à côté de l'escalier de secours. Je sais que c'est la bonne porte, car les renards ont une ouïe fabuleuse qui leur permet d'identifier les plus infimes caractéristiques d'un son. Je reconnais donc parfaitement le grincement des gonds rouillés, puis le claquement assuré des chaussures de ville sur les marches de l'escalier. Voilà mon homme.

Après un rapide coup d'œil alentour, je sors de ma cachette et m'étire en tendant mes pattes avant, les fesses en l'air – une posture de yoga nommée, de façon fort appropriée, le « chien tête en bas ». Secouant mes pattes arrière l'une après l'autre, je jette un bref regard à la lueur bleue du réverbère au-dessus de ma tête. L'éclairage public est désormais un luxe dont peu de rues jouissent dans ce coin de la ville. Face au nombre croissant d'habitations, voire de quartiers, abandonnées, la métropole n'hésite pas à couper des réseaux entiers. À ce train-là, Détroit sera bientôt la plus grande ville fantôme du monde.

L'homme que j'attendais s'appelle Dario. Lorsqu'il pose le pied sur le sol de la petite ruelle en bas de son immeuble, un souffle léger de parfum me parvient – le genre d'eau de toilette qui coûte facilement le double d'un loyer dans ce taudis. Intéressant. Un sourire s'étire sur mes babines. Je traverse la rue en sautillant avec insouciance ; même si des gens étaient aux fenêtres, personne ne s'étonnerait de voir un renard gambader sur la route. Ils arpentent les terrains vagues et les venelles reculées de Détroit autant que les chiens et les chats errants.

Au seuil de la ruelle, je découvre avec plaisir que Dario est non seulement torse nu, mais aussi incroyablement musclé. Je ne vous fais pas marcher, cette fois, il ne s'agit pas d'un rêve ni d'un fantasme torride. Il est vraiment torse poil et hyper baraqué, avec les pecs gonflés à bloc, la tablette de chocolat et tout le tremblement. Il pourrait me porter d'un bout à l'autre de la chambre comme un vulgaire ballon de foot. Sa peau lisse et hâlée laisse deviner des origines cubaines – mon gros point faible. Tapie dans l'ombre, je penche la tête de côté pour admirer la vue et laisse échapper malgré moi un gémissement semblable à celui d'un chien quémandant une friandise.

Si seulement je savais à quelle espèce il appartient. Après plusieurs heures passées à l'espionner, j'ai pu éliminer certaines possibilités. Je l'ai vu sortir en plein jour, donc ce n'est pas un suceur de sang et, bien que n'étant pas très fortiche pour reconnaître les occultes, je saurais tout de même identifier l'un de mes semblables – renard, coyote ou loup – donc, pas un métamorphe non plus. S'il fallait deviner, je parierais sur un fae, car ce sont tous des canons de beauté. Certes, ils atténuent leur charme sous leur apparence humaine, mais beaucoup pèchent par vanité et se sentent obligés de paraître au moins aussi séduisants qu'une star de cinéma.

Quoi qu'il en soit, il me suffit d'un coup d'œil pour savoir que c'est mon soir de chance. Ses mains viriles tiennent deux gros sacs-poubelles, qu'il balance sans effort dans une benne à ordures. Les étoiles sont enfin alignées : on est samedi soir, il s'est aspergé d'eau de Cologne hors de prix, et il se balade torse nu parce qu'il n'a pas encore décidé quelle chemise assortir à son pantalon. En résumé, il s'apprête à sortir en boîte, et je connais ses préférences. Plus important encore, il a rangé et nettoyé son appartement au point de remplir ces deux énormes sacs, ce qui ne peut vouloir dire qu'une chose : Dario compte ramener une femme chez lui pour la nuit.

Et, cette femme, ce sera moi.

Ah non ! zut ! c'était censé être ma grande réplique finale. Genre, je sors la phrase et ça fait ultraclasse parce que je l'ai même mise en valeur sur une ligne à part et tout. Mais j'ai complètement zappé la partie où j'explique aux lecteurs (vous, donc) que je ne suis pas vraiment une renarde. Je ne peux pas passer directement à la scène où je débarque au night-club sous la forme d'une femme en robe noire. Vous seriez perdus. Et, oui, je sais que la plupart d'entre vous sont rodés, vous avez compris que je suis une métamorphe, tout est limpide. D'ailleurs, j'imagine que vous lisez uniquement ce roman parce que vous avez déjà lu toutes les séries existantes sur les métamorphes et que, pour vous, le choix se résumait à donner sa chance à mon histoire, ou relire les Mercy Thompson pour la millième fois. Et voilà que je me plante dès le premier chapitre. Je vous promets de m'améliorer.

Bon, alors… on reprend… La queue au vent, je regagne en vitesse l'épave qui me sert de voiture et jette un coup d'œil circulaire aux environs ; si personne ne s'étonnerait de voir un renard en ville, on ne manquerait pas en revanche de remarquer une femme dans le plus simple appareil. Rien à l'horizon. Je reprends tranquillou ma forme humaine. J'allais dire « ma forme normale », mais est-ce vrai ? Suis-je une renarde capable de se métamorphoser en femme, ou l'inverse ? Parfois, je me pose la question.

Mais il y a une chose dont je suis certaine : ce soir, Dario rentrera du night-club au bras d'une femme.

Et, cette femme, ce sera moi.

(Héhé ! j'ai réussi.)

Chapitre 2

Je n'ai pas de bureau parce que je ne suis pas vraiment inspectrice de police ; juste une femme capable de dénicher un peu tout et n'importe quoi : informations, suspects, et même compagnons (cherchez pas). Cela dit, si j'avais un bureau, ce serait certainement le night-club de l'*Occulte*, lieu de rassemblement par excellence de la communauté paranormale de Détroit. Aucun charme d'illusion ne le dissimulant, les passants humains peuvent bigler à loisir la file de femmes divines qui attendent dehors au bras d'hommes ténébreux, souvent (littéralement) en chasse, et affreusement territoriaux.

Même pour un samedi, la boîte est hyper animée ce soir. Le parking et les rues environnantes sont bondés. Pas le temps de faire la queue, je dois entrer au plus vite. Je décide donc de faire le tour au volant de ma Pontiac Épave (marque déposée) pour gagner le parking du personnel, derrière. Ce n'est pas un souci : j'ai bossé ici dans une autre vie. L'époque où j'enchaînais les tentatives infructueuses pour garder un emploi « stable », avant de découvrir ma véritable vocation de « prêteuse sur gages mobile », aussi appelée « sans domicile fixe ».

La porte de service est fermée. Aucun problème, je connais le code, qui reste inchangé depuis des années parce que le mégatroll propriétaire des lieux se moque bien de « tous ces trucs technologiques ». Une autre manière de dire que ses doigts sont beaucoup trop gros pour les minuscules boutons du clavier. Un conseil, cependant, évitez de sortir ça à un troll si vous ne voulez pas finir démembré.

Même dans ce coin reculé de la boîte, entre la salle de pause et les bureaux, les basses de la musique font trembler les murs. J'entends déjà des éclats de rire tonitruants, des verres qui se cassent. Ah ! l'*Occulte*. Cette maison de fous. Par la porte ouverte d'un bureau, la voix de troll caverneuse de Terrance me parvient :

— C'est qui dans le couloir ?

Il ne me reste plus qu'à tracer en faisant mine de travailler ici. Lorsque je passe en coup de vent devant sa porte, j'entends un hoquet de surprise, suivi du raclement d'un bureau en chêne poussé brutalement, accompagné du bruit d'un fauteuil de bureau renversé.

— Ah non ! objecte-t-il en se précipitant d'un pas lourd vers la porte. Non, non, non ! (Il surgit dans le couloir.) Shayne !

Je fais volte-face.

— J'enquête sur une affaire, Terrance. C'est pour l'Agence.

— La file d'attente est devant. Pas d'exceptions.

Il adopte sa posture habituelle, jambes écartées, bras croisés dans un méli-mélo de muscles aussi gros que des ballons de basket, tête baissée pour compenser notre écart de taille considérable. Et pourtant je suis grande pour une femme. L'avantage, c'est que, maintenant que j'ai dépassé son bureau, il ne peut plus me barrer le chemin.

— C'est la première et la dernière fois ! promets-je en progressant à reculons.

— Arrête-toi, Shayne.

— Je t'assure, Terrance. Je travaille sur une grosse affaire, et c'est pour l'Agence !

— Te fous pas de moi ! tonne-t-il, couvrant sans mal le boucan de la discothèque.

— Demande à Sublime ! bluffé-je. Appelle-le, il te le confirmera.

— Nick est ici, Shayne. Il boit un verre au bar !

Nick Sublime, ici ? *Oups !*

— Ben oui, je sais. Je le sais parce qu'on s'est donné rendez-vous. On a un indic – un gros indic ! – qui attend dans la file dehors, et si je ne suis pas à mon poste, genre, dans la seconde, on va le perdre, Terrance. C'est vital, je te le jure.

Je suis presque à la porte de la discothèque. La musique s'intensifie.

— Vraiment, tu le jures ? Ah bah ! tout va bien alors, aucun souci, messieurs dames, puisque Shayne Davies nous donne sa *parole !* (L'idée semble à la fois l'amuser et l'énerver.) Bon sang, je me fiche que votre indic soit aussi gros qu'un Bigfoot : l'*Occulte* n'est pas le terrain de jeu de l'Agence, Shayne. Tu n'as aucun privilège ici.

Malgré ses remontrances, il ne cherche pas non plus à me rattraper, je suis donc au moins sûre de remporter cette manche.

— Vois avec Sublime. Je ne sais pas quoi te dire d'autre, patron.

— Je ne suis plus ton patron !

— Mais, franchement, faudrait penser à changer le code dehors, dis-je, avant de lui tourner le dos en ajoutant tout bas : Gros doigts.

— Pardon !?

— J'ai dit que j'avais de « bons doigts ». Je pourrais te le reconfigurer en moins de deux.

— À quoi ça m'avance ? Tu connaîtrais toujours le code !

Je marque une pause, une main sur le battant, et mes épaules s'affaissent dans un soupir résigné. En réalité, je n'ai aucune envie de lui manquer de respect. Terrance était un bon patron. Il n'y peut rien si j'étais tellement à côté de mes pompes qu'il lui a fallu me virer au bout de deux jours.

— Écoute, je ne passerai pas cette porte si tu me dis que tu ne veux *vraiment* pas que j'y aille.

Grands yeux suppliants, regard de chien battu. *Essaie de dire non à ça, mon gaillard !*

Malheureusement, il répond du tac au tac :

— C'est exactement ça, Shayne. Je ne veux *vraiment* pas que tu…

Eh merde ! Je m'esquive avant qu'il termine sa phrase.

Ce soir, l'*Occulte* pulse, vibre, brille, scintille. Diverses scènes se jouent au ralenti dans les lumières stroboscopiques : assis sur un canapé de velours rouge, entouré de son harem mélancolique, un vampire ancestral scrute la foule, le menton posé sur une canne ; enfermée dans une cage suspendue, une sorcière dénudée au corps peint d'écailles de dragon fait tournoyer des boules de feu vertes ; une bande de loups-garous éméchés hissent un pote sur leurs épaules en hurlant à la lune. Un autre groupe leur jette des regards haineux. Baston imminente. Si seulement les conflits pouvaient se résoudre par des combats de danse comme dans les comédies musicales, ce serait le pied.

Un monde fou engorge l'accès à la grande salle obscure. Tandis que je me fraie un chemin en chassant distraitement des mains baladeuses, mon instinct d'éclaireuse s'éveille et me force à repérer toutes les issues (encombrées par les clubbeurs), les deux postes de sécurité (occupés par des colosses renfrognés armés d'épées) et le long bar (pris d'assaut, comme toujours). Ce rapide tour d'horizon m'a permis d'identifier deux menaces potentielles.

Voyez-vous, quand Dario passera enfin le seuil de la discothèque, il attirera un tas de regards, aussi bien féminins que masculins. Ce n'est pas un problème en soi. Contrairement aux autres, je sais qu'il prévoit de repartir accompagné, je peux donc attaquer avec une approche hyper agressive quand tout le monde sera encore en train de tâter le terrain. Soit, je suis certaine d'avoir les meilleures cartes en main (toujours employer une métaphore de poker quand on peut), mais la maison n'a pas encore révélé son jeu, et deux mains peuvent encore battre la mienne.

Si j'ai un profond respect pour la menace numéro un, la numéro deux en revanche me donne envie de m'arracher les cheveux. La première est assise au bar : Cecile, un succube pulpeux qui triche en émettant de puissantes phéromones pour mieux amadouer sa proie. Admettons. Dans le monde occulte, c'est une tactique tout à fait respectable.

La menace numéro deux est la nouvelle barmaid de l'*Occulte*, Nora Jacobs. Son astuce à elle est inédite : c'est une humaine, ce qui, apparemment, suffit pour que le premier occulte venu l'aime comme un fou, comme un soldat, comme une star de cinéma (pareil, toujours citer des chansons quand on peut). Humaine, mon œil ! Alors, oui, elle est en effet très belle, mais il faudrait beaucoup plus qu'un joli minois pour se faire accepter au sein de la communauté occulte quand on est humain. La nana débarque de nulle part un mois plus tôt, et « boum ! » voilà qu'elle seconde déjà Nick Sublime sur des affaires de l'Agence et que certains des occultes les plus convoités de Détroit lui mangent dans la main. Non mais franchement ! elle a *emménagé* chez Terrance, l'éternel solitaire, et ce dernier affirme même l'avoir acceptée dans son clan. Son clan de trolls ! Attention, hein, je ne suis pas jalouse. Je suis verte d'envie, ce n'est pas du tout pareil.

Mais bon, pas question de se laisser démonter. Quand le match est serré comme ça, on fait entrer en jeu son stoppeur (référence au base-ball, à placer aussi au maximum), et je porte justement le mien : une petite robe en dentelle noire avec un large décolleté conçu pour un tout autre type de poitrine et une jupe évasée qui couvre à peine mes fesses. Mes longues jambes seront mon meilleur atout ce soir. Je suis grande et droite, un corps plutôt taillé pour la course que pour la séduction. Si vous deviez deviner mon animal à partir de ma forme humaine, vous diriez sans doute : « gazelle. »

Pour avoir suivi sa voiture jusqu'au club, je sais que Dario est là, mais il lui faudra sans doute un moment pour venir à bout de la file d'attente. Les yeux rivés sur l'entrée principale, je poursuis donc mes rondes, ce qui n'est pas une sinécure quand la boîte est pleine à craquer et que vous connaissez absolument tout le monde.

Femme ou renarde, je suis vadrouilleuse dans l'âme. Depuis toujours. J'ai parcouru chaque rue, venelle, allée, pelouse et parking de Détroit. Simple renard solitaire qui se balade, observe les gens, écoute leurs conversations, regarde par leurs fenêtres, fouille dans leurs poubelles, croque leurs animaux de compagnie. Vous n'imaginez pas tout ce qu'on apprend sur les gens quand ils se pensent seuls. Je suis la gardienne des secrets, la reine des rumeurs, tabloïd vivant du monde occulte. Tout le monde dans la boîte veut papoter avec moi. La moitié me supplie de déballer mes infos ; l'autre cherche à me faire taire.

Enfin, je repère le crâne rasé et la mâchoire ferme de Dario dans la masse. Évidemment, il se dirige vers le bar – et pas n'importe où au comptoir : à proximité de Cecile, le fameux succube que je ne déteste pas parce qu'elle a le mérite de tricher à la loyale.

Au fait, détail intéressant sur les renards : comme vous le savez, nous sommes de proches parents du chien, mais, contrairement à nos cousins coyotes et loups, notre comportement se rapproche nettement plus de celui du félin. De nature solitaire, nous ne nous embarrassons pas de ces histoires de hiérarchie et d'alpha. Nous sommes petits, sympas avec les humains, plutôt nocturnes, et nous avons même des pupilles verticales comme les chats. Toutefois, le plus pertinent à cet instant, tandis que je piste Dario dans la mêlée étouffante de clubbeurs, c'est que nous *chassons* comme des chats. Les loups ont l'avantage du nombre, de la taille et de l'endurance : ils encerclent un cerf, le provoquent, le coursent. Pfff! tu parles d'un exploit.

Nous, les renards, nous préférons la furtivité. Nous filons discrètement notre proie, capables de suivre ses mouvements sans même la voir, comme c'est le cas avec Dario à cet instant. Même après l'avoir perdu de vue, je visualise sans mal sa trajectoire. Je sais l'endroit et le moment exacts où nos chemins vont se croiser. Alors, sans crier gare… je bondis.

Je me jette entre deux hommes collés-serrés pour atterrir devant Dario, qui se trouve pile là où je l'avais prédit, eh oui ! Je comptais simplement lui rentrer dedans, mais il s'avère *légèrement* plus costaud que prévu, et ses pectoraux gonflés me repoussent comme un trampoline. Je titube en arrière, m'emmêle les pieds, ricoche contre une imposante poitrine, avant de m'étaler par terre les quatre fers en l'air, ma petite robe remontée jusqu'au ventre. Pour répondre à la question que vous vous posez sûrement : oui, j'en porte une, et elle est en dentelle noire, assortie à la robe.

Un crétin se campe devant moi comme un arbitre en écartant les bras et lance :

— *Safe !*

C'est bien la première fois que je n'apprécie pas une référence au base-ball. J'apprécie nettement plus le fait que Dario pousse le type sans ménagement pour me soulever par la taille de ses mains puissantes, comme si je ne pesais rien. Il me pose délicatement sur mes pieds. Je rejetterais bien mes cheveux en arrière pour sauver ma dignité, mais, si près, je crains de lui fouetter la figure au passage. J'opte donc pour la meilleure option : le laisser dégager ma tignasse rousse de mon visage. Il semble inquiet pour moi, avant de remarquer que je me retiens de rire.

— Je suis confus, dit-il.

Même si la musique ne m'empêche absolument pas de l'entendre, je me penche malgré tout vers lui, une main posée sur son biceps, et crie :

— Quoi ?

Nous sommes si proches qu'il n'a d'autre choix que de mettre sa main sur ma hanche. Un geste qu'il fait avec la timide hésitation d'un gentleman.

— Je disais : vous vous êtes fait mal ?

— Ouf ! vous me rassurez. Je croyais que vous aviez dit : « Jolie culotte. »

Il cligne des yeux, ne sachant que répondre. Voilà qui est très révélateur. Ce n'est pas un petit con, ou il se serait aussitôt fendu d'un sourire en coin assorti d'un : « Bof, j'ai déjà vu mieux. » Ce n'est pas non plus un pervers, ou j'aurais eu droit à un rictus salace accompagné d'un : « Maintenant que vous m'avez montré la vôtre, je dois vous faire voir la mienne. » Cependant, vu son regard impassible, je commence à redouter d'avoir affaire au genre trop mature et sérieux pour plaisanter, ce dont je peux m'accommoder, naturellement, mais moins bien que les autres profils. Car, tout comme je m'affuble d'une robe en dentelle noire, je fais seulement *semblant* d'être sérieuse. Heureusement, il finit par esquisser un sourire affable, puis hausse les épaules.

— Je n'avais pas remarqué, répond-il d'une voix innocente, les yeux pétillants de malice.

Oooh ! c'est peut-être un amour. Youpi ! j'adore les amours. On forme toujours de si beaux couples. Rien de mieux qu'un chéri calme et sérieux pour mettre en valeur le clown sarcastique que je suis.

— Bon, fais-je en m'écartant de lui. Maintenant que ma robe n'a officiellement plus de secrets pour personne, je crois que je vais y aller.

— Où sont vos amis ?

— Oh… (Fausse pudeur.) Je suis venue seule.

Il hausse les épaules derechef.

— Maintenant vous êtes avec moi.

Minute, papillon.

— Oh ! je m'en voudrais de vous faire manquer votre rendez-vous avec Cecile.

Nouveau regard impassible.

— Cecile ?

— Oui, le succube vers lequel vous fonciez quand vous m'êtes rentré dedans ?

J'essaie de la jouer vacharde, mais, peine perdue, je souris de toutes mes dents. *Ma parole, je suis vraiment irrécupérable.* C'est toujours pareil… même pendant une enquête, je me retrouve grisée malgré moi par l'excitation de la chasse. Pour moi, flirter avec ce genre d'homme, c'est le kif ultime. Mon cœur bat à cent à l'heure.

En attendant, Dario a compris que je l'ai grillé. Il assume cependant et sourit de plus belle, non sans une pointe de gêne. *Oh là là ! pas de doute, c'est un amour.*

— Oh ! balbutie-t-il, les mains levées en signe d'impuissance. C'est juste que… Cecile…

— Mmh, oui, Cecile, hein ?

Il capitule dans un éclat de rire.

— Soit, mais je n'ai pas rejoint Cecile en fin de compte. C'est vous que j'ai trouvée.

Pas mal. Je le récompense en répliquant avec un regard mutin :

— On peut le voir comme ça.

Ses yeux marron s'attardent sur les miens, avant de se poser sur mes lèvres.

— Écoutez, laissez-moi vous offrir un…

À ce moment-là, il se tourne vers le bar et son regard se pose sur la menace humaine, Nora Jacobs, alors que celle-ci adresse une grimace contrite toute mignonne à un énième porc qui lui a sans doute fait des avances. Dario se fige en la contemplant.

Et voilà, mon château de cartes s'écroule. S'il décide d'aller lui parler, la partie est finie. Je vous jure, cette nana a une sorte d'aura qui envoûte les gens – comme un succube, mais pas tout à fait, sinon on percevrait son pouvoir occulte. Un truc nouveau que je n'arrive pas à identifier. Bref, peu importe, si vous avez tant envie de tout savoir sur Nora, allez lire son histoire.

— Non, bluffé-je, je ferais mieux d'y aller.

Il reporte aussitôt son attention sur moi.

— Allez ! juste un petit verre, pour me faire pardonner la bosse sur votre crâne.

C'est surtout ma fierté qui en a pris un coup. On est là, en plein milieu d'une rencontre digne d'une comédie romantique, et le gars trouve quand même le moyen de n'avoir d'yeux que pour Nora Jacobs. Comment Cecile supporte-t-elle de se faire voler toutes ses proies par cette arnaqueuse ?

Dario attend patiemment son tour au bar. Quand Nora se tourne enfin vers lui, il s'accoude au comptoir avec un sourire adorable et lève deux doigts pour passer commande. Tandis qu'elle s'affaire à préparer les boissons, il lui tape la discussion. Elle hoche pas mal la tête, fait mine de suivre. Pour le moment, ça va. Si elle se montrait à peine plus intéressée, il resterait sans doute agglutiné au bar, la langue pendue, jusqu'à la fin de son service. Il paie la commande, récupère les verres et, pile au moment où il repart, Nora le gratifie d'un sourire poli, la petite traînée ! Évidemment, Dario réagit sur-le-champ. Non seulement il me tourne le dos, mais il repose carrément les verres sur le comptoir pour lui tenir la jambe encore un peu.

Et vous savez quoi ? Je me repose très souvent sur un petit atout appelé « la chance », mais quand celle-ci me boude, comme ce soir, je peux compter sur Nick Sublime. L'étalon noir. L'image même du grand brun ténébreux. Je reconnais sa peau d'ébène quand son bras surgit de la foule pour donner une tape énergique dans le dos de Dario. Certains doivent y voir un signal, car la plupart des clients autour d'eux s'empressent de dégager le plancher.

Un homme, cependant, n'a pas bougé. Un fae. À son visage livide et terrifié, on devine qu'il aimerait aussi se carapater, mais il en est incapable. Une grosse dague appartenant à Nick Sublime le cloue au bar, plantée dans son épaule. Dans ses mains tremblantes, il tient une ardoise sur laquelle est écrit : « J'ai touché l'humaine. »

Alors que Dario lit la pancarte avec de grands yeux écarquillés, Sublime, en éternel boute-en-train, éternel partisan de l'assortiment tee-shirt de *death metal* et santiags, rit aux éclats en le secouant par les épaules pour le rassurer.

Qu'est-ce que je pourrais embrasser Sublime à cet instant !

Devant une Nora visiblement gênée et un fae cloué à deux doigts de vomir, Nick sort une plaisanterie, avant de rire aussitôt de sa propre blague. Dario tressaille, attrape nos boissons, puis s'éclipse pour me rejoindre.

— Ils ont un drôle d'humour ici, hein ? commente-t-il.

Sautant sur l'occasion – oui, c'est un truc de renards –, je réponds du tac au tac :

— Allons ailleurs.

Il n'a rien contre, tout comme je n'ai rien contre le fait que sa Camaro rouge nous ramène chez lui en moins de six minutes. Je constate avec plaisir qu'il ne cherche pas une seule fois à s'excuser pour son lieu de vie. En soi, ce ne sont ni un quartier ni un immeuble où une fille aimerait terminer la soirée après une virée dans une boîte huppée. Certes, je sais parfaitement qu'il pourrait s'offrir mieux, qu'il vit avant tout ici pour éviter les flics, mais, ça, il l'ignore. J'aime me dire qu'il ne tiquera pas en apprenant que je vis dans mon Épave.

Il habite dans un vieil immeuble en brique dont l'escalier de façade dessert quatre coursives, comme un motel. Nous montons au troisième étage, nos pas résonnant dans la cage obscure. Il réside au numéro 304, seul appartement occupé à cet étage d'après mes précédentes observations. Il y a quelques locataires au rez-de-chaussée et deux vieilles femmes juste en dessous de chez lui. Autrement, le bâtiment est vide. C'est d'ailleurs pareil pour tous les logements de ce quartier. Bas loyers, fort taux d'inoccupation. Au moins, ils ont encore l'éclairage public.

L'appartement est bien rangé. Dario ne s'est pas contenté de sortir les poubelles. Les surfaces sont briquées et la moquette porte encore les traces du passage de l'aspirateur.

— Tu n'as pas fait le grand ménage pour moi quand même ?

Il sourit, laissant apparaître de jolies fossettes.

— Mais non, c'était pour Cecile, tu as oublié ?

C'est décidé, il me plaît. Un amour avec du répondant ? *Mais d'où sort-il ?*

Il passe devant la cuisine ouverte pour se diriger vers une pièce du fond.

— Si tu as faim, soif, n'hésite pas à te servir dans le réfrigérateur.

J'entends le déclic d'un interrupteur, puis une porte qui se ferme. Au bruit qui résonne sur le carrelage, je devine qu'il vient d'entrer dans une salle de bains. Ça me laisse environ trente secondes pour m'activer. Largement suffisant. Une odeur de rouille et de nettoyant pour métaux m'indique l'endroit exact que je cherche. Il ne s'embête même pas à le cacher de toute façon : dans une pièce mitoyenne au salon, par une porte grande ouverte, je découvre une petite fortune en objets et matériaux volés – des pièces de voitures pour l'essentiel. En soi, on aurait pu le prendre pour un banal collectionneur, sans les multiples caisses de Nutella empilées dans un coin. Je ne plaisante pas. Le Nutella – la fameuse pâte chocolatée – est un produit cher et très demandé en ligne. Une base pour les professionnels du vol.

Un pan de mur entier est occupé par des étagères grillagées, semblables à celles que les gens utilisent dans leur garage pour ranger leurs outils. Elles abritent une réserve de pots catalytiques, de jantes brillantes prélevées sur divers bolides urbains, et même la barre de gyrophare d'une voiture de police. Fallait oser. Ce n'est pas le genre d'article qu'on se procure sur le Net. Je remarque de la peinture écaillée sur les montants, preuve qu'on l'a directement arrachée sur une voiture de patrouille.

Sur une étagère du bas, j'aperçois des seaux en plastique couverts de pictogrammes inquiétants. Des produits chimiques. Des poudres. Et, juste à côté, un sac à dos rempli de téléphones portables. À ce stade, il n'y a que deux interprétations possibles. Les fabricants de meth ont besoin de composés chimiques et de téléphones pour leur trafic de drogue – pas de quoi paniquer. Cela dit, les terroristes ont besoin des mêmes produits pour leurs bombes.

Dans tous les cas, Dario n'a probablement aucune idée de l'usage qu'il en sera fait. C'est un simple fournisseur, un type qui vous dégotte ce dont vous avez besoin. Il suffit de lui filer une liste de courses et de préparer une grosse somme en liquide pour régler la note. J'opère d'ailleurs dans la même branche, sauf que je suis ma seule cliente, et que mon travail se limite à me dénicher un repas chaud ou un petit boulot. Ou, pour ce soir, un lot de quatre roues personnalisées en aluminium brossé or, propriété à l'origine d'une certaine Ford Mustang noire. Les voici, rangées en deux belles piles. Mission accomplie.

Les choses auraient pu en rester là et j'aurais été libre de profiter du reste de ma soirée, mais je distingue alors un motif circulaire peint en bordeaux sur le mur, derrière les étagères. Sa taille m'oblige à reculer au fond de la pièce pour le contempler en entier. Malgré le meuble qui le masque en partie, je reconnais le dessin. Je comprends subitement à quelle espèce occulte Dario appartient, et que cette peinture pourpre n'est pas du tout de la peinture. Mais du sang.

Un sceau démoniaque. Symbole de loyauté envers une horde. Je l'attribuerais à l'East Side, mais je ne suis pas experte en démons. Personne ne l'est d'ailleurs, à ma connaissance, principalement parce que nous ne supportons pas ces connards. Incubes et succubes mis à part, la plupart des démons ne sont qu'une source de problèmes pour le monde occulte. Ils n'aspirent qu'à la mort et à la destruction, au désordre et au vice. Je devrais sans doute avoir peur de Dario après une telle découverte, mais je ne parviens qu'à éprouver de la déception. Un démon à fossettes ? Ça, c'est vraiment diabolique.

Il ressort de la salle de bains avec la chemise déboutonnée et enveloppé d'un incroyable parfum clairement destiné à m'émoustiller. Une aura d'incube ? Non, une simple lotion. Il s'en frictionne encore les mains et les poignets. Lorsqu'il allume une bougie dans la cuisine, je regarde autour de moi en me demandant si la lumière était aussi tamisée à notre arrivée. Mon cœur soupire, mais ma tête garde les idées claires et n'hésite pas à foutre une claque à mon cœur pour s'imposer. Je dois partir de toute urgence. Rester serait trop risqué alors que je pourrais découvrir trop tard que j'ai affaire à un belliciste, un sadique ou, pire, un charognard, qui se nourrit de la mort. Je ne tiens ni à mourir, ni à servir de petit déjeuner, encore moins les deux.

Je tends un doigt vers la salle de bains ; grâce à mon repérage, je sais que sa fenêtre donne sur l'escalier de secours.

— Ça te dérange si je... ?

À sa façon de me dévisager, je vois tout de suite qu'il a noté un changement dans ma voix, mon visage ou ma posture – j'en sais rien, à vous de deviner. J'ai soutenu le regard de champions de poker avec une année de paie en jeu et moins d'une chance sur deux de l'emporter. Où sont passés mes nerfs d'acier ?

— Du tout, vas-y, dit-il en fourrant les mains dans ses poches comme un ado mal dans sa peau.

Quand je passe près de lui, il ajoute d'une voix douce :

— Il y a une fenêtre là-bas. Elle donne sur l'escalier de secours.

Il accompagne ce joker d'un sourire peiné. Il sait que j'ai tout compris. Le moment est venu de jouer cartes sur table.

— Incube ? je demande, pleine d'espoir.

Il secoue la tête avec regret. Avec son expression de Mona Lisa, j'ai du mal à savoir s'il est triste et résigné, ou si c'est un prédateur qui se félicite de sa soudaine magnanimité, tel un chat qui s'étonnerait d'avoir épargné le joli petit canari.

Allez, tu l'as entendu, bouge-toi. Je me glisse dans la salle de bains, ferme la porte à clé et tire la chasse d'eau pour couvrir le coulissement de la fenêtre, même si mes intentions n'ont plus rien de secret. Cependant, au moment où je m'extirpe à l'extérieur, mes yeux se posent sur le flacon de lotion qu'il a utilisé : « L'Amour sans limite ». Et là, tout devient clair…

Oh !

Revenant dans la salle de bains pour ouvrir le placard sous le lavabo, je découvre un stock complet de L'Amour sans limite, ainsi qu'une quantité impressionnante d'huiles de massage, de lubrifiants parfumés, de savons sensuels, de sels de bain érotiques – de quoi faire en effet l'amour sans limite.

Oh !

C'est un glouton. Contrairement aux légendes humaines, les gloutons ne sont pas uniquement obsédés par la nourriture. Ces démons ont développé un appétit insatiable pour les plaisirs humains, tous types confondus : nourriture, argent, pouvoir ou, dans le cas de Dario… sexe. On ne trouve pas plus bas dans la hiérarchie démoniaque. Dépourvus de pouvoirs, ils ne se nourrissent même pas d'énergie ; ils savourent simplement les plaisirs charnels, comme nous autres. Tout à fait inoffensifs. Enfin, sauf si vous tombez sur un glouton du meurtre, mais je ne vois aucune lotion dans ce placard appelée Le Meurtre sans limite.

Dans la vie, parfois on gagne, parfois on perd et, d'autres fois encore, on s'apprête à renoncer quand la maison nous distribue soudain un as. Dans ce cas, on ne réfléchit pas, on fonce. Demain, ce sera différent. Demain, je devrai cambrioler son appartement pour récupérer les fameuses jantes en or brossé. Mais ce soir ?

Je fais glisser les bretelles de ma robe sur mes épaules, la laisse tomber sur mes chevilles, puis sors de la salle de bains avec pour seul vêtement – attention, *spoiler* – une culotte en dentelle noire. Dario est toujours là, adossé au mur. Son sourire ferait fondre bien des cœurs, mais le mien s'enflamme.

— Parfait, dit-il en posant les mains sur mes côtes pour me soulever. Il y a quelque chose que je veux te dire depuis l'instant où j'ai posé les yeux sur toi.

J'enroule mes longues jambes autour de son torse, noue les bras à son cou et colle mon front au sien, laissant mes cheveux nous envelopper tel un voile.

— Ah oui ?

— Oui, susurre-t-il, son nez contre le mien, tout en plongeant les mains sous la dentelle. Jolie culotte.

Chapitre 3

Bon… là, c'est le chapitre où on fait l'amour, mais je ne vais pas tout écrire parce que, d'une, je serais obligée de mettre un mec torse nu en couverture et, de deux, il y en aurait facilement pour une centaine de pages.

Chapitre 4

L'ennui, quand on conduit une Pontiac Épave, c'est que ce modèle constitue un choix populaire pour les courses de rues. Alors, forcément, quand je m'arrête au feu rouge dans le centre-ville de Détroit, près de la rivière, la Porsche à côté de moi se met en tête que je suis une « dormeuse », un démon de la vitesse qui se fait seulement *passer* pour une épave avec des portières brutes et aucun enjoliveur. Son moteur rugit, me suppliant de relever le défi. Son châssis frémit d'impatience.

Sur mon tableau de bord, la figurine à grosse tête d'Ardee Todd semble impressionnée. Il sourit et sa tête se balance sur son petit corps arborant le maillot des Tigers de Détroit.

— Ah ! oui ? dis-je. Tu penses que je peux le battre ?

Il acquiesce : « Oui. »

— Ça, c'est juste parce que tu aimes les filles débridées.

« Ouiiiii. »

— Ça ne me dérange pas, mais nous savons toi et moi que je suis la seule qui compte.

« Bien évidemment », opine-t-il.

Je me décide à lui annoncer la mauvaise nouvelle :

— Même si je ne peux pas te regarder jouer ce soir.

Il acquiesce toujours, mais son sourire paraît faux à présent. Inquiet.

— Je sais, mais, tu vois… j'ai un truc de prévu ce soir. Avec un mec. Chez lui.

Ses mouvements de tête font trop enthousiastes maintenant. Forcés. Petit con.

— Non, je ne te dirai pas son nom. C'est toujours pareil avec toi. Tu réagis toujours comme ça. Tu souris, tu hoches la tête, tu fais mine que tout va bien, alors qu'en réalité tu rêves de lui casser la gueule.

Ses hochements devenant carrément moqueurs, je me détourne pour bouder. Après une courte pause, j'ajoute à contrecœur :

— De toute façon, tu n'as aucun souci à te faire. C'est pas comme si ce mec avait réussi à retourner un match du All-Star Game au neuvième tour de batte avec ses lancers.

Et lui d'opiner avec suffisance : « Héhé ! tu l'as dit, chérie. » Trop facile.

Le feu passe au vert. La Porsche file comme une flèche pendant que mon Épave traverse péniblement l'intersection. Lorsque l'autre voiture opère un brusque virage au milieu de la route pour s'engager sur un parking, je comprends enfin qui est son conducteur. J'accélère pour le rattraper. Nous nous garons côte à côte devant un bâtiment de brique pour le moins voyant. Un minuscule écriteau indique : « Transports Paxton ».

Nick Sublime descend de la Porsche et claque la portière en douceur, avant de se coiffer d'un vieux stetson. Se rendant au travail, il a assorti cette fois son tee-shirt Metallica d'un jean sans trous. Ses grandes bottes et lui se dirigent à grands pas vers le bâtiment. Je m'empresse de le rejoindre.

— Monsieur Sublime, le salué-je.

— Miss Diablesse.

— C'est Davies, protesté-je pour la énième fois, avant d'enchaîner : Pas de moto aujourd'hui, patron ?

— Je ne suis pas ton patron, et il va pleuvoir.

Je jette un coup d'œil au ciel nuageux. Un temps classique pour Détroit : gris et humide.

— Une Porsche. Ça dépote, hein ?

Il soupire, absolument pas dupe de mon manège.

— En effet.

— Vaut mieux. Une Allemande à Détroit ? Elle a intérêt à être plus rapide que les balles.

— Alors, Diablesse, je te demanderais bien ce que tu fais là, mais…

— Mais c'est inutile, car tu sais que je te répondrais simplement que je vais au boulot tout comme toi, sauf que…

— Sauf que tu n'as pas besoin de le dire, car tu connais déjà ma réponse, complète-t-il en me tenant la porte.

— Ce à quoi je te servirais à mon tour des arguments que tu connais déjà, et on se renverrait la balle comme ça plusieurs fois, avant de nous demander pourquoi on ne couche pas simplement ensemble au bout d'un moment ?

Nous venons d'entrer dans le bureau. Trois personnes lèvent aussitôt la tête en entendant parler de sexe. Toutefois, lorsqu'ils se rendent compte que c'est moi, ils vaquent à leurs occupations.

La DAD – la Division de l'Agence fédérale de l'Occulte à Détroit – ne compte qu'une poignée d'employés, même si son autorité dépasse largement les frontières de l'immense métropole. À l'instar de tout organisme financé et encadré par le gouvernement américain, la DAD fonctionne en mode « sur-sous » : surmenée et sous-payée.

— Je n'ai rien pour toi, Diablesse.

— Tu n'as pas besoin de me trouver une affaire, je me débrouillerai toute seule, et je t'ai déjà dit de ne pas m'appeler Diablesse à moins de faire de moi ton équipière, pour former le duo Diablesse et Sublime.

— Tu vas te trouver toute seule une affaire ? Comme quoi cette fois ?

— Laisse-moi m'occuper du cas Nora Jacobs.

— De quoi tu parles ? Il n'y a pas de cas Nora Jacobs.

Alors qu'il jette son chapeau sur un bureau enseveli sous la paperasse, je surprends un regard de Darla Hall, une Afro-Américaine proche de la cinquantaine à moitié cachée derrière un écran d'ordinateur. Ses yeux glissent vers Sublime, avant de revenir sur son écran. Je sais reconnaître un tic quand j'en vois un. Nick me ment.

— À d'autres, Sublime. Je parie même que tu t'occupes personnellement de l'affaire, pas vrai ? Nora Jacobs te mène déjà par le bout du nez.

— Oublie Nora Jacobs. C'est tout ce que tu as ? La nouvelle sensationnelle dont tout le monde parle en ville ? Où est l'affaire que tu devais te dégotter seule comme une grande ?

Même si personne ne me regarde, je sais que toutes les oreilles nous prêtent attention. Les claviers se sont tus. Ren, le démon incube secrétaire de la directrice, a mis sur pause le porno animé que j'entendais malgré son casque. Les yeux fixés sur moi, Nick se laisse aller dans son fauteuil, les pieds sur le bureau. Il est prêt à m'écouter.

— OK, j'ai découvert que la meute de la rivière Huron a quelques tracas.

Il décroise les jambes pour les croiser dans l'autre sens.

— Des loups.

— Ceux de la rivière Huron.

— Et ils ont… quelques tracas.

— Voilà, en fait je… j'ai peut-être perçu un léger changement de dominance et…

— Je vois. Donc il se peut que tu aies *peut-être* perçu quelque chose qui pourrait *éventuellement*… les tracasser.

— Je sais, ce n'est pas grand-chose…

— Ce n'est rien du tout, m'interrompt-il.

— C'est pour ça que je te demande de me mettre sur le coup et…

— Te « mettre sur le coup » ! D'accord, je crois que je peux résoudre cette affaire tout de suite. La meute de la rivière Huron a quelques tracas ? Oui, je crois qu'ils en ont marre que Shayne Davies vienne renifler leurs plates-bandes !

— Mais ma meute et la leur sont alliées. Ils me connaissent.

— « Meute » serait un bien grand mot dans votre cas, Shayne. Au mieux, vous êtes une « bande », quand vos gars se tiennent assez tranquilles pour éviter la prison. (Il lève les mains pour m'empêcher de le contredire.) Je t'arrête tout de suite, Diablesse. Je ne veux pas entendre parler des loups. Nous ne nous mêlons pas de leurs affaires, tu le sais. Alors trouve autre chose, ou fiche le camp.

Et si je fichais plutôt mon poing dans ta jolie frimousse ? Sérieusement, dans le cas de Nick Sublime, le nom est plus approprié que jamais. Il a beau friser le millénaire, on lui donnerait à peine vingt-cinq ans. Je me frotte les mains pour ne pas me laisser démonter.

— OK, j'ai trouvé un mec avec un appartement rempli de marchandise volée. Des pièces détachées, des pots catalytiques.

— Un recéleur ? Pitié.

— Une voiture de police !

— Une voiture de police volée ?

— Non, juste le gyrophare.

Il se frotte les yeux. Je sens Darla jubiler derrière son écran. Il faut dire qu'elle m'a toujours détestée. D'un autre côté, elle déteste apparemment tout le monde, à une exception près (j'y reviendrai).

— Mais il y avait aussi des produits chimiques, je m'empresse d'ajouter. Et des téléphones portables. Deux trucs dont les terroristes se servent pour fabriquer des bombes.

Désolée de te balancer, Dario, mais ça n'aurait de toute façon jamais marché entre nous. Tu seras dans les bras d'une autre femme avant ce soir, et moi j'aurai déjà chaviré pour un nouveau visage viril. Malgré mes vingt-six ans, je reste aussi excitée devant les garçons qu'une adolescente dans une caserne de pompiers.

Nick gratte sa barbe naissante.

— Mouais, des terroristes qui fabriquent des bombes… ou juste des drogués qui préparent leur came.

Néanmoins, il a ôté ses pieds du bureau et me dévisage, pour une fois, avec attention.

— Oui… ou des terroristes qui fabriquent des bombes.

— Le type en question, c'est qui ?

— Un glouton.

— Un glouton ! Putain de merde ! jure-t-il en levant les mains au ciel. Bon sang, Shayne, un démon ! Si je prononce le mot « démon » trop fort ou que je fais seulement *allusion* à quoi que ce soit qui *pourrait* être interprété comme *peut-être* lié de *près ou de loin* à des démons délinquants dans un rapport, les gens de Washington prendront le premier avion pour Détroit armés de colliers électriques pour nous tous. Si des démons veulent s'exploser la gueule dans leurs guerres de gangs, je m'en accommode tout à fait. Ce sera à la police humaine de gérer ce merdier, pas à nous. Et quand je dis « nous », je parle de *toi*, Shayne. C'est ma manière de te dire de ne pas te mêler de cette histoire et, surtout, de ne pas m'impliquer. Demande à Ren, je ne touche pas aux démons.

L'incube en question, homosexuel de son état, tente depuis des années de séduire Sublime, sans succès. Il grimace et confirme avec un hochement de tête :

— Hélas, oui.

— C'est dit sans méchanceté, lui précise l'agent.

— Je me sens un peu vexé quand même.

— Nick ! les coupé-je.

Je prends des risques : Nick a horreur qu'on l'appelle par son prénom. En même temps, vous ne seriez pas pareil si vous vous appeliez aussi Sublime ?

— Ce n'est pas une question d'argent, si ? je demande.

— Oh ! on passe aux blagues maintenant ?

— Parce que, je t'assure, je peux totalement m'en passer.

— Ça, ça me convient.

— Paie-moi juste un repas par jour, confie-moi des tâches et, en échange, tu pourras compter sur moi. Mais vraiment *moi*, les yeux et les oreilles de Détroit. Je t'analyse les indices aussi bien qu'Hercule Poirot. Tiens, je vais te montrer. (Je désigne Ren – autant commencer par le plus facile.) Ren est en train de mater un porno.

— Tout le monde le sait, réplique Nick, peu impressionné. C'est généralement admis.

— Mais j'entendais les sons dans son casque de l'autre côté de la pièce.

— Ou tu as dit ça au pif, parce que c'est Ren ! Un *incube.* Le porno, c'est sa drogue.

— C'est vrai, confirme l'intéressé. J'ai un mot du docteur.

— Soit, on va passer au niveau supérieur.

Je me tourne vers Oliver Harrington, le jeune directeur adjoint. Adorable, discret et incroyablement intelligent, en plus d'être un sorcier surpuissant, Oliver fait pratiquement tourner la baraque pour la directrice Madison West, même si c'est elle qui récolte les lauriers.

— Oliver va demander une avance sur sa paie, révélé-je.

Ce dernier braque son regard sur moi telle une biche prise dans les phares d'une voiture. Désolée, Oliver, encore une victime collatérale. Responsable de la misérable paie de la DAD, Darla Hall se redresse dans son fauteuil, alarmée.

— Pardon ?

— C'est vrai, insisté-je.

Et je n'invente rien. Une semaine auparavant, j'ai entendu la copine du colocataire d'Oliver se vanter d'avoir enfin convaincu son homme de démissionner. Malheureusement, les seuls revenus d'Oliver ne suffisent pas à couvrir le loyer et, bonne pâte, il n'a pas su rembarrer son colocataire quand celui-ci lui a suggéré de demander une avance à Darla. Mais passons ; je dois avant tout impressionner mon auditoire. J'enchaîne sur la démonstration :

— Regarde comment il est habillé aujourd'hui. Ce ne serait pas le beau costume qui lui avait valu les compliments de Darla ?

Je ne m'avance pas trop avec cette affirmation : Darla complimente absolument tous ses costumes. Oliver est la seule personne au monde – la fameuse exception dont je vous parlais – à trouver grâce à ses yeux. Sans doute parce que c'est un homme responsable, *et cætera*.

— Et qu'est-ce qu'il vous a apporté à grignoter aujourd'hui ? Des *empanadas* à la pomme ? Je les sens d'ici alors qu'elles sont dans la salle de pause. N'est-ce pas la gourmandise préférée de Darla ? Il tente visiblement de l'amadouer pour lui demander un gros service. Or je sais que son colocataire a démissionné de son boulot et qu'ils n'ont pas les moyens de payer le loyer ce mois-ci.

Oliver bondit sur ses pieds.

— Non, ce n'est pas pour ça... Je... J'aime les *empanadas*, c'est tout.

Darla se lève à son tour, l'air préoccupée.

— Oh ! trésor, c'est vrai ? Tu ne peux pas payer ton loyer ?

— C'est bon, Diablesse, assez joué. Et si tu te penchais sur moi ? propose Sublime.

À ces mots, Ren laisse échapper un soupir rêveur. Malheureusement, je n'ai rien sur Nick. J'essaie donc de noyer le poisson avec une autre déduction qui m'a pris toute la semaine – et, là, c'est du grand Hercule Poirot.

— Je vais faire mieux que ça : Darla s'est trouvé un nouveau jules.

La concernée hausse les sourcils, paniquée. Croisant immédiatement les bras, elle agrippe son col en triturant le bouton du haut.

— Quand elle marche, on entend comme un bruit de pilules dans son sac à main, sauf que ce ne sont pas des pilules, mais des comprimés antiacides. Elle en prend maintenant tous les jours après sa pause-déjeuner. Pourquoi ? Parce qu'elle va tout le temps au même restaurant, dont elle digère très mal les plats. Mais ce n'est pas la seule raison de ce bruit dans son sac. Pour masquer le goût des antiacides, elle prend aussi des pastilles mentholées. D'ailleurs, là, vous sentez ? Menthe glaciale. (Darla ferme aussitôt la bouche.) C'est même assez drôle, car, si vous regardez sur son bureau, vous verrez un petit plateau avec des bonbons à la menthe poivrée. Chaque jour, elle ajoute un bonbon à la pile. Mais alors, me direz-vous, pourquoi garder des menthes glaciales dans son sac à main si elle a des menthes poivrées sous le nez ? Je vais vous le dire, moi. Parce que les menthes poivrées lui sont offertes au restaurant où, malgré une digestion difficile, elle persiste à se rendre tous les jours à la même heure. Elle ne touche pas à ses menthes poivrées parce qu'elles lui rappellent le restaurant, lequel lui évoque à coup sûr le bel étalon qu'elle y retrouve quotidiennement.

« Bim ! » lâcher de micro. Darla rougit à vue d'œil, avant de disparaître derrière son écran. Ren met une main devant sa bouche pour réprimer un sourire. Nick se contente de lever les yeux au ciel, puis les ferme, comme gagné par la migraine.

— Formidable, Diablesse. Si tu étais shérif, les amoureux n'auraient qu'à bien se tenir. Écoute, pourquoi veux-tu tellement ce boulot ? Il y a sûrement des moyens plus faciles pour toi d'obtenir un déjeuner gratuit et un salaire minimum.

Pourquoi je tiens tellement à décrocher ce job ? Voyons voir. Premièrement, parce qu'un salaire minimum reste suffisant pour me payer un logement qui ne serait pas a) monté sur roues, b) chez mes parents. Deuxièmement, parce qu'il est maintenant évident que les autres boulots alimentaires ne me réussissent pas. Troisièmement, tous les postes respectables me sont inaccessibles parce que, hum, ils requièrent un casier judiciaire vierge. Et, quatrièmement, parce que mon frère est un as de l'immobilier avec une femme et des enfants que mes parents adorent, et que ma sœur est la compagne de l'alpha de notre « bande ». Leur horrible gamin, futur héritier du titre, mène déjà la famille par le bout du nez. Alors, oui, peut-être que je cherche à tout prix à prouver que je ne me résume pas à la petite sœur milléniale qui se croit tout permis et dont le seul succès dans la vie a été de décevoir ses parents.

Je garde cette réponse pour moi, cependant, à cause de ma règle : en cas de dispute, ne jamais, *jamais* utiliser la vérité quand un bon vieux regard noir fera l'affaire. Je fusille donc Nick des yeux. De nouveau carré dans son fauteuil, il se frotte l'arrière du crâne et fronce les sourcils d'un air songeur. J'entends presque cliqueter les rouages de son cerveau. Je crois qu'il est vraiment en train de reconsidérer mon cas.

En réalité, il se creusait simplement pour trouver une bonne repartie finale. Tout sourires, il me lance :

— Félicitations, Diablesse, tu as réussi à nous prouver tes talents de détective. Maintenant, inutile de faire le « Poirot » ici : je n'ai rien pour toi, tu peux rentrer chez toi.

Là-dessus, il ouvre un dossier sur son bureau et parcourt son contenu avec un soupir de béatitude.

Un tic nerveux vient briser mon masque de sévérité… C'est comme s'il venait d'abattre une quinte flush royale, la main ultime du poker. Je le regarde avec incrédulité, incapable de parler. Puis je me tourne vers Ren. Le sourire qu'il contient derrière sa main déborde dans ses yeux écarquillés et son visage rouge. Oliver, quant à lui, s'empresse de regarder ailleurs en ouvrant un tiroir de bureau. Darla lève lentement les yeux de son écran pour me toiser, et je jurerais entendre un feulement. Enfin, Nick m'adresse un regard pétillant.

— Tu as compris ? Poirot, poireau…

Je pars en claquant la porte.

Chapitre 5

Le soleil couchant couvre le ventre de gros nuages humides d'un vernis doré. J'adore ce moment de la journée, juste après la pluie. Tout est trempé, le ciel est gris, mais, pendant quelques minutes, le soleil à l'horizon embrase le paysage de mille feux.

Au volant de ma voiture, je passe devant les rangées de préfabriqués uniformes du parc de mobil-homes de Newport Prairie. J'aperçois un attroupement devant un double mobil-home au porche orné d'une bonne vingtaine de carillons. Un panneau du treillis en bois masquant les pilotis a été retiré pour permettre l'accès au dégagement sous la résidence. Je ralentis. Mon père, propriétaire et concierge de Newport Prairie depuis des décennies, est certainement à quatre pattes dans la boue, en train de réparer l'une des nombreuses défectuosités malheureusement monnaie courante dans ces vieux modèles. Je ne le vois pas, mais les gens me saluent gentiment de la main. De vieux humains qui me connaissent depuis toute petite.

Du moins, qui *pensent* me connaître, comme ils pensent connaître le reste de ma meute… euh… famille. Même s'il leur est arrivé de comparer les gosses que nous étions à des animaux, aucun ne se doute de notre véritable nature. Certes, certains incidents n'ont pas manqué de faire lever quelques sourcils. Comme quand un locataire se plaignait d'un problème de renards – « J'en ai vu un renverser mes poubelles hier soir ! » – et que papa demandait, avec son calme habituel, une description détaillée de la fourrure de l'animal. « Qu'est-ce que ça peut faire ? » demandait le locataire. Alors papa insistait et, si la description correspondait à l'un de nous, il rentrait tranquillement à la maison, nous souriait avec affection, puis se contentait de glisser quelques mots à l'oreille de ma mère. Et c'est là qu'on en prenait pour notre grade. Ah ! la bonne époque.

La communauté de notre meute se trouve au fin fond du parc, au milieu de grands arbres. Cinq mobil-homes identiques disposés en cercle autour d'une cour faisant office de salle commune extérieure. Trois familles se partagent cet espace. Les nombres et les noms de famille ont évolué au gré des mariages et des naissances, ou par l'accueil d'étrangers.

Nous sommes quasiment tous des Ludari, descendants d'immigrants venus de Roumanie au début du XIXe siècle. Vous n'avez sans doute jamais entendu parler de notre peuple, car on nous appelle plus souvent « les Gitans », bien que nous ne pratiquions ni la chiromancie ni la tarologie. Ça n'empêche pas les Ludari d'avoir de nombreuses coutumes propres, même si, à moins d'un mariage ou d'un enterrement, vous ne les verrez pas vraiment appliquées chez nous. On n'est pas très orthodoxes par ici. Cela dit, notre image de « Gitans » nous arrange bien, car elle permet de justifier les excentricités de notre vie de métamorphes. Les gens en concluent que c'est le Tsigane en nous, non l'animal surnaturel, qui appelle cette vie en communauté fondée autour de la cuisine au feu de camp et du culte de la lune.

La route fait le tour de la propriété en longeant le ruisseau qui coule près de notre communauté. Ne tenant pas à me faire remarquer, je quitte le chemin pour couper à travers champs, ce que ma mère me reproche constamment (même si mon père s'en moque). Plusieurs voitures et pick-up sont garés devant. Je parque mon Épave à côté d'une Mustang noire qui aurait une classe d'enfer sans les jantes d'origine et les pneus bon marché qui lui servent de roues. J'éteins le moteur et reste un moment immobile dans ma voiture, guettant la moindre réaction à mon arrivée. J'entends des enfants jouer, des flammes crépiter. On dirait que la voie est libre. Je descends et referme ma portière sans bruit.

Un bon feu brûle dans la cour commune. Une demi-douzaine de gamins gambadent autour, beaucoup âgés d'à peine deux ans. Un étranger les croirait en train de jouer à chat quand, en réalité, ils se font martyriser par mon neveu et futur alpha, Randy, un gamin de six ans avec une tête de carlin. Ce sale gosse se croit déjà à la tête de la meute. Apparemment, il s'est déclaré propriétaire d'un poulet en train de rôtir à la broche et poursuit les autres enfants en agitant ses poings dodus. Sans crier gare, je le saisis par-derrière et le soulève.

— Eh, regardez ! j'ai trouvé une poule au milieu des renards.

Randy déteste ce genre de moqueries, car ce n'est pas un renard mais un coyote, comme son père. En entendant les autres éclater de rire, il se débat, furieux.

— Shayne ! me rabroue une voix grave.

Je lâche immédiatement le garçon, qui tombe sur les fesses, puis continue mon chemin. Randy se relève d'un bond et me poursuit à grand renfort de coups de pied dans la terre et de coups de poing dans mes cuisses.

— Ça suffit, l'avertit la voix masculine, avant de me débarrasser de ce petit prédateur.

J'entends Randy se remettre à courir en braillant après les autres enfants, qui détalent avec de petits cris effrayés. Des pas lourds et rapides me filent le train.

— Shayne.

Eh merde… Je me retourne subitement, car je sais qu'il est sur le point de m'attraper par le coude pour m'y obliger. Nolan lève les mains, m'aspergeant d'eau savonneuse. Il a les manches relevées, les avant-bras trempés. J'avise l'évier en pierre rempli de vaisselle de l'autre côté de la cour.

— C'était juste pour le taquiner, prétexté-je.

Nolan ne s'y trompe pas. Il sait que je ne supporte pas ce terroriste en culotte courte.

— Déjà, grogne-t-il, il n'a peut-être que six ans, mais il est plus grand que toi sous sa forme animale. Son coyote écraserait ta renarde en moins de deux.

— Seulement s'il arrive à me rattraper.

— Ensuite, je me moque qu'il soit insupportable, tu tiens vraiment à te mettre notre futur alpha à dos ?

— Figure-toi que oui. J'y ai bien réfléchi et je crois que je vais prendre le risque en espérant que son père vive encore une centaine d'années. Tu veux bien arrêter de me mouiller ? Tu fais la vaisselle ?

— En effet. Ta mère me l'a demandé. Ça ne devrait pas être à toi de t'en occuper ?

— Ha ! parce que je ne suis qu'une petite renarde et une femme ?

— Non, parce que c'est *ta* mère, pas la mienne.

Nous détournons tous deux le regard. Le crissement du gravier sous nos pieds résonne à présent dans le silence pesant. Et, oui, nous avons une relation compliquée, mais je ne veux même pas en parler pour l'instant parce que cette histoire me rend malade, donc…

— Elle est là ? je demande tout bas. J'essaie de… tu sais… (je mime des gestes de ninja) passer ni vue ni connue.

À sa façon de pencher la tête de côté, je comprends que le changement de sujet l'agace.

— Oui, marmonne-t-il, elle est dans le coin.

Alors qu'il contemple le soleil rougeoyant à l'horizon, je me rends compte qu'on pourrait le qualifier de séduisant. C'est toujours dur à dire dans le cas des personnes qu'on connaît depuis l'enfance. Son visage, sa carrure, ses yeux perçants, il a tout de l'homme viril par excellence. Puis il y a sa coupe d'écolier, avec la raie bien nette sur le côté, la petite frange sur le front. Sur une échelle de un à dix – « un » correspondant à monsieur Tout-le-monde, « neuf » à Ardee Todd en civil, et « dix » à Ardee Todd en maillot de base-ball –, je lui donnerais sans doute six ou sept. Encore une fois, j'imagine que d'autres femmes lui donneraient une meilleure note.

Posant les yeux sur ma poitrine, il remarque le logo des Tigers sur le blouson universitaire que je porte en toute saison, même l'été. Il hoche la tête vers le motif.

— Todd joue ce soir.

— Je sais.

— Tu vas regarder le match avec nous ?

— Pas ce soir, j'ai un truc de prévu. Mais je dois parler à Ben. J'ai vu sa Mustang garée devant.

Nolan s'essuie les mains sur son jean.

— Il est à la table.

Sous-entendu, la table de poker du local #5, le mobil-home qui nous sert de club-house. Papa l'a ajouté au cercle à l'époque où les fils Cody ont commencé à s'attirer des ennuis, à se faire pincer pour des conneries type vol à l'étalage, rodéos urbains. Il s'est dit que les garçons éviteraient peut-être les bêtises s'ils avaient un endroit au sein de la communauté où traîner, s'amuser, inviter leurs copains. Une intention fort louable bien qu'elle n'ait pas porté ses fruits.

Ben est en effet assis à la table de poker en compagnie de deux potes idiots que je ne prendrai pas la peine de vous décrire. Je connais bien la bande des coyotes (et il n'y en a là que la moitié) pour avoir passé beaucoup de temps avec eux dans le temps. Les fils Cody – Nolan, Ben, l'alpha Ray – et toute leur clique m'ont en quelque sorte servi de porte d'entrée dans le vaste monde des hommes. Premier amour, premier baiser, première fausse alerte de grossesse à cacher à ma mère. Aujourd'hui, Ray est marié, père d'un enfant, et certains parmi les autres commencent à se dégarnir ou à prendre de la bedaine.

— Holà ! se moque Ben en désignant mon blouson. Une renarde déguisée en tigre.

— Holà ! je l'imite. Une Mustang avec des pneus noir et blanc.

Son visage s'assombrit. Je comprends tout de suite que je l'ai trouvé dans un de ses mauvais jours. Ben a deux facettes, et je ne parle pas de la dualité homme-animal, mais de la canaille fêtarde qui cohabite dans sa tête avec un psychopathe complètement dérangé. Chanceuse que je suis ! c'est apparemment ce dernier qui chérit la Mustang noire et ses jantes dorées personnalisées.

Ses potes sourient bêtement, non parce que ma repartie les amuse, mais parce qu'ils savent qu'elle va mettre Ben hors de lui et que le spectacle promet d'être divertissant. L'un d'eux me couve ouvertement d'un regard éméché, le genou monté sur ressort. Super. Comme dans n'importe quel groupe de canidés, l'arrivée d'une femelle célibataire tend à éveiller toutes sortes de pulsions dominatrices.

Donc, oui, on a vite changé d'ambiance.

— Il nous reste une place, m'offre Ben.

Il sait que je vais refuser. C'est une façon détournée de me demander ce que je fiche ici. Je pousse une caisse de bière entamée sur le plan de travail pour me percher à côté de l'évier.

— Non, merci, je ne veux pas me faire dépouiller ce soir, réponds-je dans un élan de générosité. Mais j'espérais bien te trouver en train de mettre une branlée à tout le monde.

Je hoche la tête vers le gros tas de jetons devant lui. Ben fronce les sourcils d'un air perplexe. Il se demande sans doute si je plaisante ou si je suis juste stupide.

— Tu viens réclamer du fric ?

— Non, je viens réclamer mon dû. Je sais où se cache ton or.

Le regard interrogateur disparaît derrière une lueur glaciale, vorace. En fait, je me suis peut-être gourée, c'était sans doute la canaille fêtarde que j'avais en face tout à l'heure parce que, là, obligé que ce soit le psychopathe complètement dérangé. À moins que… Merde ! y aurait-il *trois* Ben en réalité ? Et qu'est-ce qu'on peut trouver de pire qu'un psychopathe dérangé ? Après tout, ce mec a passé deux ans en taule, constamment surveillé, donc incapable de se métamorphoser durant tout ce temps. Il m'est arrivé une fois de rester quatre jours sans me transformer quand je suis allée à New York rendre visite au seul mec humain que j'aie eu, et j'avais déjà envie de m'arracher les yeux (finalement, j'ai préféré larguer le mec en question). Je n'ose pas imaginer les dégâts psychologiques que cette expérience en prison a pu occasionner chez Ben. S'il ne m'irritait-terrifiait pas autant, j'éprouverais presque de la pitié pour lui.

— Tu as retrouvé mes roues ?

— Les trois.

Ma remarque ne le fait pas rire.

— Ce sont bien les miennes ?

— Eh bien, même si j'étais incapable de différencier un écrou d'un enjoliveur, je crois que les rayons en étoile ne laissent plus de place au doute.

L'idiot au genou marteau-piqueur doit kiffer les nanas qui s'y connaissent en voitures, car le voilà qui acquiesce avec un regard mi-approbateur, mi-lubrique. Son genou tressaute de plus belle.

Ben s'accoude à la table en joignant les mains au-dessus de sa pile de jetons.

— Qui est-ce ?

Sa question me prend de court. Le pire, c'est que ça ne devrait même pas me surprendre, et je me sens vraiment stupide de ne pas avoir songé plus tôt que Ben ne voudrait pas seulement retrouver ses roues, mais aussi le type assez con pour les lui avoir chourées.

— Qu'est-ce que j'en sais ? Qui peut dire par combien de mains elles sont passées avant d'atterrir là où je les ai trouvées ?

Ben secoue la tête avec intransigeance.

— Tu as très bien compris ma question. Qui les a en ce moment ?

Un démon très beau, étonnamment touchant, qui sait parfaitement comment donner du plaisir à une femme et, mon cher Ben, il n'est pas question que tu t'approches de lui.

— Des démons, dis-je de manière évasive.

— Sans blague. Tu veux bien être plus précise ?

— Hé ! t'essaies de me rouler ou quoi ? On avait un marché : je retrouve tes roues, tu me paies cinq cents dollars.

— Je ne vois mes roues nulle part.

— Je veux la moitié d'avance.

— Pourquoi ?

— Parce qu'il y a des démons !

— On s'en occupera.

C'est bien ce qui m'inquiète.

— Si je te le dis, tu ne me fileras pas un rond.

— D'accord, je te paie, ensuite tu me donnes un nom et une adresse.

— Tu sais quoi, laisse tomber. On avait un marché tout simple et, comme d'habitude, tu essaies de compliquer les choses. Quoi, tu crois que c'était une attaque personnelle ? Tu vas leur donner une leçon ? Tu crois que ce genre de mecs se soucient de qui ils volent ? Ils repèrent un truc, ils le prennent, c'est tout. T'as pas eu de bol. Fin de l'histoire.

— Alors tu vas rien me dire ?

— Rien du tout.

Il me dévisage. Impassible.

Le genou de son pote tressaute toujours à une cadence infernale.

Je n'aime pas ce long silence. C'est le moment de tenter un coup de bluff.

— Parce que j'ai d'autres intérêts en jeu, Ben. Tu crois que je me balade souvent en ville en demandant à la cantonade où je peux trouver tes roues dorées ?

— « D'autres intérêts en jeu » ? Comme quoi ?

— C'est pour l'Agence, réponds-je, consciente qu'il évitera comme la peste tout ce qui a trait à l'AFO.

Ben se renfrogne. Il n'en croit pas un mot.

Je descends du plan de travail, et ce brusque mouvement provoque un grand remous dans la pièce. Le marteau-piqueur sursaute. Le mec en face de lui recule sa chaise d'un coup. Une lueur jaune brille dans leurs yeux. Je feins l'indifférence. Nous avons beau être dans un double mobil-home, il n'y a carrément pas la place pour un combat de chiens.

— Bon, tu veux tes roues, oui ou non ? Et dis à tes petits copains de se calmer. Ma parole, j'ai jamais vu des mecs en manque à ce point.

Ben n'a pas bougé d'un cil. Il se contente de me scruter par-dessus ses mains jointes.

— Avant, tu adorais nous mettre dans cet état.

— J'aimais aussi les autocollants de licornes. Où tu veux en venir ?

Nolan, qui jusque-là nous écoutait de l'extérieur, choisit ce moment pour entrer. Il allume la télévision avec la télécommande, puis s'attache à chercher le match des Tigers. Lorsqu'il passe un bras derrière moi pour attraper une bière, le mec marteau-piqueur émet un grondement sourd. Pour Ben, c'est la goutte d'eau qui fait déborder le vase. Il écarte soudain la table et gifle son pote d'un revers de main. Appréciant visiblement la sensation, il enchaîne sur une seconde baffe, plus forte, et s'apprête à lui en donner une autre quand le mec recule en criant :

— Ça va, j'ai compris, c'est bon !

— Combien de fois je dois te le répéter ? Tu touches pas à Shayne.

— J'ai compris, je te dis.

— À moins que tu veuilles en faire un défi ? persiste Ben.

Rouge de douleur et de honte, le marteau-piqueur risque un coup d'œil vers Nolan, qui continue de zapper en faisant mine de n'avoir rien entendu. Le mec renonce finalement et sort en shootant dans la porte moustiquaire. Je me permets un petit rappel à Ben :

— Ce n'est pas comme ça que ça marche. (Je ne devrais pas en rajouter, mais ce sujet...) Ce serait seulement un défi si j'étais revendiquée, et je ne le suis pas.

— Bien sûr que si. Pas vrai, Nolan ?

L'intéressé ignore son frère. Plus malin que moi, à l'évidence.

D'accord, je lève le mystère. Les parents de Nolan et les miens nous ont promis l'un à l'autre. Nous sommes *fiancés*. Ce n'est ni une coutume tsigane, ni un rite métamorphe, juste une vieille idée ridicule de nos hippies de parents. Bref, arrivés à l'âge adulte, Nolan m'a dit : « Oui, fondons une famille », ce à quoi j'ai répondu : « Ça va pas, non ? », et depuis, à part des silences gênants, nous n'avons pas engendré grand-chose. Fin de l'histoire.

Ben tire deux billets froissés de sa poche et les jette sur la table.

— Voilà deux cents dollars, c'est tout ce que j'ai sur moi.

Je les récupère, parfaitement consciente que je n'aurai jamais le reste. Pas grave. De toute façon, je l'aurai dans l'os jusqu'au bout parce que je compte offrir ces deux cents dollars à Dario contre les roues, histoire de ne pas avoir à les lui voler à mon tour. Évidemment, les roues valent dix fois plus, mais Dario verra au moins que j'étais prête à payer.

— Je serai de retour dans deux jours, dis-je en m'efforçant d'adopter un ton détaché.

Malheureusement, Ben a décidé de ne pas en rester là.

— Quoi, tu pars ? On vient de mettre le match pour toi.

— J'ai d'autres plans.

— Mais Todd joue ce soir.

Il se moque bien que je reste. C'est une façon polie de me demander si je vais récupérer son or dans la foulée. Pour éviter qu'il me suive, j'utilise *ma* façon polie de mentir.

— Je sais, mais le tournoi de poker commence dans une heure. L'entrée est à quarante dollars. Il reste même des places.

— Tu as pris mes derniers billets.

— Je t'avance les quarante à deux contre un. Tu seras mon coéquipier.

Ben m'étudie attentivement. Ce n'est pas mon meilleur bluff. Trop flagrant. Je n'ai encore jamais invité Ben à un tournoi de poker. Je ne l'ai jamais invité à quoi que ce soit, d'ailleurs. Il ramène la table devant lui et récupère les cartes de tout le monde.

— Deux jours ?

— Trois, grand max.

Mon regard se pose sur l'écran de télévision. Ardee Todd en maillot des Tigers, mon fantasme ultime, exécute des lancers d'échauffement sur le monticule. Après tout, je pourrais peut-être rester un peu.

Ben émet un sifflement admiratif.

— J'adore quand c'est Todd au lancer. La dernière fois, ils ont pas arrêté de montrer sa copine du moment dans les gradins. Mannequin pour Bikini, évidemment. Grande, blonde, européenne, et putain ! avec une de ces paires de…

Le charme est rompu. J'ai presque regagné mon Épave sans autre incident quand, soudain, une fenêtre s'ouvre en grinçant sur ma droite. Je pique un sprint tandis que ma mère m'appelle d'une voix insistante :

— Shayne ?

— Suis pressée, m'man ! Carrément à la bourre !

— Il y a je-sais-plus-qui au lancer ce soir !

— Je sais, je peux pas rester, maman ! je réponds par-dessus mon épaule, avant d'ouvrir la portière de ma voiture.

— Tu prends bien tes médicaments ?

— Je reviens dans deux jours ! Je t'aime !

Je claque la portière, fais démarrer la voiture et taille la route.

Chapitre 6

Le quartier de Dario semble plus animé ce soir. Je vois pas mal de phares dans mon rétroviseur, quelques voitures garées en face de son immeuble. Tout en faisant le tour du pâté de maisons pour m'assurer que personne ne me suit, je m'adresse à mon reflet dans le miroir :

— Hé ! salut Dario. Je te promets que je ne suis pas du genre à m'accrocher. Je pense juste avoir oublié quelque chose chez toi la nuit dernière. C'est petit, noir, et ça s'appelle « la honte » ? Non, tu ne l'as pas vue ? Et tu es certain que je n'en avais pas en arrivant ? Attends, Dario, c'est quoi ce petit sourire ? Mais tu es tout nu ! Mince, et qu'est-ce que je fais à poil moi aussi ? (Je reviens sur terre.) Non, en fait, je suis là pour te dire la vérité. La vérité, c'est que… Quoi ? J'étais juste venue faire du repérage chez toi et j'ai décidé de mêler travail et plaisir ? Je me suis seulement servie de toi ? Et après ? Toi, tu es un démon et, en plus, c'est toi qui as volé le premier ! Ma meute va te bouffer tout cru si tu ne me rends pas ces roues. Mais j'ai apporté deux cents dollars, et je saurai compléter le reste d'une autre façon, si tu vois ce que je veux dire…

Dit tout haut, ça paraît pitoyable.

Je me range derrière une berline noire. Il fait nuit depuis une heure, mais il est encore tôt pour sortir en boîte ; j'ai de bonnes chances de trouver Dario seul chez lui. Blague à part (si, si, c'est possible), je ne suis vraiment pas pressée d'aller toquer à sa porte. Certes, nous avons passé une nuit incroyable, mais ce n'est pas cool de ma part de débarquer à l'improviste le lendemain. Dans le genre désespérée, ça se pose là. Même s'il découvrira bien assez tôt le motif réel de ma visite, je devrai quand même voir l'expression sur son visage quand il ouvrira la porte et pensera que je cherche à lui passer la bague au doigt. Au mieux, il feindra l'heureuse surprise. Au pire… au pire, je peux toujours lui envoyer mon pied dans les bijoux de famille et lui annoncer que je viens voler son matos.

Je me penche et farfouille dans la boîte à gants à la recherche d'un flacon de pilules. *« Tu prends bien tes médicaments ? »* Comment a-t-elle encore deviné ? Quand je les prends avec assiduité, elle ne pose jamais la question. C'est comme si elle refusait de m'entendre répondre « oui » à quoi que ce soit, car alors elle ne pourrait plus sereinement désapprouver mon existence ; elle ne m'interroge donc que sur les sujets qui appelleront une réponse négative : « As-tu trouvé un travail ? As-tu un homme dans ta vie ? Es-tu enfin une adulte ? »

Je n'ai même pas besoin de ces foutus médicaments. C'est ma mère qui a décidé de me mettre sous traitement parce que, une fois, je suis rentrée avec cinq gars différents en une semaine. Du coup, elle a harcelé un pauvre médecin pour qu'il accepte de me diagnostiquer une forme d'hyperactivité – « TDAH » pour les intimes. Je me suis finalement laissé faire parce que le médecin en question était canon. À ce jour, ma mère ignore que j'ai couché avec lui après. Pour en revenir aux pilules, il s'avère que je sens en effet une différence quand je les prends, donc bon… allez savoir. Mais je préférerais m'arracher les ongles plutôt que de l'admettre devant ma mère.

La pilule étant petite, je décide pour être classe de l'avaler sans eau, comme dans les films, mais elle me reste en travers de la gorge. Bien qu'elle ne soit pas assez grosse pour m'étouffer, je suis quand même en train de cracher mes poumons quand un type en chemise blanche et cravate passe à côté de ma fenêtre, ouvre la portière arrière et s'invite dans ma voiture.

— Ah ! fais-je d'une voix rauque, vous arrivez pile à temps pour me passer la bouteille qui est à vos pieds.

En d'autres termes, moins sarcastiques : « Vous êtes qui et qu'est-ce que vous fichez là ? »

Monsieur n'étant pas bilingue, cependant, il se contente de fouiller le sol du regard, avant de me tendre la bouteille de soda à moitié vide. J'en bois une gorgée, puis toussote :

— Désolée, je n'étais pas tout à fait prête à me faire agresser. Mais c'est bon maintenant.

— Euh…, balbutie-t-il, hésitant. OK, il y a sans doute une erreur.

— En effet, je ne suis pas une racoleuse.

J'entraperçois dans le rétroviseur quelques mèches d'un blond immaculé au-dessus de beaux yeux verts. Mais ils paraissent anxieux. Tourmentés, même.

— Je croyais que vous essayiez de me ramasser, dit-il.

— Encore une fois, je ne suis pas une racoleuse.

— Mais il n'y a pas de place pour un passager derrière. Je ne peux même pas m'asseoir. Ce sont vos vêtements tout ça ?

— C'est jour de lessive, improvisé-je. Et, que je comprenne bien, vous aviez peur de vous faire embarquer dans ma voiture, et, du coup… vous êtes monté dedans ?

— Oui, mais j'avais l'intention de faire *ça* ! s'exclame-t-il d'une voix tremblante en me collant un pistolet sur la nuque. Maintenant regardez sur votre gauche. Vous voyez ces types ?

— Attendez, vous aviez l'intention de le faire, ou vous le faites vraiment ?

— Taisez-vous et regardez ! m'intime-t-il, avant d'ajouter aussitôt : S'il vous plaît.

— Demandé si gentiment…

— Vous les voyez ?

Oui. Un peu plus loin, deux grandes silhouettes se dessinent juste derrière le faisceau bleuté du réverbère, ombres noires encore plus sombres que la nuit. Elles semblent nous faire face. Nous observer tranquillement.

— Oui, je les vois.

— Vous pouvez leur dire de partir ?

— Hé ! vous vous rappelez la fois où vous avez dit qu'il y avait sans doute erreur sur la personne ?

— Je sais, mais maintenant je me dis que les vampires aussi doivent peut-être faire leur lessive, pas vrai ?

Je lui jette un nouveau coup d'œil par le rétroviseur. Il transpire, regarde de tous les côtés. Son agressivité est due à la peur, non à la colère. Ce doit être un humain, car je ne perçois aucune aura occulte chez lui – si près, ce genre de détail ne m'échapperait pas.

— Et, vu votre absence de réaction au mot « vampire », ajoute-t-il, j'en viens aussi à penser que je ne me suis peut-être pas trompé finalement.

— Ça, ou vos propos insensés, me laisse bouche bée. Ou j'attends peut-être que vous me regardiez dans le rétroviseur… (il croise mon regard dans le miroir) afin d'utiliser mes pouvoirs mentaux de Dracula sur vous.

Il détourne aussitôt les yeux et presse davantage le canon contre ma nuque. *Aïe !*

— Vous pensez arriver à esquiver une balle avec votre rapidité surnaturelle ?

Humain. Chemise blanche et cravate. Au courant de l'existence des vampires.

— Vous êtes de Washington ?

— L'État de Washington ? C'est quoi, un truc de vampire ? Logique. Beaucoup de pluie par là-bas, très peu de soleil.

Je ferais peut-être mieux de la fermer maintenant. Soit j'ai affaire à un bouffon de première, soit c'est juste un humain qui en a trop découvert, et les deux individus sous le lampadaire sont effectivement des vampires, auquel cas ils finiront par lui effacer la mémoire, ou par le tuer. Il reprend :

— Je suis de la police de Détroit, brigade criminelle. *(Donc pas un bouffon. Ravie de faire ta connaissance, mon gars.)* Il y a deux jours, on m'a affecté à une prostituée de Corktown, et il n'y a aucune…

— Vous voulez dire qu'elle est morte ?

— Je veux dire que son corps a été découvert la gorge arrachée, sauf qu'il n'y avait pas de sang sur la scène de crime, car il n'y en avait plus une goutte *dans son corps*. Comme si tout avait été aspiré.

— Par des vampires.

Il décolle légèrement le flingue de ma nuque.

— Oui ? C'est ce que vous pensez ?

— En tout cas, c'est ce que *vous* pensez.

— Ce n'est pas un avis, c'est une certitude. Tout comme je sais que vous êtes soit une racoleuse, soit un vampire, et probablement les deux.

— Plutôt ni l'un ni l'autre, et certainement pas une racoleuse.

— Oui, je sais, vous me le répétez depuis que je suis monté dans votre voiture : « Je ne suis pas une racoleuse. » Vous me prenez pour un con ?

— Pardon ?

— Vous le niez tellement que ça en devient ridicule. « Je ne suis pas une racoleuse ! Je ne suis pas une racoleuse ! » Alors qu'est-ce que vous fichez devant l'appartement de Dario Machlin ?

— Dario ? Vous êtes ici pour lui ?

— À vous de me le dire.

Il retire son pistolet. Je peux enfin me détendre. Après un nouveau coup d'œil aux deux ombres – oui, toujours là –, il inspire profondément pour se ressaisir.

— Vampire ou non…

— *Racoleuse* ou non.

— … vous n'êtes pas toute blanche. La nuit dernière, vous êtes allée à l'*Occulte*, et je suis presque certain que cette boîte sert de lieu de rencontre aux vampires. Vous êtes rentrée avec Dario Machlin. Vous avez passé la nuit chez lui.

— Vous nous avez espionnés ? Tant que vous y étiez, vous n'avez pas jeté un coup d'œil par la fenêtre ? Croyez-moi, vous auriez appris un ou deux trucs que votre copine appréciera.

Je baisse le frein à main. Il panique.

— Qu'est-ce que vous faites ?

— On va migrer derrière l'immeuble. Sauf si vous tenez à discuter avec ces types ?

Il retient sa respiration lorsqu'il s'aperçoit que les deux silhouettes s'avancent vers nous. Dès l'instant où la lumière du réverbère les éclaire, je les reconnais. Ce sont bien des vampires et, oui, ma soirée vient de virer au fiasco.

— Hé ! monsieur l'inspecteur...

— Qu'est-ce que vous attendez pour démarrer ? demande-t-il en secouant mon siège.

— C'est prévu. Vous savez pourquoi ?

— Parce que je suis dans la mouise jusqu'au cou.

Mince ! c'est ce que je voulais dire. Mais quel genre de type fait un aveu pareil ? Quoi qu'il en soit, je dois quand même trouver une réplique, alors je bafouille :

— Non... parce que, maintenant, c'est moi qui suis dans la mouise jusqu'à votre cou.

— Qu'est-ce que ça veut dire ? Je ne...

— Cherchez pas, c'est du Shakespeare... (Je fais demi-tour, doucement, pour ne pas alerter nos deux amis.) Écoutez, je ne sais pas ce que vous attendez de moi, ni d'où vous sortez ces histoires de vampires, mais je peux vous garantir que Dario n'en est pas un, et moi non plus. On s'est rencontrés à l'*Occulte*, qui n'est pas du tout un lieu de rencontre pour vampires, et... du coup, comme vous le savez déjà, on est rentrés chez lui. C'est tout, juste un coup d'un soir, un banal plan cul.

Je prends à gauche après l'immeuble. L'inspecteur Sans-Nom se retourne pour regarder par la lunette arrière.

— Si ce n'était qu'un coup d'un soir, pourquoi vous revenez ?

— Oh ! je ne sais pas, parce que je l'aime bien ?

— Et vous repassez dès le lendemain ? Vous avez conscience de ce qu'il va penser ?

— J'ai pu oublier un truc chez lui.

— Vous devez attendre au moins trois jours et, même là, il faut vous contenter d'un texto amical.

— Quoi qu'il en soit, ce n'est pas un tueur ! Pigé ? Dario n'est pas un meurtrier, les vampires n'existent pas, et vous n'avez pas de conseils à me donner sur ma vie sexuelle.

Quelque chose capte soudain mon attention. Je freine et braque le volant d'un coup sec en partant dans un beau tête-à-queue. L'inspecteur Sans-Nom se mange le dossier de mon siège, et j'entends son arme tomber par terre. Il se met à la chercher à tâtons en jurant.

— C'est le triangle des Bermudes ici. On peut continuer de rouler, s'il vous plaît ? Ils sont là ? Vous les voyez ?

Non. Je vois une Mustang noire avec des pneus bicolores, garée de traviole. Personne à l'intérieur. La portière conducteur est entrouverte.

J'appuie sur l'accélérateur.

— Allez-y, mettez la gomme ! m'encourage-t-il.

Je prends deux fois à gauche, mes roues hurlant sur le bitume.

— Non, non. Vous tournez en rond !

— Vous avez retrouvé votre flingue ? On y retourne.

— Je préférerais qu'on évite, s'il vous plaît, je tiens à garder tout mon sang.

Passé le dernier virage, je constate avec soulagement que les vampires ont disparu.

— Vous voyez, ils sont partis, mais c'est chez Dario que ça se passe maintenant, alors, vous en êtes ou pas ?

Il n'a pas le temps de répondre. Je monte sur le trottoir en roulant sur une plate-bande jadis herbeuse, m'arrête au pied de l'immeuble et fonce aussitôt descendue vers l'escalier. J'avale les marches quatre à quatre jusqu'au troisième étage quand, soudain, j'entends le hurlement d'une femme, suivi d'un aboiement féroce, le jappement caractéristique d'un coyote enragé.

Deux coups de feu retentissent. Mon cœur bondit, et je me rends compte, après plusieurs longues secondes, que je me suis figée. L'appartement de Dario se trouve deux portes plus loin. Me forçant à avancer, je gagne son seuil au moment où la porte s'ouvre à la volée. Une femme à demi-nue en sort à toutes jambes, paniquée, et hurle quand l'inspecteur surgit de l'escalier avec son arme, la heurtant presque. Il passe devant moi pour entrer dans l'appartement. Aussitôt accueilli par une volée de tirs, il se jette derrière un canapé. Les balles font voler des éclats de bois autour de l'entrée et fracassent la fenêtre de devant.

Toujours sur le palier, les mains sur la tête, j'essaie de m'abriter derrière le cadre en métal de la porte. L'inspecteur Sans-Nom vocifère des imprécations, mais les coups de feu doivent cesser pour que je comprenne que c'est à moi qu'il s'adresse :

— … pas un tueur ! « Pas un tueur », que vous disiez !

J'inspire et crie de toutes mes forces :

— Dario !

Mais mon appel se perd dans le vacarme d'une nouvelle salve, à présent en tirs croisés. Les murs vibrent sous les impacts.

— Dario !

Cette fois, j'ai su profiter d'une pause dans la fusillade. Après quelques instants de silence, je trouve le courage de passer la tête par la porte.

— Dario, c'est moi !

— Veronica ?

D'accord.

— Non, c'est…

— Monique ?

— Non mais je rêve, c'est Shayne ! On s'est vus la nuit dernière.

— Et ce matin, ajoute tout bas l'inspecteur Sarcasme.

— Tu connais ce type ? demande le glouton.

Je lui montre mes mains vides par la porte.

— Écoute, je vais entrer, et tout le monde va poser son arme. On doit avoir environ trois minutes avant que les flics débarquent.

Un bref silence s'ensuit.

— Tu plaisantes ? dit Dario, incrédule.

— Oui, répond l'inspecteur à ma place, je dirais une demi-heure au bas mot.

Et le démon d'enchérir :

— En admettant que quelqu'un ait pris la peine d'appeler les secours pour quelques coups de feu.

— Peu probable, confirme l'inspecteur, toujours accroupi derrière le canapé, avant de composer un numéro sur son portable.

« Je les appelle », articule-t-il en silence à mon intention, comme si le doute subsistait.

— Personne ne va prévenir la police, promets-je à Dario en avertissant l'inspecteur d'un regard.

Ce dernier hésite, puis raccroche. Un Dario torse nu s'avance à petits pas dans la cuisine, son pistolet toujours pointé vers le canapé.

— Qu'est-ce qui se passe, Shayne ? Tu es de la police ?

— Non, Dario, je ne fais pas partie de la police.

— Moi si, intervient l'inspecteur Crétin.

— Mais il n'est pas venu t'arrêter, je m'empresse de préciser en m'aventurant dans la pièce. On est seulement là pour le coyote. Étant donné que tu es en un seul morceau, j'imagine que tu as réussi à le neutraliser.

Le démon désigne d'un geste la chambre du fond.

— C'est qui, ce taré ?

— Eh bien… (Bon, autant faire simple pour le moment.) Il appartient à ma meute. Ce sont ses roues dorées que tu gardes dans l'autre pièce.

Dario baisse son arme. À ma grande surprise, il affiche un air peiné.

— Alors tu faisais simplement du repérage hier soir ?

— Je suis revenue ce soir pour te les *racheter*, expliqué-je promptement. Je n'ai rien dit à personne sur ton compte, mais ce gros gland a dû me suivre.

— Ta meute ? Je dois m'attendre à avoir des problèmes ?

— Non, dis-je, avant d'ajouter après réflexion : sauf si tes balles sont en argent.

Là, on aurait un vrai problème. Mais Dario secoue la tête en signe de dénégation.

— Ce sont des balles classiques. Il va s'en tirer.

— Alors tout va bien. Enfin seulement…

— Si tu récupères ses roues.

— Voilà. Autrement, tu vas devoir tous nous éliminer.

Un bruit du côté du canapé. Je me tourne et vois l'inspecteur lever son pistolet d'une main tremblante par-dessus le dossier. Dario ne cille même pas.

— Je ne vais tuer personne. (Et le flingue redescend derrière le canapé.) Alors dégagez de chez moi maintenant, lâche le glouton en me regardant droit dans les yeux, toujours plus blessé que fâché.

— Je n'avais que deux cents dollars, de toute façon, avoué-je. Je sais que ça ne vaut rien, mais... j'aurais eu une grosse dette envers toi.

Je n'ai pas besoin de marquer davantage le sous-entendu ; il a parfaitement compris et sait que je suis sérieuse. Il prend une longue inspiration.

— Ça, ç'aurait été une bonne affaire, dit-il en parvenant à esquisser un sourire triste.

Mon cœur s'emballe.

— Ah oui ? fais-je en haussant la voix au bénéfice de l'inspecteur. Même si je suis repassée dès le lendemain ? Ça ne te dérange pas ?

Toujours planqué, le policier rétorque :

— Vous savez qui ç'aurait pu déranger ? Celle qui vient de déguerpir toute nue de cet appartement.

Dario et moi haussons les épaules de concert avec un : « Bah ! » Je me dis alors que tout n'est peut-être pas perdu entre nous, pour peu que j'attende avant de retenter ma chance. Et pour peu que j'empêche Ben et sa clique de revenir le tailler en pièces, bien évidemment.

— Il est dans la chambre ? je demande.

Dario opine de la tête, avant d'ajouter :

— Je vais chercher les roues.

— La voiture est garée devant… enfin, sur les plates-bandes.

Et je plonge la main dans ma poche pour sortir les deux cents dollars, mais Dario m'interrompt d'un geste.

— Garde ton argent.

Je claque des doigts avec insistance vers le canapé.

— Vous êtes encore caché, vous ? Vous savez, quand les gens ne tirent plus et que les deux camps se mettent à flirter dans la cuisine, c'est généralement le signe qu'il n'y a plus rien à craindre.

Lentement, prudemment, l'inspecteur se lève, son pistolet toujours à la main, mais baissé. Je n'avais pas vraiment eu l'occasion de l'observer jusqu'à présent. Contrairement à ce que laissaient croire la chemise blanche et la cravate, il n'a pas du tout la tête d'un employé de bureau. Imaginez plutôt le corps athlétique d'un footballeur professionnel vêtu d'une chemise si ajustée qu'elle semble peinte à même sa peau. Sa cravate, son pantalon, et même ses cheveux blonds, tout est fin et élégant. Pourtant, si appétissant soit-il, il y a comme une dissonance – un contraste entre l'homme et son style. Il ne s'est pas rasé, ses manches sont remontées, sa cravate pend, desserrée, et des tatouages apparaissent au ras de son col. Sans parler de son incapacité à rester immobile. Ses yeux émeraude – ravissants, je le maintiens – ne cessent de jouer au ping-pong entre Dario et moi. Bizarre, maladroit. C'est décidé, il me plaît.

Il considère le torse musculeux de Dario avec de grands yeux alarmés.

— Ouais, hein ? dis-je. Maintenant, venez me filer un coup de main dans la chambre.

— Minute, je dois d'abord…

Interroger Dario au sujet de la prostituée assassinée ? Que je réfléchisse…

— Non.

— Mais il faut…

— Non.

— Il…

— Non, non, non ! je persiste en secouant la tête. Faites-moi confiance, d'abord on s'occupe de mon problème, ensuite on réglera le vôtre. Le corps avant tout, c'est bien connu.

Il écarquille les yeux de plus belle.

— Quel corps ?

— Et puis il serait peut-être préférable de reporter à une autre fois votre interrogatoire, sauf si vous pensez que les vampires n'ont pas entendu cette petite fusillade ?

Mortifié, l'inspecteur jette un bref coup d'œil à Dario afin de jauger sa réaction à la mention de vampires. Fort heureusement, le glouton paraît interloqué. Nickel. L'inspecteur finira bien par en conclure que sa théorie des vampires est absurde. Il ignore que Dario est en réalité sidéré de voir un humain au courant de l'existence de l'Occulte et encore en vie. Voyant là une belle occasion de bluffer sur la vérité, je lance à Dario :

— Tout va bien. Il est au courant de *tout*.

— Ah ? fait le démon, faute de mieux.

— Oui, mais les vampires sont à ses trousses, alors…

Je mime des crocs avec mes doigts.

— Ah…

Soudain conscient de la porte ouverte derrière lui, l'inspecteur se rapproche de nous.

— Vous êtes tordants tous les deux. Quel corps ? Où est-il ? Pourquoi vous parlez d'un coyote ? Et pourquoi demander si les balles sont en argent ?

— Je vais vous montrer pourquoi.

Je me rends dans la chambre au fond du couloir, allume la lumière et désigne l'énorme bête maculée de sang par terre.

— C'est un métamorphe coyote.

Le coyote de Ben est à l'image de sa personne : menaçant de la tête aux pieds. Des traînées de poils noirs dessinent un froncement de sourcils perpétuel au-dessus de deux yeux jaunes qui, même au repos, semblent jeter des éclairs. À cet instant, ils sont exorbités par un mélange de rage et d'impuissance. Son pelage est mince et hirsute, gris foncé sur le dos, roux sur les pattes. Il a reçu deux balles : une à la patte arrière, l'autre au cou. À la vue du policier, il émet un grondement féroce.

— Un métamorphe ? balbutie l'inspecteur, à la fois terrifié et émerveillé. Donc… la plupart du temps il est… mais il peut se métamorphoser…

— De coyote en connard, vous avez tout compris.

Je donne une tape sur le museau de Ben, qui retrousse les babines en grognant. Sous ma forme vulpine, j'aurais dû m'écraser face à ce genre d'attitude dominante, mais, en l'occurrence, j'ai surtout besoin qu'il se calme vite fait. Je l'empoigne donc par la peau du cou et l'oblige à me regarder dans les yeux. Il pourrait m'arracher le visage sans problème.

— Ça suffit ! C'est fini, et tu as de la chance que Dario soit un gentil démon, le tancé-je avant de me tourner vers l'inspecteur hébété. Je vous laisse vous occuper de l'arrière, mais faites attention à sa blessure. Je suis du côté des dents, alors ne l'énervez pas.

Ensemble, nous soulevons la bête – plus lourde qu'elle n'y paraît – et sortons dans le couloir.

— Arrête de gigoter, Ben. Si tu mets du sang sur mon blouson, je te jure…

Je me fige, alertée par un bruit de pas rapides sur la coursive extérieure. J'entends Dario dire :

— Qu'est-ce que vous faites là ?

— Où sont-ils ? répond un homme.

— Dans la chambre. J'ai réglé le problème.

— Ah oui ?

— Oui ! rétorque Dario d'une voix ferme.

Mon cœur bondit au cliquetis d'un pistolet qu'on arme. L'instant d'après, des rafales d'arme automatique crépitent dans un bruit assourdissant. L'appartement entier tremble comme si un train de marchandises le traversait. Des éclats de verre volent partout, meubles et appareils se perforent de myriades de trous. Il doit y avoir deux fusils pour cracher autant de balles.

Au coin du couloir, à deux pas devant nous, les tirs frappent le mur dans un feu d'artifice de plâtre. Je bifurque aussitôt dans la salle de bains, mais Ben m'échappe des mains quand j'essaie de fermer la porte et nous tombons tous les trois. L'inspecteur la referme d'un coup de pied. Au moment où je monte sur les toilettes pour ouvrir la fenêtre qui donne sur l'escalier de secours, le mitraillage cesse subitement. Je me fige pour écouter ce silence malgré mes oreilles sifflantes et mon cœur tambourinant. J'entends du mouvement dans le salon, une voix étouffée, du remue-ménage.

Puis des pas dans le couloir.

Ben essaie de se relever, mais en vain. À côté de lui, toujours vautré sur le carrelage, l'inspecteur lève lentement son arme vers la porte. Les tremblements de sa main s'intensifient à mesure que les pas approchent, au point qu'il sera sans doute incapable de faire mouche, même à bout portant. Les pas bruissent sur la moquette devant le battant, puis s'arrêtent. Un nouveau silence s'ensuit. Quelques secondes qui me paraissent des heures.

Puis le mitraillage reprend, si brusque, si tonitruant, que nous nous recroquevillons sans réfléchir – l'inspecteur laisse tomber son arme. Pourtant la porte reste intacte.

La chambre. Il tire sur la porte de la chambre.

Pas de temps à perdre. Profitant du vacarme, nous nous hâtons de faire passer par la fenêtre le corps atone de Ben, qui s'écrase lourdement sur la grille de l'escalier de secours. L'inspecteur se hisse à son tour, et je suis en train de le suivre quand le silence revient d'un coup. Luttant contre la panique, je me laisse glisser sur l'escalier et recule au moment où la porte de la salle de bains s'ouvre avec fracas.

— Par ici ! crie l'homme à son comparse, avant de lui répondre ensuite : Récupère-le ! On y va.

L'inspecteur me fait signe de descendre l'escalier, mais je secoue la tête en tendant frénétiquement le doigt vers le palier supérieur. *Non ! En haut !* Ben ne bouge plus, les yeux révulsés. Pas le temps de m'en soucier pour l'instant. Sans bruit, presque sans respirer, nous le montons sur la pointe des pieds vers le dernier étage. Nous sommes encore sur la volée de marches quand un gros sac en toile noir balancé par la fenêtre atterrit sur le sol grillagé.

J'adresse au policier une grimace paniquée – *Vite, vite !* – et nous gagnons le palier pile au moment où un homme encapuchonné émerge de la fenêtre juste en dessous, suivi par une autre personne encapuchonnée munie de gants et d'un sac identique. Des fusils d'assaut pendent à leur épaule. Ce qui m'intrigue le plus, sans réellement me surprendre, c'est l'aura occulte qui émane d'eux. Plus forte que l'aura familière de Ben, la sensation atteint un pic quand les deux tueurs se penchent par-dessus la rambarde pour regarder en bas. Elle s'éclipse avec eux, cependant, lorsqu'ils dévalent les marches de métal avec leurs grosses bottes.

L'inspecteur s'affale et roule sur le dos pour souffler enfin en lâchant une bordée de jurons.

— Silence, sifflé-je.

— Ils sont tout en bas.

— Et il y a plein de créatures qui pourraient nous entendre deux fois plus loin. Alors bouclez-la et attendez-moi là avec Ben.

— Quoi ? Non ! proteste-t-il à mi-voix. Et s'il se réveille ? Mon visage entier rentre dans sa gueule.

— Tâchez seulement de ne pas mourir, répliqué-je en regagnant la fenêtre. J'aurai besoin de votre aide pour le ramener à la voiture.

En descendant sur les toilettes, je repère immédiatement ce que je cherche : le pantalon de Ben, posé sur le rebord de la baignoire. Il était donc entré de ce côté et s'est déshabillé ici pour se transformer. Pas de portefeuille ni de clés dans les poches. Il avait tout prévu. Maintenant que j'ai son pantalon, je ferais mieux de déguerpir. Pourtant, il me reste une chose à faire. Je n'en ai pas du tout envie, mais je n'ai pas le choix.

Je sors à petits pas dans le couloir et m'arrête au coin ravagé par les balles. Je tends l'oreille. *Seigneur, je vous en prie, donnez-moi au moins un son.* Seul le silence me répond. Je compte jusqu'à trois, puis risque un coup d'œil dans la pièce de vie. Mon regard se pose immédiatement sur le bras de Dario, qui gît sur le sol de la cuisine, dans une flaque de sang. Un hoquet de stupeur m'échappe. Je laisse aller ma tête contre le mur.

Est-ce ma faute ? Il y a trop de facteurs à prendre en compte, trop d'inconnues… hormis le fait que Dario était à l'évidence impliqué dans des magouilles dangereuses, avec des gens dangereux. Malgré ça, je n'ai jamais eu l'intention de faire partie de ces personnes. Peut-être apprendrons-nous plus tard que ce drame aurait eu lieu dans tous les cas, mais, pour le moment, je ne peux m'empêcher de me sentir responsable. Soudain épuisée, je me traîne pour rejoindre mes compagnons.

Notre descente avec Ben dans l'escalier est lente et pénible. La chemise blanche du policier est maintenant trempée de sueur, maculée de sang. Silencieux tout du long, il ne cesse cependant de regarder de tous côtés et se tétanise chaque fois qu'une voiture passe devant la venelle. La dernière marche enfin passée, je marque une pause afin d'affermir ma prise sur le coyote. Il ne nous reste plus qu'à remonter la ruelle pour retrouver ma voiture juste au coin.

— Prêt ? je grogne sous l'effort.

— On retourne à votre voiture ?

— C'est ça. (Nous nous remettons en route.) Et vous ? je demande entre deux respirations. Voiture ?

Il acquiesce, tout aussi essoufflé.

— Berline sombre… de l'autre côté de la rue… Vous vous êtes garée… juste derrière moi.

— Écoutez… quand vous serez… dans votre voiture… rentrez chez vous… et oubliez… toute cette histoire… croyez-moi.

Il secoue la tête en signe de désaccord quand deux phares puissants nous aveuglent. Un gros SUV noir monte sur le trottoir et s'engage dans la ruelle, nous bloquant le passage. Les portières côté conducteur s'ouvrent pour révéler les deux vampires de tout à l'heure. L'inspecteur lâche Ben pour dégainer son arme.

Je ferais mieux de ne pas m'en mêler. Les vampires vont lui faire exactement ce qui s'impose, pour notre bien à tous. Mieux vaut partir, sans regret. Mais c'est plus fort que moi. J'ai un faible pour les beaux gosses, humains ou autres.

— Attendez ! je crie alors que le coyote me glisse des bras.

Je bondis au côté de l'inspecteur et saisis son arme à deux mains.

— Ne tirez pas ! je l'exhorte, mais il me résiste. Regardez-moi. Regardez-moi !

Il refuse, tremblant de la tête aux pieds. Inutile. Je tente ma chance avec les vampires.

— J'ai besoin de lui ! Il est avec moi ! Et je travaille pour l'Agence. Je dois le ramener au poste.

Les vampires s'écartent pour laisser passer un troisième homme. Identifiant immédiatement le nouvel arrivant, je perds tout espoir de sauver les meubles. Henry Stadther est le maître du plus grand clan de vampires de Détroit (le seul, même, pour certains). Il nous détaille d'un regard depuis longtemps blasé par les basses préoccupations des mortels. Je sens mes narines assaillies par la forte odeur conjuguée de l'amidon de son costume impeccable et de l'huile pour cheveux de sa coiffure raffinée.

— Je ne vous demande pas de le libérer, précisé-je. Juste de l'épargner.

Les yeux indifférents de Henry se posent sur le coyote à mes pieds.

— Pourquoi ?

Pourquoi épargner l'humain ? Il me faut moins d'une seconde pour comprendre que je ne trouverai aucun argument assez probant à leurs yeux. Le mieux que je puisse faire à ce stade, c'est calmer le jeu avec l'inspecteur.

— Hé ! fais-je en tentant de nouveau de lui ôter l'arme des mains. Donnez-moi ça. Les balles ne les arrêteront pas.

— Non, mais elles les ralentissent, argue-t-il d'une voix rauque, le visage en sueur.

Ce n'est sans doute pas le moment de lui demander comment il le sait.

L'un des hommes s'avance vers nous avec un grognement féroce. Au bout de quelques pas, cependant, il s'arrête, baisse la tête et revient à contrecœur auprès de Henry. On vient de m'accorder une chance de partir sans demander mon reste. Maître vampire, Henry a la capacité de donner des ordres par télépathie à ses sujets. Pour le moment (quoique pas éternellement) et par égard pour moi, il va tenir ses hommes en laisse. Il devient à présent limpide que je ferais mieux de laisser tomber. Je lâche la main de l'inspecteur, déjà rassurée qu'il ne pointe pas son pistolet sur les vampires, ce qui serait son dernier geste.

Je récupère tant bien que mal le coyote de Ben, puis m'éloigne en traînant son corps. En désespoir de cause, je lance par-dessus mon épaule :

— J'ai prévenu l'Agence, vous savez. (Un parfait mensonge, naturellement.) Nick Sublime a entendu parler de cet homme. Il voudra savoir où il est passé.

J'évite de regarder en arrière. Je ne tiens pas à voir les yeux de l'inspecteur. J'entends sa respiration saccadée, sa panique frisant l'hystérie. Je ne suis plus très loin de ma voiture quand un hurlement perçant s'élève, aussitôt réduit au silence. Le temps que j'allonge Ben sur la banquette arrière, les portières du SUV claquent et le véhicule sort de la ruelle en marche arrière, avant de s'enfoncer dans la nuit.

Je me retrouve confrontée au même dilemme que tout à l'heure. Mettre les voiles, rester dans l'ignorance ? Là encore, la curiosité morbide l'emporte. Au volant de ma voiture, je descends du trottoir, puis roule au pas jusqu'à l'entrée de la ruelle. À ma grande surprise, je découvre l'inspecteur en train de se relever, bien en vie. Indemne.

Je baisse ma vitre en poussant un soupir de soulagement.

— Vous êtes perdu ? je lance.

Il se prend la tête à deux mains, comme en proie à une gueule de bois carabinée, et esquisse quelques pas maladroits.

— Où suis-je ?

— Roosevelt. Pas le quartier le plus sûr à cette heure-ci… voire tout court. (Je pointe le pouce vers la rue dans mon dos.) J'imagine que c'est votre voiture garée là.

Il regarde la berline en plissant les yeux.

— Je… je ne sais pas.

— Vous êtes flic ?

Il contemple l'arme dans sa main avec fascination.

— Il me semble que oui.

— On ne s'est pas déjà rencontrés ? Votre tête me dit quelque chose.

— Non, navré, je…

— Vous inquiétez pas, je ne suis pas une racoleuse, vous savez. Juste pour info.

Il secoue la tête, puis s'éloigne en titubant. Je l'observe dans le rétroviseur pour m'assurer qu'il s'assoie bien au volant de sa voiture. Puis je m'autorise un dernier long regard vers la fenêtre du troisième étage, en haut de l'escalier de secours.

Chapitre 7

À mi-chemin dans le champ, j'annonce ma venue par deux coups de Klaxon. Ainsi, au moment où j'arrive sur le carré de mauvaises herbes derrière nos mobil-homes, trois personnes m'attendent déjà. La mine grave, Nolan se protège les yeux contre l'éclat des phares et s'écarte en m'invitant d'un geste à avancer. À sa tête, je devine qu'il se doute déjà du drame qui a eu lieu, même si je n'ai prévenu personne. Papa paraît bien petit et efflanqué à côté de Ray Cody, notre alpha prototype du genre. Sans un mot, mon père et lui ouvrent la portière arrière, soulèvent sans effort le coyote inconscient et l'emportent sans tarder près du feu. Nolan m'attend, sans m'offrir davantage qu'un regard stoïque. J'éprouve le besoin de m'expliquer :

— Il m'a suivie.

On pourrait me croire en colère et, de fait, je le suis, mais pas vraiment contre Ben. Non, ce qui m'irrite, ce sont les remontrances qui vont immanquablement me tomber dessus, alors que je n'ai *rien* fait de mal.

Très vite, une petite foule s'attroupe autour du feu. Au début, il s'échange seulement des murmures et des regards inquiets. Malheureusement rompu à l'exercice, papa s'applique immédiatement à extraire les balles. Dès que sa pince s'enfonce dans la première blessure, Ben se réveille avec un jappement de douleur. Alors, c'en est fini du calme. Nolan et Ray doivent s'y mettre à deux pour le maîtriser tandis que papa tourne et tord sa pince dans la plaie. Les enfants se rapprochent, sautillent pour mieux voir. Déjà à cran en temps normal, Mme Cody fait les cent pas en gémissant. Même la petite Bunica, mon arrière-grand-mère centenaire, vient nous rejoindre clopin-clopant, l'air consternée, en y allant de ses commentaires sur « ces chenapans de Benny et Shayne » et leurs « maudites bêtises ».

Et pour finir… *pitié, achevez-moi*… ma mère fend la foule, qui s'écarte devant elle comme la mer Rouge devant Moïse. Sans un regard pour Ben, elle marche droit vers moi dans le tintement des dizaines de joncs et bracelets en jade qui ornent ses poignets squelettiques. Ses seins pendent librement sous un tee-shirt élimé – elle n'a pas porté de soutien-gorge depuis la première fois qu'un garçon lui en a détaché un quand elle avait quinze ans (et, ne la croyez surtout pas, quand elle affirme que c'était mon père). Maman est très belle quand elle sourit, mais terrifiante le reste du temps. Et, là, elle ne sourit pas.

— Que faudra-t-il, Shayne ? Quand est-ce que tu vas enfin devenir une adulte ?

Exaspérée, je lève les mains au ciel.

— Tu ne sais même pas ce qui s'est passé !

— Un démon avait les roues volées de Ben. Tu as retrouvé le coupable, et tu es allée les récupérer.

Soit, elle connaît en effet une *partie* de l'histoire. Je lance un regard accusateur à Nolan. Le visage de ma mère s'interpose entre nous.

— Mais tu n'es plus au lycée, et les petites brutes ne se contentent plus de jeter du sable, n'est-ce pas ?

— Maman, le lycée, ça remonte à huit ans ! Et je vais bien, merci de t'en inquiéter. Aucune balle ne m'a touchée.

— Dommage, une petite égratignure te remettrait peut-être les idées en place.

— C'est bon à savoir. La prochaine fois, je veillerai à m'en prendre une.

— Ce ne serait pas un mal.

— Ça te plairait, hein ? Que je perde un œil et que je sois obligée de porter un bandeau ? Un souvenir indélébile de mon irresponsabilité !

— Pourquoi pas un œil de verre qui tomberait en plein dîner ? Ne fais pas tant d'histoires ! Et, oui, tu t'es montrée clairement irresponsable, la preuve ! ajoute-t-elle en désignant Ben.

— Il n'a rien ! Je l'ai vu se remettre de deux fois plus de balles.

Mme Cody laisse échapper un hoquet horrifié.

— Quoi ? Quand ça ?

Oups ! Je n'étais pas censé mentionner cet événement devant nos mères.

Nolan s'avance pour prendre la parole :

— Ce n'était pas la faute de Shayne. Ben l'a suivie. Il a probablement…

— Non, ce n'est pas vrai, dis-je sèchement.

Je ne sais pas pourquoi je le contredis. Mis à part que je ne veux pas de son aide, bien évidemment. Pourquoi je prends la défense de Ben ?

En réalité, je sais pourquoi, mais c'est débile. Dans un film, vous auriez maintenant droit à un flash-back de ce moment au lycée où les fils Cody et moi avons prêté serment de ne jamais nous cafarder auprès de nos parents.

Les trois frères avaient soutenu que leur parole suffirait à sceller le pacte, mais que le seul moyen pour moi de gagner leur confiance était de leur montrer mes seins. Allez savoir, cette brève exhibition de mes nichons a peut-être donné suffisamment de poids à ce pacte pour que, aujourd'hui encore, je me sente obligée de m'y tenir. En outre, j'avoue prendre un malin plaisir à entretenir la déception de ma mère à mon sujet alors qu'elle a tort sur toute la ligne, même si elle ne le saura jamais. Ne me demandez pas de comprendre la logique tordue de ce raisonnement.

— J'ai organisé le rendez-vous en disant à Ben de me retrouver sur place. Son seul tort est d'être venu.

— Combien étaient-ils ? m'interroge Ray.

— Trois, mais ce n'est pas ce que tu penses.

— Savent-ils qui nous sommes ?

— Ils ont pu te suivre, souligne ma mère, arrachant un nouveau hoquet à Mme Cody.

— Non ! Si vous me laissiez parler, on devait normalement avoir affaire à un seul homme et il n'était pas dangereux.

— C'est un démon ! crache ma mère.

— C'était mon ami !

Silence général tandis que la meute assimile cette information. Puis, d'un coup, tout le monde se met à gémir – soupir collectif – et à parler en même temps. Je ne saisis que des bribes de phrases : un « … coucher avec lui, mais tu es folle ! » de ma mère, un « … porter sa sale progéniture démoniaque ? » de Mme Cody, et un « … la nuit avec un démon une fois. Saviez-vous qu'ils n'atteindront pas l'orgasme sans quelques mots crus ? Je vous assure ! » de la très vieille et très bossue petite Bunica.

Mon portable vibre dans la poche de mon blouson. Je fais presque un arrêt cardiaque quand je vois le nom de Nick Sublime sur l'écran. Ça ne présage rien de bon.

— Shayne ! m'avertit ma mère quand je leur tourne le dos.

Je fais volte-face et crie pour que tous m'entendent :

— C'est Nick Sublime, maman ! Parce que cet incident (je désigne Ben) n'est pas qu'un drame de lycéens. Figure-toi qu'il s'agit d'une grosse enquête que je mène pour le compte de l'Agence, alors excuse-moi pendant que je fais mon travail.

Personne ne trouve plus rien à dire. Personne, sauf ma mère, qui ne se laisse pas berner une seconde. Je l'entends lancer dans mon dos :

— Tu ne prends toujours pas tes médicaments !

Je lui adresse un doigt d'honneur sans me retourner et réponds au téléphone.

— Toi aussi, tu vas m'engueuler, Sublime ?

— Qu'est-ce que je t'ai dit ? Pas plus tard qu'aujourd'hui…

— Je vais bien, merci de demander…

— … je t'ai dit de ne pas te mêler de cette histoire de démon…

— … même si Ben a pris deux balles et qu'un de mes amis est mort…

— C'est ta faute !

— Non, ce n'est pas ma faute ! je m'emporte, oubliant un instant à qui je m'adresse.

Personne chez les occultes – pas même Terrance, le troll gigantesque – n'est assez idiot pour manquer de respect à Nick Sublime. On peut l'ajouter à la liste des conneries que j'accumule apparemment aujourd'hui.

— Tout se passait très bien jusqu'à ce que Ben se pointe. *(Même si juste avant…)* Et il y avait un autre type, un inspecteur de police.

— Ferme-la une seconde et écoute-moi…

— Et puis comment es-tu au courant ?

— Pas grâce à toi.

— J'allais justement t'appeler, je te jure.

Entre maintenant et jamais.

— Henry Stadther t'a devancée d'une heure. Il a contacté lui-même la directrice, qui m'a prévenu ensuite. Et tu sais comme *j'adore* que la directrice m'appelle.

Aïe ! Bon, correction : il existe *un* occulte qui oserait manquer de respect à Nick Sublime. C'est sans doute pour ça que Madison West est directrice de la DAD.

— Qu'a dit Henry ? je demande. Pourquoi en avait-il après cet inspecteur ? Et il pourrait peut-être nous éclairer sur les deux types armés de *fusils d'assaut*…

— Oh ! ne t'inquiète pas, Shayne, tu auras toutes les réponses que tu veux une fois à l'Agence.

— Parce que je passe à l'Agence ?

— Sois là à 4 heures.

Il veut dire 4 heures *du matin*.

— C'est dans six heures. Pourquoi pas maintenant ?

— Dis-moi juste un truc, Shayne, et pas de bobard.

— Comment ça ? Cite-moi une seule fois où…

— *Shayne.*

Je me tais.

— Je te demande de bien réfléchir, dit-il d'une voix plus suppliante qu'impérieuse. Et sois très claire dans ta réponse, s'il te plaît.

— D'accord. Tu me fais peur.

Je n'avais pas l'intention de faire cette dernière remarque tout haut, mais peu importe.

— Peux-tu me confirmer avec une certitude absolue que tu as vu tout le matériel nécessaire pour fabriquer une bombe dans l'appartement du démon ? Réfléchis bien avant de répondre.

Pas besoin de réfléchir, mais j'attends docilement quelques secondes. Puis :

— Écoute, je ne prétends pas savoir quels produits chimiques sont nécessaires à la fabrication d'une bombe, mais, si les seaux que j'ai vus étaient correctement étiquetés, s'ils ne servaient pas simplement à contenir autre chose…

Je suis sûre que non : ils étaient encore scellés avec des étiquettes « Matières dangereuses ».

— Oui, si on part du principe que le contenu correspondait au contenant…, résume Nick.

— Alors, oui, c'étaient des composants chimiques et pulvérulents couverts d'étiquettes de mise en garde, de pictogrammes, « Matière explosive », « Risque toxique », et compagnie. Il y avait aussi des téléphones portables, qui peuvent servir de détonateurs.

— Oserais-je te demander comment tu en sais autant sur les bombes ?

— Les séries policières.

Et j'ai de mauvaises fréquentations qui parlent vraiment de tout et de rien en jouant au poker.

Sublime pousse un soupir las, sans doute en train de se frotter le visage, les yeux, l'arrière du crâne.

— Quatre heures, conclut-il avant de raccrocher.

Je range le portable dans ma poche et me dirige d'un pas ferme vers le ruisseau qui sépare notre parc de mobil-homes des bois de Newport. Même si cette forêt fait pâle figure à côté de l'énorme réserve naturelle de la rivière Détroit plus à l'est, ça reste un endroit sombre, touffu, paisible, que je connais dans les moindres recoins. Je m'y sens autant chez moi que dans le local #2 de notre communauté.

Quand les mots me manquent, comme à cet instant, j'éprouve le besoin de me réfugier dans ces bois. En réalité, un tas de mots me viennent à l'esprit pour qualifier cette journée : « injuste », « frustration », « honte », « colère », « culpabilité », « reproche », « échec ». Cependant, il me faudrait une nuit entière pour exprimer toutes ces émotions simultanées. C'est une tempête dans mon cœur qui me pique les yeux et me donne envie de hurler. Le signe que mon autre côté m'appelle – le côté simple, qui ne se préoccupe que des besoins essentiels : manger, dormir, s'abriter. Ma part animale. Au cœur des bois, j'arrache mes vêtements et me métamorphose. Parce que les renards ne connaissent pas d'émotions complexes et, surtout, ils ne pleurent jamais.

Je passe la demi-heure suivante à errer sans but, flânant au gré des trouvailles de mes oreilles et de ma truffe. Des chenilles qui escaladent péniblement un tronc. Une branche cassée encore reliée à son arbre. Je la saisis entre mes crocs et tire de toutes mes forces en secouant vivement la tête, mais ma prise cède avant la branche et je tombe à la renverse.

Attirée par le bruit de petits pas sous la terre, je renifle un tapis de feuilles mortes et d'herbe à moitié mangée jusqu'au terrier d'un campagnol, une minuscule bestiole qui a la même tête et le même goût qu'une souris. Ça se tente. Je me ramasse en remuant mon popotin, la queue aplatie au sol, puis plonge une patte dans le terrier et bondis immédiatement sur ma gauche vers un second trou d'où le rongeur devrait normalement sortir. J'atterris à pattes jointes, une seconde trop tôt, car le campagnol surgit alors pour disparaître aussitôt sous les racines d'un arbre.

Que je résume : ridiculisée par un rat, vaincue par une branche morte. Même comme renarde, je ne vaux rien.

Soudain, je flaire une odeur musquée dans la brise. Un renard normal filerait se cacher, car cette odeur est synonyme de « prédateur ». Cependant, n'étant pas un renard normal, je file me cacher parce que cette odeur est synonyme de « Nolan ». Je n'aurai aucun mal à le semer. Chez les canidés, seuls les renards ont des griffes rétractiles, ce qui nous donne l'avantage de pouvoir grimper aux arbres. Et si vous vous dites, « Hé ! comme les chats », vous gagnez un point.

Mes griffes sorties, je monte me réfugier dans l'arbre le plus proche, un vieux chêne blanc aux branches noueuses. Quelques minutes plus tard, le coyote de Nolan arrive en trottinant. Contrairement au pelage sombre et contrasté de Ben, sa fourrure est d'un mordoré uni, avec un peu de blanc au cou et au poitrail. Bien que Nolan soit plus jeune, son coyote est plus imposant que celui de son frère – moins par la taille que par l'épaisseur de sa fourrure, que j'aime qualifier (au grand dam de Nolan) de « bouffante ». Une vraie peluche géante.

Il examine la branche cassée, puis l'attrape dans sa gueule et l'arrache sans problème. *Crâneur.* Il s'intéresse ensuite au terrier du campagnol, renifle le sol en tournant en rond, avant de scruter les bois d'un côté puis de l'autre. Il doit certainement me chercher. Il reprend son inspection, fouille les bois du regard dans toutes les directions, sans penser un seul instant – coyote qu'il est – à lever les yeux.

Je ne bouge pas d'un poil. Je ne vois absolument pas ce qu'il peut bien avoir à me dire. Cela fait des années que je ne l'écoute plus, depuis que nous avons grandi et que son instinct protecteur envers moi a commencé à ressembler davantage à de la possessivité. Dans tous les cas, si je descendais maintenant et qu'il s'avisait de se montrer un tant soit peu sévère à mon égard, je risquerais fort de lui arracher les yeux. De plus, pour parler, nous serions obligés de reprendre forme humaine et, pour le coup, se disputer à poil, c'est vraiment un truc de couple marié, non merci.

Il finit par s'en aller. Je décide de rester dans mon chêne, même si ça doit me priver de sommeil. La dernière fois que je me suis endormie dans un arbre, je suis tombée de ma branche et, dans ce cas précis, j'ai obtenu la preuve douloureuse que les renards ne sont pas non plus *totalement* des chats.

Chapitre 8

À votre avis, qu'est-ce qui est pire ? Avoir dix minutes de retard après vous être endormie dans un arbre, ou avoir *trente* minutes de retard parce qu'un policier vous a arrêtée pour un feu rouge grillé quand vous n'aviez que dix minutes de retard ?

Réponse : avoir une heure de retard après avoir rembarré le flic en question, qui décide alors qu'un test de sobriété s'impose.

Mieux encore : raconter votre mésaventure à Nick par SMS et recevoir le message suivant : « Bouge pas, on arrive », puis, quand vous lui demandez s'il parle de la directrice et de lui, se voir simplement répondre : « Pire. »

Le flic me regarde compter neuf pas en ligne droite, talon contre orteils, quand la Porsche de Sublime exécute un virage interdit sur trois voies pour se garer derrière la voiture de patrouille.

— Des amis à vous ? me demande l'agent d'une voix monocorde.

— Sûrement mon parrain, réponds-je sur le même ton, puisque je suis manifestement en retard à une réunion des Alcooliques anonymes.

— C'est votre mac ?

— Ou mon mac, voilà. Pardon ?

— Il est 5 heures du matin, vos lacets sont défaits, votre braguette est ouverte et votre banquette arrière est ensevelie sous des vêtements.

— Vous savez quoi, j'adorerais vous voir demander à ce monsieur si c'est mon mac. Ça risque d'être drôle.

L'Agence fédérale de l'Occulte étant supervisée (secrètement) par le département de la Justice, Nick Sublime est autorisé à se présenter comme agent du FBI en cas d'urgences impliquant des humains ; il a même un insigne avec un numéro tout ce qu'il y a de plus officiel. Je ne l'ai jamais vu dégainer ce joker, mais comment compte-t-il me tirer d'affaire autrement ? J'ai hâte de voir la tête du flic.

Sublime descend, puis c'est au tour de sa passagère, une Latina svelte aux cheveux tirant sur le blond. Je lui donnerais la petite trentaine. Elle a un joli visage, quoique très solennel, très sérieux.

— Ils sont avec moi, déclare-t-elle en montrant son badge du FBI. Cette femme est une racoleuse.

— Je suis son mac, précise Sublime.

Le flic me gratifie d'un regard pédant, avant de répondre à la femme :

— Je vous la laisse.

Puis il remonte dans sa voiture et s'éloigne avec son gyrophare allumé.

La femme porte un sweat-shirt à rayures bleu et un jean – loin de l'ensemble chemisier blanc et veste ajustée qu'on voit toujours dans les films. Elle est aussi plutôt petite, avec de grosses lunettes à monture noire sur le nez. On l'imaginerait davantage se blottir dans un fauteuil avec un livre qu'enfoncer une porte. C'est donc elle le fameux « pire » ? Il aurait dû dire « carrément pire ». C'est une humaine de Washington.

Sublime adopte sa voix de grand garçon pour se lancer dans les présentations :

— Shayne, voici l'agent spécial Hillerman, GIO. (Groupe d'intervention de l'Occulte.) Elle vient résoudre notre petit problème de démons. Agent Hillerman, je vous présente Shayne Davies, qui s'occupe de l'affaire. Elle mène l'enquête depuis plusieurs semaines.

Abasourdie par l'annonce soudaine de mon recrutement, je ne songe même pas à me vexer que ce poste ait uniquement valeur de punition. Personne à la division de Détroit – encore moins Nick Sublime – ne veut jouer les baby-sitters pour une humaine, du coup… on m'engage. Ça ne me pose aucun problème. Baby-sitter ou non, je suis maintenant agent de l'AFO : gros doigt à tous les trouducs qui ne m'ont jamais crue quand je faisais seulement *semblant* de bosser pour l'Agence. Ne renoncez jamais à vos rêves, les enfants – il se pourrait qu'on vous les offre sur un plateau quand personne ne voudra les toucher parce qu'ils s'avèrent couverts de merde.

— Oui… euh…, bredouillé-je. C'est ça, le recéleur, Dario, du côté de Roosevelt…

— On est au courant, Shayne, m'interrompt Sublime en reculant vers sa voiture. La directrice nous a briefés. Tu raconteras ta version des faits à l'agent Hillerman en l'emmenant sur la scène de crime.

Je lui adresse un regard de détresse.

— Tu t'en vas ?

— Je dois retourner à l'Agence. La directrice m'a mis sur une autre affaire.

Menteur.

— Quelle affaire ?

— Tu sais, l'autre affaire. Celle des loups de la rivière Huron.

Menteur, et voleur par-dessus le marché !

— Ah ! tu as suivi la piste que je t'ai donnée ?

— C'est du bon travail, me félicite-t-il avec un clin d'œil. J'en connais une qui mérite largement son salaire.

J'ai peur que ce sarcasme sous-jacent saute aux yeux de l'agent spécial Hillerman, mais la voilà déjà installée sur le siège passager de ma voiture. *Vous gênez pas, surtout, ma petite dame.* Je me tourne vers Nick, les mains levées en signe d'incompréhension : *Mec, c'est quoi ce bordel ?* En guise de réponse, il esquisse une grimace contrite et fait mine de remonter sa braguette. Je me rappelle alors que mon pantalon, enfilé à la va-vite dans les bois, est encore déboutonné, mes lacets défaits et mon soutien-gorge mal fermé.

Nick Sublime parti, je décide de me ressaisir, ajuste mon blouson des Tigers et me glisse au volant de mon Épave. À ma grande surprise, je sens un léger picotement sur ma nuque et résiste à l'impulsion de scruter mes environs à la recherche d'une menace. Je perçois des ondes de dominance, comme si un prédateur rôdait dans les parages. Étrange, car la seule personne en vue est l'agent Hillerman, qui n'est absolument pas une occulte. D'un autre côté, vu qu'elle est maintenant, de fait, ma patronne, je suis peut-être simplement nerveuse.

— Désolée, c'est un peu le bordel dans ma voiture, débité-je sans prendre le temps de respirer en cherchant mes clés dans ma poche, avant de faire démarrer le moteur. J'ai aidé une amie à déménager et elle m'a donné tous les vêtements qui ne lui allaient plus. Il y a cette nouvelle société de compléments alimentaires qui lui propose de faire une série de photos avant-après contre rémunération pour sa campagne de pub. Du coup, elle a pris quelques photos quand elle était maigre et, maintenant, elle ne mange que des *donuts* fourrés au chili histoire de gagner un max de poids pour les photos « avant ».

Je reconnais que cette explication foireuse est un chouïa capillotractée. Normalement, le mensonge improvisé, c'est ma spécialité, mais, quand je suis nerveuse, j'ai tendance à exagérer. N'empêche que, le *donut* au chili, ce serait une tuerie.

L'agent Hillerman n'a pas l'air impressionnée.

— Sommes-nous loin de la scène ? demande-t-elle avec un regard en biais vers le tas de vêtements.

— « La scène » ?

— La scène de crime.

— La piaule de Dario ?

— L'appartement de la victime.

— Cinq minutes. Vous voulez qu'on y aille ?

Elle me considère sans mot dire, avec un visage de marbre.

— Bien sûr, c'est pour ça que vous êtes montée dans ma voiture. Désolée, je…

Bon sang ! ça ne fait même pas trente secondes et je me suis déjà excusée deux fois. Achevez-moi, s'il vous plaît. Il est peut-être temps d'arrêter les conneries.

— Écoutez, je n'ai pas l'habitude d'avoir une nounou, encore moins humaine. On ne porte pas vraiment votre espèce dans notre cœur.

— Je vois mal comment vous pourriez en avoir l'habitude étant donné que vous n'êtes un vrai agent que depuis une minute.

— C'est si flagrant ?

— Moins que votre relation avec la victime.

— On n'avait pas vraiment de relation, mais, oui, on a couché ensemble.

— Et vous êtes repassée hier soir pour le second round.

— Non, j'essayais de récupérer les roues qu'il avait volées à mon ami.

Sa voix suinte le mépris lorsqu'elle demande :

— Vous parlez du *coyote* qui a fait de la prison ?

— Celui-là même, je réponds avec un sourire.

— Vous voyez ? Nous ne vous portons pas non plus dans notre cœur, réplique-t-elle avant d'incliner le siège et de poser un pied sur le tableau de bord comme si elle occupait cette place depuis toujours. Je suggère que nous jouions franc jeu à partir de maintenant.

— D'accord. J'aime beaucoup vos chaussures.

— J'aime beaucoup vos cheveux, admet-elle en retour. Peut-on y aller maintenant ?

— C'est parti.

Lancée dans un demi-tour, je fais mine de vérifier mon angle mort pour jeter encore quelques coups d'œil à l'agent du FBI. Ses sourcils noirs écrasent des yeux sombres et moroses – à se demander quand elle a souri pour la dernière fois, si ça lui arrive tout court. Sa main gauche attire tout particulièrement mon attention. Juste à côté d'un annulaire orné d'une alliance, son auriculaire est réduit à un moignon de phalange. La voyant fermer le poing, je devine qu'elle a surpris mon regard. Je me couvre en demandant :

— Vous venez d'arriver en ville ?

— Par hélicoptère, depuis Pittsburgh.

— Pas d'affaires ? Pas de bagages ?

— Tout est déjà à l'hôtel.

— Dans le centre-ville ? Le *Marriott* ?

— Tout à fait.

— Vous êtes mariée ?

Pas de réponse.

— Comment vous vous êtes fait ça au petit doigt ?

— Un chien m'a mordue. C'est mon tour de poser les questions maintenant ?

— Demandez-moi ce que vous voulez. La vérité et rien que la vérité.

— Quels étaient les noms des produits chimiques que vous avez vus chez la victime ?

— Je l'ai déjà dit à Sublime, je ne sais pas.

— Comment la victime s'est-elle procuré les produits ? Quand ? Où ? Par qui ?

— Aucune idée, fois quatre.

— Qui étaient les deux tireurs ?

— Sais pas.

— Des démons ?

— Peut-être.

— En résumé, nous n'avons pas de famille ni d'amis connus, pas de colocataire, pas de conjoint, pas de travail, pas de collègues, pas d'ennemis connus, pas de mobile. Tout ce que nous avons, ce sont deux tireurs occultes avec des armes automatiques et des matériaux explosifs, et deux jours seulement.

— « Deux jours » ?

— Le temps pour moi d'évaluer la compétence de l'Agence dans cette affaire, avant de décider s'il vaut mieux la confier au département de la Sécurité intérieure.

— La Sécurité intérieure est au courant de l'existence de l'Occulte ?

— Non.

— Il s'agit d'une affaire strictement occulte, je lui rappelle.

— Raison pour laquelle on vous accorde deux jours. Alors dites-moi, avez-vous la moindre piste ? la moindre réponse ?

— Non, mais je connais quelqu'un qui pourrait nous aider.

— L'inspecteur de police humain.

— Exactement.

— Qui se nomme… ?

— Je ne sais pas, admets-je, avant d'ajouter en entendant son soupir agacé : mais ça ne nous avancerait à rien de toute façon puisque les vampires lui ont gelé le cerveau.

— Vous voulez dire qu'ils l'ont *contraint* à oublier.

— Voilà.

— Mais à oublier quoi ? (J'ouvre la bouche pour répondre, mais elle me prend de vitesse.) Vous ne savez pas, j'ai compris. Mais veuillez éclaircir un point, je vous prie. Ces vampires ont utilisé leur pouvoir pour s'introduire de force dans l'esprit d'une personne sans défense, contre sa volonté, avant de profaner sa mémoire, de lui soutirer ce que bon leur semblait, une intrusion proche du viol, et vous, vous appelez ça « lui geler le cerveau » ?

Houla ! un peu tendue du slip, la dame. Je décide de jouer les idiotes pour l'emmerder.

— Oui, comme quand on avale trop de glace d'un coup. À la différence que le pouvoir des vampires ne fait pas mal.

— Qu'en savez-vous ? Vous avez déjà fait l'expérience d'une contrainte ?

— Moi ? Non, ils n'ont pas le droit de manipuler les occultes.

— Bien sûr, j'ai failli oublier, ironise-t-elle d'une voix teintée d'amertume. Seulement les humains. Vous savez, « les humains », ces petits êtres vulnérables qui ne sont que des casse-croûte à vos yeux ?

— Mais absolument ! Dès que j'en vois un, c'est comme dans un cartoon : j'imagine tout de suite un gros steak sur pattes en train de courir. Hé ! ça va peut-être vous surprendre, mais je partage totalement votre opinion sur les vampires. Je ne les supporte pas non plus.

Elle se renfrogne et nous roulons un moment en silence.

— Qu'ont dit les vampires à la directrice West ? je demande finalement. Au sujet de l'inspecteur de police ?

— La même chose que vous. Rien. Pas de nom. Pas d'explication sur la manière dont il a pu découvrir leur existence. Seulement qu'il était passé à leur casino poser des questions.

— Au sujet du meurtre d'une prostituée, complété-je, récoltant aussitôt un regard surpris. (À l'évidence, elle ne connaissait pas cette partie.) Oui, il avait fait le lien entre une prostituée assassinée, les vampires et Dario.

— Vous le tenez de l'inspecteur ?

— Il a évoqué le sujet quand il a sauté dans ma voiture pour me coller un flingue sur la nuque.

Un peu plus loin, plusieurs gyrophares confirment que nous approchons de l'immeuble de Dario. J'aperçois deux voitures de police et une ambulance.

— Ne vous garez pas trop près, me dit Hillerman. Le règlement du FBI interdit les figurines à grosse tête.

Avec son ton pince-sans-rire, je n'arrive pas à savoir si elle plaisante. La sensation de dominance fait son grand retour. Cette fois, je me demande si je ne la trouve pas simplement antipathique. Elle n'a manifestement pas une haute opinion de moi.

Je me gare, puis coupe le moteur. Hillerman ne bouge pas d'un pouce, le pied toujours posé sur le tableau de bord. Puis elle me demande posément :

— Pourquoi voulez-vous travailler pour l'Agence ?

— « Pourquoi » ?

— À l'évidence, Nick Sublime savait que vous accepteriez la mission que personne à l'Agence ne voulait toucher à cause de moi. On peut en conclure que vous êtes désespérée. Mais que cherchez-vous si éperdument ?

Sa perspicacité m'impressionne.

— Un boulot, pardi.

— Il y a tout de même des métiers beaucoup plus faciles que celui-ci.

Je soupire. On croirait entendre ma mère.

— J'en sais rien. Je pense que je serai douée dans ce boulot.

— C'est tout ? Vous pensez que vous serez douée ?

— Ben oui, c'est pareil pour tout le monde, non ? Les gens ne choisissent pas leur métier au hasard. Ils exploitent leurs points forts.

— Certes, mais, là, il ne s'agit pas d'être comptable ou avocate. On parle d'affronter des créatures et des individus dangereux, aussi prompts à vous tuer qu'à vous sourire, et, quand la situation se présentera, quand il faudra littéralement agir ou mourir, vos belles motivations ne tiendront pas. Vous vous sauverez à toutes jambes.

Quoi ? Pardon ? Comment ?

— Vous ne me connaissez pas.

— Alors je vous écoute. Dites-moi ce qui vous donnera la force de tenir ? Pourquoi tout risquer ?

— Qui parle de tout risquer ? On va simplement examiner une scène de crime.

— Quand ces tueurs ont surgi pour mitrailler les lieux, qu'avez-vous fait ? Vous vous êtes planquée ?

— Oui, parce que j'aidais un blessé.

— Donc vous le faites pour votre ami ?

— Sûrement pas ! Ce crétin s'est fait canarder à cause de sa crétinerie.

— Dans ce cas vous le faites pour la victime ? Cet homme, Dario, vous l'aimiez ?

— Non.

— Est-il question de vengeance ? Là, au moins, je comprendrais. Il y a une logique.

— Pas du tout. Oui, j'appréciais Dario...

— Et vous vous sentez coupable ?

— Non, ce n'était pas ma faute !

— Ça ne vous dérange pas que ces individus aient failli vous tuer aussi ?

— Seulement parce que j'étais au mauvais endroit au mauvais moment.

— Ça n'a donc rien de personnel, hein ? C'est simplement ce qui arrive parfois ?

— Peut-être. C'est un monde dangereux.

— Quel monde ?

— Celui des occultes. Le *mien*, ne puis-je m'empêcher de lui rappeler.

— Tout juste, et c'est ce qui me motive à faire ce travail pour ma part. Vous voulez savoir, n'est-ce pas ?

— Allez-y, dites-moi donc pour quelle raison formidable vous avez choisi ce métier ?

Elle me répond d'un ton acide :

— Je ne l'ai *pas* choisi. Je le fais par obligation, parce que je suis la seule capable de faire ce métier, et que quelqu'un doit bien protéger *mon* peuple du *vôtre*.

Eh ben…

— Alors quoi, c'est une tactique de psychologie inversée ? Vous me poussez à démissionner pour que je m'efforce de prouver que vous vous trompez ?

Cette femme m'a cernée comme personne.

— Sauf que je ne me trompe pas. Vous avez clairement une autre raison de travailler pour l'Agence, même si vous ne vous l'admettez pas encore.

Je n'avais pas prévu de me livrer à elle, car, la vérité, ça se mérite. Or elle ne la mérite pas, et ça ne l'intéressera pas de toute façon. Cependant, le dépit me donne le courage dont j'ai besoin – un comble quand on voit ce que je lui réponds ensuite :

— Qu'est-ce que vous voulez que je vous dise ? Que je ne suis qu'une petite renarde qui en a marre de rester en bas de la chaîne alimentaire occulte ? Que j'ai peut-être parfois envie de m'imposer un peu ? Très bien, partons là-dessus.

» Parce que c'est la même chose au poker. Le gros joueur avec tous les jetons devient trop sûr de lui, trop confiant, il décide d'écraser les autres, il mise même quand il a une main de merde, et c'est évident qu'il bluffe, parce qu'il peut se le permettre, mais qui osera lui en faire la remarque ? Pas moi et ma petite carcasse, hein ? Tout le monde se couche : « Voilà, monsieur ; oui, monsieur ; prenez donc mes jetons, monsieur. » Laissez-moi vous dire, je ne connais rien de plus *jouissif* que de retourner le bluff de l'adversaire contre lui et de ramasser tous ses jetons.

» Voilà la vraie réponse : rien de plus que du dépit. Ça vous va comme raison ? Je veux juste voir leur tête quand je gagnerai. Et, croyez-moi, j'ai toutes mes chances.

Ma voix tremble d'émotion à présent. Ça fait du bien d'exprimer enfin ces sentiments, même si c'est un peu du gâchis de le faire avec une inconnue.

Au terme d'un long silence pensif, Hillerman acquiesce lentement.

— Vous me rappelez quelqu'un.

— Vous, j'imagine ?

— Oui, reconnaît-elle.

— En général, c'est ce que les gens ont en tête quand ils disent ça.

— En effet.

Elle ôte son pied du tableau de bord, puis descend de voiture. Lorsque je la rejoins sur le trottoir, elle ajoute :

— Une dernière question. Et si l'ordure avec tous les jetons ne bluffe pas en réalité ?

— Alors je suis dans la merde.

— Et voilà la faille dans votre raisonnement : on ne gagne pas à tous les coups.

Elle a tout à fait raison, mais, refusant de lui laisser le dernier mot, je m'improvise philosophe de comptoir :

— Vous savez, il faut parfois perdre pour gagner.

Et « pan », dans les dents ! Fière de moi, je me dirige vers l'immeuble. L'agent Hillerman m'accompagne, les yeux baissés, l'air songeur, avant de déclarer soudain :

— C'est n'importe quoi.

— Mais vous avez quand même dû y réfléchir.

Elle me le concède d'un hochement de tête.

L'appartement de Dario est plutôt calme malgré le monde qui s'y affaire. Des experts prennent des notes sur leur calepin, photographient la scène de crime, montant par intermittence le volume de leur talkie-walkie pour écouter les annonces du Central. Un inspecteur de la Crim est présent sur les lieux : un vieux flic au crâne dégarni, vêtu d'un polo et d'un pantalon d'intervention de la police. Avec la respiration bruyante d'un essoufflé chronique, il examine la marchandise stockée sur les étagères de Dario. J'indique tout de suite le grand espace vide où se trouvaient les seaux de produits chimiques.

— « Des produits chimiques » ? répète-t-il. Quel genre de produits ?

— Le seul genre qu'on connaît, réplique froidement Hillerman.

Elle contemple la grande marque pourpre sur le mur derrière les étagères.

— Le symbole d'un gang, lui explique l'enquêteur.

— East Side, précisé-je dans l'espoir de les impressionner.

— Probablement, dit-il avec un soupir pénible.

— Arael Moaz, décrète Hillerman. Peint avec du sang, un cercle avec deux chevrons qui se chevauchent, l'un pointé vers le haut, l'autre vers le bas, et un point au milieu. Un symbole de loyauté envers Arael Moaz, quartier de Grandy, dans l'East Side.

L'inspecteur nous coule un regard en biais.

— C'est ça. Arael. Le grand patron.

— C'est un belliciste.

Je tique en l'entendant employer un terme occulte devant un humain. L'inspecteur se contente de grommeler :

— Et malheureusement intouchable. Le quartier de Grandy est une véritable zone de non-droit. On les laisse tranquilles et ils restent dans leur coin. En d'autres termes, je me suis déplacé pour rien. Avec ce symbole, vous pouvez être sûres que cette affaire n'ira nulle part.

— Justement, ce n'est plus votre affaire, l'informe Hillerman. Elle a été transférée.

— Faites-vous plaisir.

Je décide de mettre mon grain de sel.

— Mais nous recherchons un autre inspecteur, de la brigade criminelle, comme vous. En ce moment sur l'affaire de la prostituée de Corktown, paraît-il.

— Encore une impasse. C'est probablement Ferro que vous cherchez. Allez au commissariat. L'équipe du matin ne devrait pas tarder à arriver.

En partant, je dois mobiliser toute ma volonté pour ne pas m'arrêter devant la cuisine et le cadavre de Dario recouvert d'une bâche en plastique.

Chapitre 9

Les bureaux de la Crim se trouvent au troisième étage du commissariat central de Détroit. Après un passage à l'accueil accéléré par l'insigne de Hillerman (j'en veux un), nous montons dans l'ascenseur. À peine les portes refermées, l'agent spécial, qui n'a pas soufflé un mot de tout le trajet, me demande subitement :

— Vous avez entendu parler d'Arael Moaz ?

— Comme tout le monde. Vous avez raison, c'est un démon belliciste. Comment vous le connaissez ?

— Vous venez de dire que tout le monde a entendu parler de lui.

— Oui, tout le monde à *Détroit*. Et, même là, on n'a pas mémorisé tous ses symboles. Vous êtes une experte en démons ou quoi ?

— J'en sais assez pour m'abstenir de coucher avec eux.

D'accord, on enlève les gants.

— Voilà le problème avec vous, les humains. Vous ne pouvez pas vous empêcher de généraliser. Tous les démons ne sont pas mauvais et, quand bien même, tous les occultes ne sont pas des démons. Vous êtes aussi experte en métamorphes, faes, vampires et sorciers ?

— Inutile puisque vous avez tous rejoint le comité fédéral. Vous avez l'Agence, nous n'avons pas besoin de vous surveiller.

— Certes, on doit juste vous envoyer des rapports sur nos moindres faits et gestes, mais, à part ça, vous ne nous surveillez pas.

— Les démons refusent d'intégrer l'Agence. Il n'y a aucune communication, aucune coopération. Ils ne rendent de compte à personne.

— Je n'irais pas non plus jusqu'à parler de « coopération » dans notre cas. Ça tient plutôt de la « tolérance conditionnelle ». Serrez la bride, et vous verrez ce qui va se passer.

— Et je comprends sincèrement. (Elle me défie du regard, ses yeux fixes et perçants derrière ses grosses lunettes.) Mais les démons sont différents.

Les portes de l'ascenseur s'ouvrent avec un tintement. De l'autre côté d'un couloir, nous découvrons une vaste salle où s'alignent des rangées de bureaux au centre et des postes de travail cloisonnés au fond. La moitié des hommes et des femmes présents portent un polo et un pantalon similaires à ceux de l'enquêteur de la scène de crime. J'emboîte le pas à Hillerman.

— OK, vous avez bien écouté ce que je vous ai dit dans la voiture ?

— Que cet inspecteur était un drôle d'oiseau, et surtout drôlement séduisant ?

— Bon, vous ne disiez rien, je me sentais obligée de meubler.

Elle me considère en silence, sûrement pour voir si je suis capable de me taire plus de…

— Je voulais dire par là qu'il a une étrange beauté, pas que c'est étrange pour un inspecteur d'être beau.

— Et je ne disais rien parce que j'envoyais un SMS à mon chef, m'explique-t-elle.

— À cette heure-ci ?

— Nous aurons besoin de son appui. La police apprécie rarement qu'un agent fédéral lui donne des ordres.

— Mais vous avez votre badge magique.

— Et vous avez votre blouson de base-ball, je sais, c'est fou.

— Agent spécial Hillerman ?

Une femme noire, courtaude, au crâne rasé, nous rejoint d'un pas énergique en nous tendant la main.

— Inspecteur Ferro. Je m'occupe de l'affaire de Corktown.

Hillerman lui serre la main en me jetant un regard interrogateur.

— Il doit y avoir une erreur, balbutié-je. L'inspecteur à qui j'ai parlé était un homme, il disait…

— Oh ! je vois, dit Ferro avant d'aboyer : Gorman !

Un homme blanc apparaît, une véritable armoire à glace, sirotant une minuscule tasse de café enfouie dans sa barbe rousse. Je secoue la tête en signe de dénégation.

— C'est clairement un homme, donc on se rapproche, mais…

— Qu'est-ce que vous voulez ? s'impatiente Ferro. Nous sommes les seuls à enquêter sur la fille de Corktown, alors à moins qu'il y ait une *autre* fille de Corktown…

— Une autre prostituée à la gorge arrachée et complètement exsangue ?

Ferro et Bigfoot échangent un regard.

— Vous voyez ? J'ai forcément parlé à quelqu'un qui connaît le dossier, et cet homme a affirmé appartenir à la brigade criminelle de la police de Détroit. Cela dit, il n'était pas du tout habillé comme vous : il portait une cravate, une chemise blanche, très soigné…

Et là, plusieurs choses se produisent en même temps. Ferro se décompose avec un « Oh… » ; Bigfoot repart d'un pas lourd ; et on entend soudain des roulettes glisser sur le parquet stratifié depuis le fond de la salle, dans notre direction. Le bruit d'un fauteuil de bureau qui se rapproche. Ferro patiente, un sourire pincé sur les lèvres, parfaitement immobile à l'exception de ses épaules qui s'affaissent peu à peu. Le roulement ralentit, puis s'arrête net dans un dernier crissement au moment où le fauteuil surgit de derrière un bureau voisin. Son dossier me permet tout juste d'apercevoir une touffe de cheveux blonds et deux yeux verts curieux, qui papillonnent entre Hillerman et moi.

La salle entière s'est figée. Un long silence s'ensuit, avant d'être brisé par le petit couinement de chaussures sur le parquet lorsque l'inspecteur se tourne dans son fauteuil pour nous faire face. Le voilà. Une chemise toute propre, tendue sur ses muscles. Une cravate différente de la veille. Il semble parfaitement reposé – la lueur hagarde a disparu de ses yeux. Il s'est rasé. J'ignore pourquoi, mais je souris en le voyant. Je le montre du doigt.

— Bingo !

Il me rend mon sourire.

— J'ai gagné quelque chose ?

— Seulement l'oscar de l'inspecteur le plus élégant de cette salle.

Ferro lève les yeux au ciel. Le visage de l'inspecteur s'illumine. Il se lève, puis tend l'index vers un collègue à l'autre bout de la salle.

— Tu entends ça ? Dans ta face. (Il en désigne un autre.) Dans ta face. (Il se tourne vers Ferro.) Doublement dans ta face, et… où est Bigfoot ? (Je l'épate en pointant du doigt l'imposant équipier de Ferro.) Comment saviez-vous que je parlais de lui ?

— Oh ! c'est écrit sur sa tasse.

Déconcerté, il regarde Bigfoot, qui examine sa tasse, laquelle est, bien sûr, totalement vierge. D'accord… donc ce n'est pas une lumière. Ouh ! j'adore ! Mignon, élégant et bêta ? L'ado en moi glousse en tapotant des mains avec enthousiasme. C'est décidé, Hillerman voyagera désormais sur la banquette arrière.

Plus sérieusement, même si cet échange me met en joie, je ne suis pas tout à fait à l'aise. Quelque chose cloche chez cet homme. Il n'a plus rien d'un agité. Il paraît même… normal. À en juger par la tête de Hillerman, je ne suis pas la seule à être troublée par son attitude – rien d'étonnant après le portrait que je lui avais brossé. D'un autre côté, il n'est plus poursuivi par des monstres et, si ça se trouve, il était complètement shooté hier soir. On le voit peut-être maintenant sous son vrai jour.

Ferro se campe sur ses jambes, les mains sur les hanches.

— Brenner, viens ici. (L'inspecteur – Brenner, comme nous venons de le découvrir – s'exécute.) Tu n'es pas sur l'affaire de la fille de Corktown.

— Je sais.

— Alors comment se fait-il qu'elle tienne toutes ces informations de toi ?

L'agent Hillerman s'avance.

— Il n'a pas à vous répondre. Il s'agit désormais d'une affaire fédérale. Il travaille avec nous.

Une porte claque soudain.

— Et puis quoi encore ?! se récrie un grand homme au port militaire et à la chemise bardée d'insignes.

Vu comment tout le monde se raidit d'un coup, il s'agit certainement de leur chef.

— Écoutez, poursuit-il, j'ignore pour qui vous vous prenez…

Chers lecteurs, chères lectrices, à ce stade, vous aurez sans doute compris que les conflits et moi, ça fait deux. Je deviens facilement… effrontée. Du coup, vous m'excuserez, mais je ne peux pas m'empêcher de l'interrompre d'un :

— Bah ! à votre avis ? C'est évident qu'elle est du FBI, et moi fan des Tigers.

Ma comparse dégaine son badge.

— Agent spécial Hillerman. Toutes mes excuses.

— Nous procédons à une réquisition, j'explique. Ça se fait.

— En effet, admet-il, rouge de colère, mais il y a un protocole à suivre. On n'est pas au souk, ici. Vous ne pouvez pas débarquer et prendre ce que bon vous semble. Quelqu'un à Washington doit décrocher son putain de téléphone. Alors revenez une fois que ce sera…

La porte s'ouvre derrière lui, laissant apparaître un jeune agent au doigt levé.

— Lieutenant, vous avez un appel de Washington. C'est le directeur du Bureau.

— Le directeur du Bureau ! aboie-t-il, comme s'il ne goûtait pas le comique de la situation.

Après un long silence, il reprend d'une voix plus timide :

— Tu veux dire… *le* Bureau.

— Oui.

— Le Bureau *fédéral* ?

— Oui.

— Des *investigations* ?

— Oui, le gars qu'on voit parfois à la télé avec le président. Ligne deux. Il a l'air fatigué.

Le lieutenant hésite cependant un moment en grinçant des dents. L'agent Hillerman fixe sur lui un regard inexpressif, assorti d'un geste évasif.

— Je peux lui parler, si vous voulez, propose-t-elle d'un ton blasé. Il n'est pas vraiment du matin.

Je tire mon chapeau au lieutenant, car il parvient à se calmer, avant de regagner en silence son bureau en refermant doucement la porte. Hillerman ne perd plus une seconde.

— Inspecteur Brenner, c'est bien cela ?

— Oui.

— Je m'appelle Hillerman. Et voici Davies.

— Shayne, je la corrige.

— Inspecteur, pouvez-vous nous dire ce que vous savez de la fille de Corktown ?

Ferro intervient :

— Il n'a rien à dire, ce n'est pas son affaire.

Hillerman la réduit au silence d'un seul regard. Brenner hausse les épaules.

— Elle a raison. Je ne connais que les détails du briefing que nous avons eu. Une prostituée retrouvée chez elle la gorge ouverte, presque vidée de son sang, sans aucune trace sur les lieux.

— Qu'en concluez-vous ? tente Hillerman.

— Qu'on l'a tuée ailleurs, avant d'abandonner son corps chez elle.

— Ou alors ?

— Ou alors quoi ?

L'agent spécial se tourne vers moi. N'ayant pas la moindre idée de ce qu'elle attend, je hasarde :

— Ou alors... des vampires, pardi.

Vu la tête de Hillerman, ce n'était sans doute pas le coup de main qu'elle espérait. Ferro nous regarde d'un air atterré. Brenner, quant à lui, se contente heureusement de rire.

— N'en parlez pas à ma sœur, elle adore les vampires. Elle est à fond dans les romans paranormaux.

— Tout ça pour dire que nous ne négligeons aucune piste, déclaré-je pour me rattraper. C'est ce qui nous amène d'ailleurs à penser qu'il y a peut-être un lien entre la fille de Corktown et l'appartement de Roosevelt où vient d'avoir lieu une fusillade.

— OK.

Aucune expression sur le visage de Brenner. Il ne voit pas du tout de quoi je parle, ne se rappelle même pas avoir assisté à la fusillade en question.

— Qu'en pensez-vous ?

Toujours aucune expression.

— Super.

Ah ben... d'accord.

— Vous voyez, c'est exactement ce que nous cherchons : un esprit ouvert. (Je lance un regard lourd de sens à Hillerman.) Quelqu'un pour aborder l'affaire *sans aucune idée préconçue.*

— Une ardoise vierge, opine-t-elle, l'air aussi déçue que moi.

Deux idées me viennent à cet instant. La première est un plan d'action qui ne me plaît pas *du tout*. La seconde est un moyen de faire comprendre à Hillerman ce que je pense – genre parler dans un langage codé. Je m'adresse à Ferro :

— Comment s'appelait la victime du meurtre ?

— Rosalind Rose.

— Comment savez-vous que c'était une prostituée ?

— En dehors du fait qu'elle s'appelait Rosalind Rose ?

— Bien évidemment, réponds-je en le rayant de ma liste de prénoms de bébé.

— Elle était serveuse de salon au casino. Tout le monde sait ce que ça veut dire…

— Je vois, dis-je en rayant ce boulot de mon CV. Quel casino ?

Je connais déjà la réponse, mais elle me le confirme :

— Le *Monolithe*.

On passe au langage codé. Je me tourne vers Hillerman :

— Mmh… le *Monolithe*. Le casino de Henry Stadther. (Voyant son regard s'illuminer, je poursuis.) On pourrait commencer là-bas. Avec l'inspecteur Brenner.

Ferro secoue la tête.

— Croyez-moi, nous avons déjà étudié cette piste, ça n'a rien donné.

— Vous avez parlé à Stadther ?

— Vous plaisantez ? C'était une serveuse, pas le P.-D.G. de la boîte.

— L'inspecteur Brenner vous accompagnait-il ? s'enquiert Hillerman.

— Pourquoi serait-il venu ? Encore une fois, il ne travaille pas sur cette affaire.

— C'est sans doute pour ça que vous avez fait chou blanc, suggéré-je.

On croirait que je viens de lui donner un coup de poing dans le ventre. De son côté, Brenner paraît mal à l'aise. Presque interdit. Le pauvre doit sans doute se demander s'il ne s'agit pas simplement d'un gros canular.

— Alors, Brenner ? demande Hillerman. Partant pour faire un tour au *Monolithe* ?

Un sourire intrigué se dessine sur ses lèvres.

— Quel est le programme ? Passer les lieux au peigne fin, faire tomber des têtes ?

— Juste discuter.

Son sourire s'affirme.

— Comme vous voudrez. Allons-y, je suis partant.

— Il est partant, je répète à Ferro.

L'enquêtrice hoche la tête avec des yeux mornes.

— J'ai entendu, et je vous souhaite bien de la chance.

Je me permets un rappel insistant auprès de Hillerman :

— Stadther travaille surtout la nuit. On ferait mieux de partir tout de suite si on veut le choper avant le lever du soleil.

Message bien reçu pour l'agent.

— Brenner, prenez vos affaires.

— Je suis autorisé à travailler avec vous ?

Au même instant, le lieutenant ouvre la porte et crie :

— Brenner !

— Maintenant vous l'êtes, dis-je.

À peine Brenner parti, Ferro s'approche de nous.

— Écoutez, sans vouloir offenser des sommités du Capitole, c'est quoi votre problème, nom d'un chien ? Vous trouvez vraiment qu'il a une tête de beau parleur ?

— Il porte une cravate, contré-je lamentablement.

— Pour sûr, il fait propre sur lui. Jusqu'à ce qu'il ouvre la bouche, et là on se rend compte qu'il ne se passe rien là-dedans, dit-elle en se tapotant le front. Il est taillé pour la rue, ce qui est parfait pour la brigade des fugitifs ou les Stups, quand il faut enfoncer des portes ou traîner un loubard au poste pour l'interroger. Mais tout le monde sait qu'on ne fait pas asseoir Brenner à une table. C'est un garçon bizarre et… (elle fait mine de tressauter) fébrile.

Hillerman fronce les sourcils.

— Ce n'est pas l'impression que j'ai.

Ferro roule des yeux exaspérés.

— Ça, je veux bien le croire, je vous assure qu'il n'est pas comme ça d'habitude ! Il a dû commencer un nouveau traitement hier soir, on dirait presque un homme normal aujourd'hui. Mais attendez de lui mettre la pression et vous verrez. Écoutez, je sais qu'il vient d'arriver, mais, si vous voulez mon avis, il n'est pas fait pour la Crim. C'est comme si Robin rêvait d'être Batman, c'est un rêve inaccessible pour lui.

Elle fait mine de s'en laver les mains, puis s'éloigne d'un pas ferme. L'agent spécial et moi nous lançons aussitôt dans un échange animé à voix basse. Hillerman commence :

— Est-il possible qu'elle se trompe ?

— Non, elle a raison, Robin ne sera jamais Batman.

— Brenner n'est vraiment plus le même ?

— Oui, mais il faut dire qu'hier soir il était traqué par des vampires. N'importe qui deviendrait fou de panique.

— Et il ne travaillait pas sur l'affaire. Il enquêtait de son propre chef.

— Parce qu'il est le seul à avoir identifié une attaque de vampire.

— Du coup, il se rend sur le lieu de travail de la fille, au *Monolithe*.

— Là-bas, ils se rendent compte qu'il en sait beaucoup trop sur eux.

— Stadther le contraint à oublier l'Occulte.

— Il ne nous reste donc plus qu'à lui demander de le *dé*contraindre.

Hillerman marque une pause en m'adressant un regard appuyé.

— Je sais, marmonné-je. À côté de Stadther, le lieutenant est un modèle de coopération. Vous n'auriez pas quelques moyens de pression en stock ?

Elle ne répond pas. Je me rends compte alors qu'elle est plongée dans ses pensées. Elle paraît inquiète, presque effrayée.

— Ce n'est peut-être pas une bonne idée, émet-elle.

— Pourquoi donc ?

Une lueur d'irritation fugace passe dans ses yeux.

— Parce qu'il n'a peut-être pas envie de se souvenir.

— Qui, Brenner ?

— Quand un humain découvre l'existence de l'Occulte, c'est forcément à cause d'un événement marqué par la terreur, la tragédie et la mort.

— Pitié, vous n'en savez rien.

La remarque m'échappe avant que je puisse en mesurer la portée, car je me souviens alors que je m'adresse à une humaine qui non seulement connaît le monde occulte, mais a aussi manifestement de bonnes raisons de nous haïr.

Ses yeux s'enflamment de colère. Elle redresse les épaules. Sa vague aura de dominance s'intensifie, m'obligeant à baisser le regard, troublée et humiliée. Elle quitte la salle.

Ce sera la banquette arrière et puis c'est tout.

Chapitre 10

Hillerman reprend sa place devant, un pied sur le tableau de bord, et me voilà de nouveau en train de m'adresser à Brenner par le biais de mon rétroviseur.

— Désolée pour la pile de fringues derrière.

Ses yeux avenants me sourient dans le miroir.

— Jour de lessive ?

— Exactement. Ça ne doit pas parler à l'adepte du pressing que vous êtes. Pourquoi vous vous habillez comme ça, d'ailleurs ? Les autres inspecteurs ont l'air parés à faire la vidange de leur voiture.

Il laisse échapper un geignement exaspéré tout en esquissant un sourire espiègle.

— Vous ne le saviez pas ? « L'habit fait l'homme. »

— Qui dit ça ?

— Ma petite sœur.

— La fan de vampires ?

Je décoche un regard à Hillerman, qui s'avère absorbée par le paysage, perdue dans ses sombres pensées.

— Elle étudie la finance à l'université DePaul, avec bourse d'études, mention très bien, *et cætera*.

— Donc tout l'inverse de vous.

— Mais oui ! c'est à se demander si on a vraiment les mêmes parents ! Bref, Haley m'encourage constamment à soigner mon image, à me prendre en main, à être un adulte, bla-bla-bla, une vraie mère poule.

J'esquisse une moue ironique.

— On voit à votre sourire la torture que c'est pour vous.

Il détourne le regard, mais ses yeux pétillent de fierté.

— Du coup, chaque année depuis… depuis toujours on va dire, elle m'offre de beaux vêtements pour mon anniversaire, le genre que je n'achèterais jamais de mon propre chef sans même parler de les porter, et j'ai droit à un laïus sur l'influence des vêtements sur notre cerveau, ou un truc du genre, je n'y connais rien.

— Parce que vous n'écoutez absolument pas votre petite sœur.

Il réprime encore un sourire.

— Évidemment que non.

— Vous portez uniquement ces chemises pour couvrir le tatouage sur votre cou.

Nouveau gémissement exaspéré.

— C'est Haley qui vous envoie ? C'est pour ça que vous me connaissez ?

L'agent Hillerman coupe court à la conversation.

— Depuis combien de temps habitez-vous à Détroit ?

— Pas longtemps, un an.

Minute.

— Vous n'êtes pas d'ici ?

Comment Hillerman a-t-elle fait pour le deviner ?

— Il vient de Chicago, énonce-t-elle.

— Oh oh ! plaisante-t-il. Serais-je fiché au FBI ?

Hillerman poursuit son interrogatoire :

— Qu'est-ce qui vous a amené à déménager ici ?

— Oh ! vous savez… (Il réfléchit un instant, puis fronce les sourcils.) En réalité, je ne sais pas trop.

— Vous ne savez pas, ou vous ne vous en souvenez pas ? insiste-t-elle, avant de se tourner vers moi sans attendre la réponse : Garez-vous.

Nous venons d'entrer sur l'immense parking du casino et, bien qu'il y ait des emplacements plus proches de l'entrée, je me parque à la première place venue. À peine le moteur coupé, Hillerman se retourne sur son siège et ordonne à Brenner :

— Attendez-nous là.

Il lève les mains en signe de reddition.

Je m'empresse de descendre pour rejoindre Hillerman derrière le coffre de la voiture. Elle m'empoigne par le coude pour m'attirer vers elle.

— Vous voyez maintenant ?

Je me libère le bras.

— Mais vous êtes quoi, bon sang !? Si vous êtes humaine, pourquoi je perçois une aura de dominance chez vous ?

Elle cligne des yeux, surprise, puis recule d'un pas. Son calme retrouvé, elle reprend d'une voix plus posée :

— À votre avis, pourquoi ne nous parle-t-il que de sa petite sœur depuis que nous l'avons rencontré ?

— Eh bien ! peut-être parce que je lui ai posé la question ? Vous savez, ce truc que font les gens normaux, on appelle ça « faire connaissance ».

— Diriez-vous qu'ils s'entendent bien tous les deux ?

— Ça paraît évident.

— Il connaît ses romans préférés, porte les vêtements qu'elle lui a offerts, alors que, de son propre aveu, il ne songerait pas à s'habiller ainsi.

— Ils sont proches, oui. C'est mignon.

— Savez-vous où se trouve l'université DePaul ?

— À Chicago.

— Exactement. Donc, s'ils sont si proches, pourquoi déménager ? Pourquoi n'arrive-t-il pas à se rappeler ce qui l'a motivé à venir ici ?

— Vous insinuez que c'est un effet de la contrainte, ou coercition, peu importe le terme ?

— Il ne s'en souvient pas, parce que ce déménagement est lié à sa connaissance du monde occulte. (Elle baisse la voix.) Sa sœur est morte. Voilà pourquoi il a déménagé, voilà pourquoi il porte maintenant les vêtements qu'elle lui a offerts, et voilà comment il a appris l'existence des vampires.

— Écoutez, navrée de vous avoir blessée tout à l'heure en évoquant votre passé, à l'évidence c'est un souvenir très douloureux pour vous, mais vous ne pensez pas tirer des conclusions un peu hâtives ? Il mentionne sa sœur quelques fois, alors, forcément, des vampires l'ont tuée dans d'horribles circonstances ? (Je lève la main pour l'empêcher d'argumenter.) Mais de toute façon, même si vous avez raison, admettons que ce soit le cas, vous pensez réellement qu'il serait préférable pour lui de conserver son amnésie ? Je ne cherche pas à vous contredire là-dessus, promis. Il y a clairement un facteur humain que je ne suis pas en mesure de… Bref, vous voyez l'idée. Donc, je vous pose la question : êtes-vous en train de me dire que vous préféreriez oublier tout ce que vous savez de l'Occulte ?

Une gifle ne l'aurait pas laissée plus accablée. Plus dévastée.

— Ma situation est différente, affirme-t-elle avec nettement moins de conviction.

— En quoi ?

Je peux dire le moment exact où elle estime qu'elle ne me doit aucune explication, car son visage se referme soudain. Elle donne deux coups de poing sur le coffre pour attirer l'attention de Brenner.

— Descendez.

En dépit de l'heure plus que matinale, le hall d'entrée du *Monolithe* est déjà (ou encore) très animé. Un flot régulier de clients entre et sort par les portes automatiques de la salle principale dans le tintamarre des machines à sous.

— Ce monsieur, ce n'est pas n'importe qui, m'avertit Brenner.

— Qui, Henry Stadther ? Disons que son nom s'est imposé à Détroit avant même notre naissance.

Ou celle de Détroit, pour le coup.

— Il sera sûrement enfermé au sommet de cette tour d'ivoire.

— Certes, mais vous avez un passe-partout pour y accéder.

Il émet un reniflement moqueur.

— À mon avis, votre plaque ouvrira plus de portes que la mienne.

— On n'a pas besoin de votre plaque, juste de votre visage.

J'étudie les différents employés de la réception de l'hôtel. Une femme nous remarque, sans nous accorder plus d'intérêt. Un mec lève brièvement les yeux. Une autre femme, rien. Puis je remarque une hôtesse d'accueil plus jeune, sans doute la vingtaine, assez petite. Elle me regarde avec indifférence, mais, dès que ses yeux se posent sur Brenner, elle ouvre puis ferme la bouche, avant de jeter des coups d'œil alentour, sans doute à la recherche de son responsable, ou d'agents de sécurité.

— Nous y voilà. Par ici.

Brenner se dirige avec moi vers l'accueil tandis que Hillerman nous suit de loin, occupée à taper un message sur son téléphone, ce qui, comme j'ai déjà pu le constater, peut s'avérer fort utile. Ils auront peut-être droit à un coup de fil du président en personne, cette fois. Je me penche vers Brenner et murmure :

— Bon, écoutez-moi bien.

— Je suis tout ouïe.

— Ce que je vais vous dire va sans doute vous paraître bizarre. Je vous expliquerai tout plus tard, mais, en gros, ces gens seront convaincus de vous avoir déjà vu ici.

— Moi ?

— Oui. Cette fille, par exemple, vous voyez sa tête ? Sans doute parce que vous êtes passé récemment et que votre visite s'est soldée par un esclandre.

— Mais pas du tout.

Si, c'est juste que vous ne vous en souvenez plus.

— Je sais, mais elle sera convaincue du contraire. Alors faites semblant.

Nous n'avons pas encore atteint son poste que l'hôtesse bafouille :

— Navrée, je ne peux pas vous aider.

— Le revoilàààà ! je la provoque.

— Je ne peux pas vous parler, insiste-t-elle auprès de Brenner. Vous devez partir. Sur-le-champ.

— Nous voulons seulement voir un superviseur, dis-je, c'est tout.

Elle croise les bras avec obstination.

— Non.

— N'importe quel superviseur. Quelqu'un de haut placé de préférence. Pourquoi pas Henry Stadther ? Il est là ce soir ?

Elle recule, les lèvres scellées. Je tente un coup de bluff :

— En soi, je pourrais l'appeler moi-même, mais je me disais que j'essaierais d'abord de passer par vous. Non ?

Elle arque un sourcil en signe de défi.

— Allez-y, appelez-le.

— Je reviens tout de suite, lui assuré-je avant d'entraîner Brenner vers la salle de poker. Bravo, monsieur Visage.

Il se frotte les joues.

— Je me suis rasé ce matin.

— Impressionnant.

— Vous pouvez vraiment l'appeler ?

— Seulement en PCV. Vous savez ce que c'est ?

— C'est vous qui téléphonez, mais c'est le destinataire qui paie.

— Pratique, hein ?

Je m'arrête en chemin au guichet de la caissière pour échanger les deux cents dollars de Ben contre des jetons, surveillée de près par le responsable de salle. En plus d'être irascible de nature, ce type (dont je ne connais toujours pas le nom après toutes ces années) a un index anormalement pointu, qui vient souvent me tapoter l'épaule durant mes parties de poker. En général, il me fait part alors de plaintes exprimées par les joueurs « occasionnels », contrariés que je les plume, et me demande poliment si je consens à changer de table. Une manière pour lui de me signifier : « Mes chefs vampires savent que vous êtes une occulte et que vous utilisez vos capacités surnaturelles pour tricher (si seulement), alors veuillez partir, ou on vous flanque dehors. »

— Je vais m'asseoir à la table là-bas, l'informé-je, il y a une chaise de libre.

Il se fend d'un sourire embarrassé.

— Certainement, mademoiselle Davies, et monsieur ? ajoute-t-il à l'intention de Brenner.

— Monsieur est agent de police. Il m'escorte. Il doit toujours se trouver à moins d'un mètre cinquante de moi, ordre du juge. Cette dame travaille pour le FBI, et je ne crois pas qu'elle ait le droit de jouer en service, mais n'hésitez pas à nous envoyer une serveuse. On va rester là un moment.

Sans attendre sa réponse, je file vers une table de cinq joueurs qui compte encore une chaise vide. La croupière fait mine de ne pas me reconnaître, mais je vois sa mâchoire se crisper. L'un des joueurs me dévisage en écarquillant les yeux, récupère ses jetons, puis quitte la table. J'entends avec joie le responsable de salle le talonner en se confondant en excuses.

— Installez-vous, Brenner. Là, à côté de moi. Vous savez jouer ?

— Euh…, fait-il avec une grimace.

— Je vois. Quelques soirées à la fac, peut-être ?

— On va dire ça.

— Sauf que vous n'avez pas fait d'études, hasardé-je.

— Voilà, c'est ça.

La croupière distribue deux cartes à chaque joueur et s'apprête à inviter le premier à ouvrir la mise quand je pousse d'un coup mes deux cents dollars de jetons au milieu de la table. Sans surprise, je m'attire une flopée de regards abasourdis. La croupière s'efforce de conserver son calme.

— Madame.

— Tapis, lui annoncé-je en levant fièrement les pouces.

— Je comprends, mais ce n'est pas votre tour. Vous devriez peut-être…

— Un tapis, c'est un tapis, que je sois la première ou la dernière à miser, pas vrai ? (Je tape des mains, le sourire aux lèvres.) C'est la Roue de la fortune ! On fait tourner la roue. Le jackpot ! le jackpot !

— D'accord, mais…, balbutie-t-elle, peinant à croire qu'elle ait besoin de préciser une telle évidence. Vous ne préférez pas consulter vos cartes d'abord ?

— Oh !

Suis-je bête. Je jette un coup d'œil à mes cartes et entretiens le suspense en adressant un regard comique aux autres joueurs. Une courte pause s'ensuit, puis tous se couchent en jetant leurs cartes. Trois d'entre eux récupèrent d'un geste rageur leurs jetons restants et quittent la table.

— Et il n'en resta plus qu'un, conclus-je avec un soupçon de machiavélisme dans la voix à l'intention du dernier joueur, un retraité qui tient sa joue sur son poing.

Il fait partie de ces joueurs invétérés qui ont pratiquement élu domicile aux tables. Infatigable, il peut rester là toute la nuit et se moque de perdre tant que ça fait passer le temps.

— Je vous promets de regarder mes cartes d'abord, dis-je.

Il hausse mollement les épaules. La croupière prépare une nouvelle donne tandis que nous enchérissons et que je reprends ma conversation avec Brenner :

— Donc, pas d'université, parce que vous vous êtes engagé dans la police dès la sortie du lycée.

Il lève les sourcils, esquisse un sourire aussi léger qu'une brise de printemps.

— Vous devez être profileuse, j'imagine ? D'un regard, vous devinez des choses sur moi dont je n'ai même pas conscience ?

— Non, non, c'était une simple déduction. Vous avez quoi, trente ans ? Et vous êtes déjà inspecteur ?

Un rapide coup d'œil à mes cartes, puis je lance un jeton.

— Ce n'est pas un exploit, argue-t-il en secouant la tête. Détroit se dépeuple à vitesse grand V. Ils sont prêts à accepter n'importe qui maintenant.

— En effet. Même *vous*.

Je lui décoche un clin d'œil, et mon cœur s'emballe. C'est plus fort que moi. Ce Brenner est tellement différent de celui que j'ai rencontré hier soir. Il a les yeux les plus expressifs que j'aie jamais vus. Ils dégagent une telle spontanéité.

— Eh oui, même *moi*.

Un froncement de sourcils vient tenir compagnie à son sourire, trahissant un mélange d'amusement et de confusion. Je connais ce regard – fréquent chez les amours qui ne s'habituent jamais vraiment aux petites vannes de flirt, surtout lors d'une nouvelle rencontre. C'est le petit inconvénient des amours : ils encaissent sans jamais répliquer.

— Mais vous alors ? relance-t-il. Vous devez être plus jeune que moi, et vous êtes déjà agent spécial ?

— Oh ! je ne travaille pas pour le FBI. J'appartiens à une autre organisation encore plus cool, mais ultra top-secret, donc pas de questions. D'ailleurs, je ne peux absolument rien vous révéler sur moi. Mais bon, vous gagnez quand même des points pour avoir essayé. (Cette fois, je l'ai totalement perdu. Il n'y a plus rien qui tourne là-dedans. On enchaîne.)

Du coup, quand vous habitiez à Chicago, vous n'apparteniez pas à la brigade criminelle ?

Son visage s'assombrit quelque peu.

— Non, répond-il, avant de baisser les yeux sur mes jetons.

Aurais-je touché un point sensible ? Ça m'intrigue.

— Heureusement que vous ne jouez pas au poker.

— Je croirais entendre ma sœur.

Encore la frangine ! La croupière a placé trois cartes sur la table, face visible. Nouveau tour de mises. Sans attendre, je donne deux petits coups sur la table pour lui indiquer que je passe.

— À Chicago, je bossais à la brigade des stups.

— Oh !

En l'observant, je retrouve un bref instant dans ses yeux l'homme angoissé de notre première rencontre. Le regard fixé sur mes jetons, il poursuit :

— C'était horrible, pas… Juste horrible.

— Trop éprouvant.

— Trop éprouvant pour un homme trop jeune, trop stupide.

Il semble parti dans les souvenirs associés à cette sombre période de sa vie, mais ne s'étend pas davantage sur le sujet.

Hmm… un amour avec des bagages et son lot de complications ? C'est certainement une première pour moi. Ça ne m'étonne pas, cela dit, de cet agent des Stups de la cité qui cache ses tatouages sous une chemise blanche et une cravate. Je ne sais que dire, ce qui, vous vous en doutez, n'est pas courant pour moi. C'est tellement étrange – agréable, rafraîchissant, mais quand même étrange – d'être assise avec un inconnu, un homme qui plus est, et de le voir se confier ainsi, si facilement, un véritable livre ouvert. Je me rends compte alors – comme ça m'arrive parfois – que ça ne me ferait sans doute pas de mal de raconter moins de bobards dans la vie. Moins de bluff, moins de dérobades, moins de calculs, moins chacun-pour-sa-gueule. Mais nous savons tous que ça n'arrivera jamais. Dans mon monde, les faibles se font littéralement dévorer par les forts. On dort toujours avec un œil ouvert. On ne baisse jamais sa garde.

On ne se montre pas si… humain.

— Haley a essayé pendant des années de me faire quitter les Stups, Chicago, tout.

— Vous avez fini par suivre son conseil.

Ma remarque paraît l'étonner.

— Il faut croire que oui.

Alerte. Ses trous de mémoire se manifestent de nouveau. L'œuvre de la contrainte occulte.

— Qu'est-ce qui vous a décidé à sauter le pas ?

Il a le temps de réfléchir à sa réponse pendant que la croupière place une nouvelle carte et se tourne vers moi. Je tapote de nouveau la table. Passe.

— Je ne sais pas, avoue-t-il, et je le crois sincère. J'ai probablement fini par prendre conscience que Haley avait raison. Comme toujours. Je me sens mieux ici. J'ai l'esprit… clair. Pour la première fois depuis très longtemps. (Il me regarde d'un air suspicieux.) Quoi ?

Il veut dire : « Pourquoi vous me regardez comme ça ? » Et la réponse est : « Parce que, pour pouvoir coincer des démons terroristes avant qu'ils fassent exploser un bâtiment, je dois vous rendre des souvenirs qui pourraient bien vous gâcher la vie. Pour la deuxième fois. Des souvenirs qui risquent de faire revenir la loque névrosée, paranoïaque et émotive que j'ai rencontrée la première fois. »

— Elle a l'air cool, votre sœur, bafouillé-je en guise de réponse.

La croupière retourne la dernière carte. Je passe encore mon tour, récoltant une grimace de la part du retraité. Dans sa tête, je n'ai pas prêté attention au jeu un seul instant. Je suis une proie facile. Il mise une petite pile de jetons. Je ne détache pas mon attention de Brenner.

— Quand lui avez-vous parlé pour la dernière fois ?

Comme je le craignais, ma question le plonge dans un état de stupeur mêlée de confusion.

— Je ne sais pas. Ça doit remonter, j'imagine, pour que je n'arrive même pas à m'en souvenir. (Une petite lueur renaît dans ses yeux.) Je devrais peut-être l'appeler en PCV.

Cette plaisanterie nous ramène à notre mission.

— L'appel en PCV, une super affaire je vous dis. Vous passez l'appel… (je balance mes jetons, on révèle nos cartes, je gagne) et c'est l'autre personne qui casque.

Alors que le vieux joueur me concède ses jetons, je discerne le grésillement d'un talkie-walkie du côté de l'entrée, dans mon dos. Quand j'entends ensuite le pas lourd de ce qui doit être un mastodonte, j'envoie un jeton à la croupière.

— Voilà pour vous. Mon chauffeur est arrivé.

Je me lève, me retourne et découvre sans surprise un grand costard bien rempli surmonté d'un visage à la beauté grecque, quoique oubliable. En règle générale, les vampires sont plutôt agréables à l'œil, mais rarement saisissants de beauté. Je reconnais immédiatement le vampire : l'un des larbins qui filait le train à Brenner hier soir.

— Mademoiselle Davies, des clients se sont plaints, m'annonce-t-il du ton ferme mais machinal qui m'invite habituellement à quitter le casino.

Cependant, quand Brenner se lève à son tour, le vampire écarquille les yeux avec un léger mouvement de recul.

Ah ! j'adore les surprises. C'est tellement jouissif.

— À vrai dire, c'est « agent » Davies à présent, DAD, AFO, parfois TDAH. Et vous pouvez traiter avec moi maintenant, ou avec Nick Sublime plus tard, à vous de voir…

En chemin vers l'ascenseur, je prends soin d'adresser un petit signe de main narquois à l'hôtesse d'accueil. Je vous avais prévenu de mes rapports avec les situations de conflit. *Une vraie peste.*

Chapitre 11

Dans ces derniers instants avant l'aube, le grand appartement-terrasse baigne dans une lumière tamisée. La faible clarté qui s'échappe des abat-jour raffinés des lampes victoriennes permet de distinguer des silhouettes dont les yeux luisent dans la pénombre. Bien que clichée pour des vampires, la décoration gothique reste du plus bel effet étant donné que l'ensemble des meubles – des méridiennes en passant par le bureau en chêne à pieds de lion jusqu'aux fauteuils et rideaux en damas rouge – sont d'authentiques pièces des XVIIIe et XIXe siècles, parfaitement conservées. À l'instar des personnes présentes.

Henry Stadther se prélasse dans un fauteuil à haut dossier, les jambes croisées, la tête reposant contre un tissu luxueux. La semi-obscurité ambiante adoucit la ligne de ses pommettes saillantes et laisse ses yeux dans l'ombre. Une dizaine de vampires, hommes et femmes, l'entourent, assis, debout ou allongés. Leur allure est une ode à la culture du Vieux Monde : les hommes portent des costumes trois pièces, tiennent des tablettes montrant divers graphiques et statistiques, et me dévisagent d'un air menaçant ; les femmes n'ont presque rien sur le corps et se pendent à l'épaule des hommes en sirotant des cocktails.

Pour moi, pénétrer dans cette suite de luxe où se rassemblent les vampires les plus puissants du centre-ville de Détroit n'a rien d'anodin ni de plaisant. J'essaie donc de me donner du courage en débitant un max de mots avec le plus de zèle possible :

— Henry Stadther, maître du clan vampire dont le nom officiel m'échappe, au nom de la division locale de l'AFO, ainsi que de la double autorité humaine de la police de Détroit et du Groupe d'intervention de l'Occulte du FBI, mais surtout parce que, si vous ne coopérez pas, la directrice Madison West sera furieuse contre vous, je vous ordonne de libérer l'inspecteur Brenner de la servitude anormale et injustifiée de votre contrainte et/ou coercition et/ou gel de cerveau.

Le maître vampire ne cille même pas, mais la plupart des présents remballent subitement leurs affaires et quittent l'appartement sans un mot. L'une des femmes titube, manifestement ivre, lorgnant Brenner avec avidité tandis qu'un homme l'oblige à sortir. L'inspecteur me lance un regard inquiet : « C'est quoi ce bordel ? »

— Soirée meurtre et mystère, réponds-je.

Derrière moi, en apparence dans sa bulle, Hillerman continue son mitraillage de SMS.

La porte enfin fermée, Stadther n'a plus que sa garde personnelle : les deux larbins de la nuit dernière. Ils considèrent Brenner avec un mélange de satisfaction et de suffisance. Ça les *amuse* de voir son air à la fois paumé et ébahi.

— Nous sommes-nous déjà rencontrés ? lui demande l'un d'eux, suscitant l'hilarité de son petit camarade.

Soudain, les deux se taisent. Stadther prend la parole :

— Il y a quelques heures, j'ai moi-même appelé la directrice West pour lui livrer un récit complet des événements. Par courtoisie, vous comprenez.

— Oh ! je vois, comme c'est *courtois* de votre part de lui fournir votre version de l'histoire après avoir *effacé* la mémoire de l'homme qui connaissait les faits.

— Dans le cas d'un humain ayant connaissance de l'Occulte, je suis autorisé à forcer l'oubli. Il est d'ailleurs arrivé que la directrice elle-même sollicite mon aide pour de tels services.

— Services pour lesquels l'Agence m'autorise à vous adresser des remerciements officiels, et nous vous donnons à présent la permission de le *dé*contraindre.

Je sens le regard de Brenner peser sur moi. Mes propos doivent lui paraître abracadabrants. Il s'en tient au plan, cependant, et ne souffle pas un mot.

— Comme je le disais, la directrice West et moi avons longuement discuté de la question. Pourquoi n'a-t-elle émis aucune objection à ce moment-là ? Pourquoi a-t-elle même professé que j'avais su faire preuve d'une discrétion admirable au vu des circonstances ?

— Déjà, plus personne ne « professe » quoi que ce soit depuis au moins cent ans. Ensuite, la directrice West ne disposait pas de tous les éléments, n'est-ce pas ?

Et pour finir, si tu l'aimes tellement, ta directrice, pourquoi tu ne l'épouses pas ?

— À quoi faites-vous référence ?

— Non, non, non. On ne dira rien de plus tant que l'inspecteur Brenner n'aura pas été libéré de sa contrainte.

Cette fois, le policier craque.

— Que se passe-t-il ? Je croyais qu'on ne parlait pas vraiment de moi ?

— En un sens oui, je lui assure.

— Alors pourquoi utilisez-vous mon nom ? Pourquoi dit-il « un humain » ?

— Je sais, encore un peu de patience, faites-moi confiance. Tout va s'expliquer. (Je me tourne vers Stadther en levant les mains d'un geste exaspéré.) Vous allez le libérer à la fin ?

— Il était convaincu d'avoir des preuves accablantes contre nous, ce qui aurait entraîné l'intervention de la police humaine. Je n'avais pas le choix. J'ai agi dans l'intérêt commun.

— Peut-être, mais il ne devait pas avoir grand-chose non plus, puisque vous ne l'avez pas tué.

Brenner se raidit et s'écrie d'une voix paniquée :

— Me tuer !

— Bonne déduction, reconnaît Stadther.

— Bon, alors ?

— Je vais le libérer.

— Nickel.

— Quand la directrice m'en fera la demande.

Je serre les poings pour me dominer.

— Mais je travaille pour l'Agence.

— Vous avez prétendu la même chose hier soir. Or la directrice West n'avait pas connaissance de…

— Parce que, l'interromps-je (de façon fort impolie, à voir sa tête), hier soir, je voulais seulement vous déstabiliser, mais là, il y a même pas une heure, Nick Sublime…

— Je n'en doute pas.

— Soit, soit, et je suppose que le FBI ne représente rien à vos yeux non plus ?

— Le FBI est toujours le bienvenu.

À bout de patience, je me tourne vers Hillerman – « Un petit coup de main ? » Elle ajuste ses lunettes et cligne des yeux, comme si elle s'apercevait juste à l'instant de notre conversation.

— Maintenant ? demande-t-elle.

J'ignore de quoi elle parle, mais, n'ayant pas grand-chose, voire rien à perdre, je réponds :

— Oui, le moment me paraît bien choisi.

Elle appuie une dernière fois sur son téléphone, le range dans la poche de son sweat-shirt, puis fixe de grands yeux innocents sur Henry Stadther. Ce dernier la détaille de la tête aux pieds et, peu à peu, son attitude détachée cède la place à une extrême attention. Il décroise les jambes, se redresse.

— Qui êtes-vous ?

Au même instant, la pièce entière se retrouve plongée dans le noir. Un lourd silence s'installe, tous les appareils se sont éteints. L'obscurité est totale – même ma vision nocturne patine dans un premier temps. J'entends Stadther se lever d'un bond, ses hommes lâcher des jurons. Sans doute les mêmes qui résonnent à cet instant dans mon esprit parce que PUTAIN DE MERDE, Hillerman ! Couper le courant dans le casino entier ! On avait besoin d'un moyen de pression, pas de déclencher une guerre mondiale avec un maître vampire.

— Vous avez deux secondes ! décrète-t-il. Rétablissez le courant…

Il est interrompu par le déclic, le vrombissement et la lumière rouge du générateur de secours qui prend le relais. Ses traits sont contractés de fureur, ses longues canines visibles. Brenner recule avec un hoquet de stupeur.

— Plutôt deux minutes, *a priori*, répond Hillerman.

Elle est toujours derrière moi, mais, à son ton posé, je l'imagine très bien en train de retirer tranquillement des petites peluches sur sa manche.

— Et ce seulement si vous avez opté pour des normes minimales de réserves d'énergie, ce qui est rarement le cas.

— Rétablissez le courant, lui ordonne-t-il.

— La police de Détroit a été avertie d'une panne imminente. En cas de coupure totale, le casino sera obligé de payer toutes les parties en cours, à l'avantage du client. Comme quoi, la banque ne gagne pas toujours.

— Rétablissez le courant !

— Inutile de vous adresser à moi, je ne suis ici que sous l'autorité de l'Agence, explique-t-elle, avant de se tourner vers moi pour me laisser la parole.

— Libérez l'inspecteur Brenner, énoncé-je à titre de condition *sine qua non*.

Mais Stadther reste bloqué sur Hillerman.

— Qui êtes-vous ? De quel clan venez-vous ?

— Pourquoi ne pas me *contraindre* à vous le dire ? le provoque-t-elle.

— C'est une conspiration ! siffle Stadther. Le FBI recrute maintenant des occultes !

Ses deux gorilles viennent se camper de part et d'autre de notre petit groupe, les crocs allongés.

— Je ne suis pas une occulte, rétorque Hillerman, et vous avez trente secondes.

Stadther daigne enfin me faire face.

— Il est inutile de libérer cet homme. Ce qu'il sait… je peux vous le dire moi-même.

Nous y voilà. Il commence à céder. Je ne perds pas une seconde :

— Et je ne doute pas *un instant* que nous pourrions vous croire sur parole. L'ennui, c'est que, à moins que vous preniez sa place dans notre petite équipe pour parcourir la ville à l'arrière de mon Épave en résolvant des crimes contre un salaire de misère, nous aurons vraiment besoin de *lui* avec toute sa mémoire.

— Il s'agit d'une affaire strictement occulte. J'exige une immunité totale contre les autorités humaines.

Je hausse les épaules.

— Accordé.

J'ai le droit de faire ça ? Tant pis, c'est fait. Et, malgré ce moment de panique calamiteux, je me sens euphorique, ravie d'exercer enfin un semblant d'autorité, d'avoir enfin un *poids*.

— S'il partage ses informations avec la police, grommelle Henry, s'il compromet mon établissement d'une quelconque manière, je tiendrai l'Agence pour responsable.

— C'est bon, on a compris !

Il consent à s'approcher de Brenner qui, là encore, recule. Je le retiens par le coude.

— Faites-moi confiance. C'est précisément le but de notre visite. (Toutefois, quand Stadther porte les mains vers sa tête, je tire l'inspecteur à moi.) Attendez !

Je plonge le regard dans les yeux perdus de Brenner. J'aimerais parler, mais le souffle me manque. Trop tard. Impossible de faire marche arrière. J'ai seulement le temps de lui dire que je suis désolée, puis Stadther place les mains sur sa tête, les pouces sur ses tempes. Ils se dévisagent un instant, puis le maître vampire recule en se tournant aussitôt vers Hillerman.

— Maintenant !

L'agent spécial dégaine son téléphone et se met à pianoter sur l'écran. De mon côté, j'observe Brenner. Son expression n'a pas changé.

— Attendez, Hillerman. Ça n'a pas fonctionné.

Soudain, dans un horrible moment de réminiscence, tout lui revient. J'ai presque l'impression de voir les vagues de souvenirs déferler dans sa tête; à chaque lame, une nouvelle partie de son corps se met à trembler: ses mains, sa tête, son menton. Ses yeux s'embuent d'émotion, s'écarquillent sous le coup de la surstimulation. À la façon dont il bat des paupières à toute vitesse, dont ses pupilles s'agitent dans tous les sens, je comprends que le cauchemar est revenu les hanter. Ces yeux ne connaîtront plus jamais le repos.

Il se jette sur Stadther. Les deux gorilles l'interceptent en un éclair et le soulèvent.

— Ne le tuez pas! je les implore.

Ils acceptent de l'épargner. J'admire leur retenue, car Brenner se débat maintenant comme un forcené, tentant de cogner tous les visages à sa portée. Chaque fois que les vampires le plaquent au sol, il se relève aussitôt, et le cycle se répète ainsi plusieurs fois.

La lumière se rétablit dans un bourdonnement sonore qui lénifie considérablement Stadther, mais reste sans effet sur Brenner. Pendu au cou d'un vampire, il se tord en le bourrant de coups de poing. L'autre larbin lui décoche un direct dans les reins. Brenner reprend son souffle, une fois, deux fois, puis se déchaîne de plus belle. Les deux hommes le balancent derrière le canapé et se relaient pour lui casser la figure. Ils le plaquent ensuite contre le mur, si fort que les vitres des fenêtres en tremblent. Bien qu'ils ne soient pas essoufflés, la méfiance incrédule qui se lit sur leur visage semble dire : « Diantre, cet humain encaisse les coups comme personne ! »

Ça suffit. Lorsqu'ils passent à ma portée, je sors les griffes de ma main droite – seule partie du renard dont je dispose sous ma forme humaine – et les plante dans la nuque de Brenner.

— Couché !

Il tombe à quatre pattes, épuisé, hors d'haleine, les joues en feu, les cheveux collés au front. De brusques sanglots le secouent, mais il s'empresse de les étouffer et, tout en reprenant sa respiration, dit :

— Pardon… pardon… je suis désolé. Ce n'est pas… vous… Ce n'est pas vous…

Lentement, il se relève, avant de nous présenter à chacun des excuses : d'abord aux deux larbins, puis à Stadther, puis à Hillerman, et enfin à moi. Alors, comme frappé d'une soudaine révélation, il s'avance en titubant et me prend d'un coup dans ses bras.

— Merci, souffle-t-il d'une voix rauque.

J'ignore comment réagir. Ne vous méprenez pas, j'aime bien les câlins, j'adore les câlins, mais il ne me lâche plus. Le visage enfoui au creux de mon épaule, il me serre contre lui.

— Je ne veux plus oublier. Ne me… Pitié, n'importe quoi, mais pas ça. Tout plutôt que d'oublier encore.

— D'accord, tout va bien, c'est fini.

Je lui tapote le dos, ou bien ?

— Promettez-le-moi. Je ne peux pas…

— C'est promis.

— La prochaine fois, tuez-moi.

— Attendez, c'est ça la promesse ? Non, si on s'arrangeait plutôt pour qu'il n'y ait pas de prochaine fois ?

Il resserre son étreinte.

— Promettez-moi que vous me tuerez.

Suffoquée, je parviens tout juste à articuler :

— Je promets de vous tuer ! Les amis sont là pour ça. (Mon regard trouve Hillerman.) C'est bon, il est de retour.

À ma grande surprise, je la vois réprimer des larmes en faisant mine de consulter son portable. Avec un bref raclement de gorge, je mets l'inspecteur face au groupe.

— Bon, Brenner, vous savez maintenant pourquoi on vous a amené ici. Rosalind Rose, Dario Machlin, les vampires du *Monolithe*, tout serait lié. C'est à vous.

Malgré son souffle court, il prend immédiatement la parole.

— Il y a deux semaines, Rosalind Rose est retrouvée chez elle la gorge arrachée et vidée de son sang. Les autres inspecteurs n'en tireront aucune conclusion, hormis la plus évidente : le meurtrier a dû la tuer ailleurs, puis abandonner son corps chez elle. Je suis le seul à connaître la vérité parce que… parce que…

Il se met à bafouiller, ferme les yeux malgré lui. Je vole à son secours.

— Passez à la suite.

Il s'exécute.

— Je suis donc venu ici, *peut-être* un peu éméché.

— Très nettement, rectifie un larbin.

— Et *bien* éméché, renchérit l'autre.

— J'ai fait un scandale à la réception jusqu'à ce qu'on me laisse parler à la direction. (Il désigne les deux hommes de Stadther.) Je les ai interrogés.

Le maître vampire intervient :

— Interrogatoire durant lequel il nous a fait part sans subtilité de sa conclusion que les créatures légendaires connues sous le nom de « vampires » étaient réelles. Sachant que Mlle Rosalind était une *escort girl*, il nous a questionnés sur ses clients habituels, nous a demandé si l'un d'eux nous paraissait suspect. Si, par exemple, nous les avions déjà vus en plein jour, s'ils évitaient les miroirs, s'ils avaient la manie de la mordre aux poignets ou au cou, s'ils détestaient l'ail ! s'exclame-t-il, proprement scandalisé.

— Le coup de l'ail est un mythe, j'explique à Brenner.

— J'ai horreur de l'ail, cela dit, commente un des larbins tandis que l'autre frémit.

— Quoi qu'il en soit, reprend Stadther en se rasseyant dans son fauteuil, après de telles accusations, infondées de surcroît, j'aurais…

— Ce ne sont pas des accusations si c'est vrai, souligné-je.

— … j'aurais été tout à fait en droit de ne pas le laisser quitter le casino vivant.

— Qu'est-ce qui vous en a empêché ?

— Contrairement à ce que vous semblez tous croire, je ne suis pas un voyou. Il était en état d'ébriété. On pouvait penser qu'il avait une imagination débridée, ou regardait trop de films.

— Donc, dans un élan de générosité, vous l'épargnez. Mais vous avez quand même envoyé des hommes le suivre.

— En effet.

— Parce qu'il avait raison : ce sont bien des vampires qui ont tué Rosalind Rose.

Stadther laisse aller sa tête contre un coin du fauteuil, me toisant du haut de son nez parfaitement droit.

— Oui.

— Pour être plus précise, ce sont *vos* vampires qui l'ont tuée.

— Oui. (Il glisse un regard incriminant à ses hommes.) Elle leur a refusé ses services, fort grossièrement, ajouterais-je. Malheureusement... elle a choisi un mauvais moment.

— En résumé, vos gars avaient les crocs quand elle les a envoyés balader.

— Un très mauvais moment.

— Oui, vous l'avez déjà dit.

L'idée me vient de leur suggérer d'avaler un Snickers la prochaine fois, mais tous deux me jettent un regard noir, les bras croisés. Inutile de les sermonner.

— Donc vous le laissez filer et vous le surveillez pendant deux semaines avant de décider subitement de lui tomber dessus. Pourquoi ? Qu'est-ce qui a changé ? *(Tsss ! c'est évident.)* Vous avez découvert qu'il enquêtait sur Dario Machlin, réponds-je moi-même en pointant Brenner du doigt dans la foulée. On vous écoute, pourquoi Dario Machlin ?

— C'était le mac de Rosalind.

J'avoue que je ne m'y attendais pas à celle-là. Il poursuit :

— Deux autres racoleuses, enfin *escort girls*, travaillaient avec elle. D'ailleurs, les trois ont commencé ici le même jour, il y a un mois. Je les ai interrogées, mais elles ont refusé de parler, alors je les ai suivies.

— Et elles vous ont mené à Dario.

— Exactement.

— Hier soir, quand nous sommes arrivés chez lui, une femme est sortie de l'appartement en courant. Était-ce l'une d'elles ?

Curieusement, la réponse me vient de Stadther :

— Non. Elles travaillaient ici toutes les deux hier soir.

— Et vous confirmez que Dario était leur proxénète ?

— Comme l'a dit l'inspecteur, il a placé les filles chez nous il y a un mois.

— Les trois d'un coup, dis-je en réfléchissant tout haut. Et Dario vous servait-il souvent de fournisseur ?

— Pas du tout, c'était la première fois que nous le rencontrions.

— Donc, un type surgit de nulle part avec trois nanas et vous acceptez les yeux fermés ? Ça devait être des sacrés morceaux, ces filles.

Là encore, l'évidence me saute aux yeux une seconde trop tard pour sauver la face. Dario le démon, trois filles recrutées en un clin d'œil…

— Des succubes.

Naturellement, je me pose la question à un million de dollars : *Donc Dario, le fournisseur, apparaît soudainement avec un lot de trois succubes à vendre…*

— Et il n'a jamais cherché à placer d'autres filles ?

Juste pour info, ce n'est pas celle-là, la question à un million.

— Non, répond Stadther.

— Évidemment, parce que ce n'était pas un vrai proxénète, pas vrai ? Rien qu'un fournisseur qui, cette fois, devait se procurer une coquette somme d'argent propre. (Et voici la fameuse question à un million.) Combien a-t-il obtenu ?

— Quarante. En liquide.

— Quarante mille dollars en liquide. Vous m'excuserez, mais je connais mal le cours actuel de la prostitution. C'est un bon prix, quarante mille dollars, pour trois succubes ?

— C'est un prix honnête.

— Je voiiiiis. (Je considère les larbins, avec leur air suffisant et leur allure de gros durs, bras croisés.) Tellement honnête que ça ne vous embête même pas que vos laquais aient refroidi l'une d'elles. À ce stade, je dirais que, quarante mille dollars, c'était du vol.

— On était sur la tranche basse.

— Parce que le destinataire de cet argent se moquait de faire un profit. Il avait seulement besoin des quarante mille dollars. (Je conclus mon raisonnement en me tournant vers Hillerman.) L'argent liquide était destiné à un achat bien précis.

— Nous devons interroger les deux autres filles, déclare-t-elle.

Et Stadther de lui répondre avec le plus grand calme :

— Elles sont mortes hier soir. Elles sont arrivées à l'heure habituelle, au coucher du soleil, et ont été aussitôt sollicitées pour accompagner un homme dans sa chambre. On les a retrouvées une heure plus tard. Il avait empoisonné leurs verres.

Mon esprit tourne à plein régime pour tenter d'assembler les pièces du puzzle.

— C'est pour ça que vous avez neutralisé Brenner.

Le maître vampire hausse les sourcils en signe d'acquiescement, avant d'expliquer :

— Parce que cette affaire, quelle qu'elle soit, dépasse désormais le cas Rosalind Rose.

— Et vous ne vouliez pas être impliqué. Vous aviez déjà perdu quarante mille dollars, mieux valait sauver les meubles, assurer vos arrières, et partir ni vu ni connu.

— Autre chose ?

— Ah ! le soleil se lève, c'est ça ? Pour vous, il se fait tard. « Autre chose ? » Oui, vous pourriez peut-être m'en apprendre davantage sur celui qui a tué vos *escort girls* hier soir ? C'est sûrement le même qui a mitraillé l'appartement de Dario. À l'évidence, le deal a tourné au vinaigre.

Perdant patience, Stadther emploie un ton plus raide :

— Nous ignorons son identité.

— Vous n'auriez pas sa tête sur vos bandes de vidéosurveillance par hasard ?

— Rien d'exploitable. Les bandes nous permettent de retracer ses déplacements. Il est allé dans sa chambre, puis il en est sorti. Ce n'était pas un habitué. Les témoins nous ont seulement parlé d'un très bel homme.

— Des témoins ? Vous avez mené votre petite enquête à ce que je vois.

— Toute la nuit. À votre avis, pourquoi étions-nous réunis ici avant votre arrivée ?

— Pour une orgie de sang, pardi ! Revenons-en à ce meurtrier : était-il juste très bel homme, ou beau comme un fae de la Cour ?

— Vous pensez à un charme de camouflage fae ? Possible.

— Vous êtes tous parvenus à la même conclusion, n'est-ce pas ?

Il me le concède d'un mince sourire.

— Maintenant vous en savez autant que nous. Au revoir.

Henry Stadther n'étant pas homme à se répéter, je me dirige docilement vers la sortie.

— Il reste toujours une place dans ma voiture, si jamais. On forme plutôt une bonne équipe, vous ne trouvez pas ?

— Je ne manquerai pas de parler de vous à la directrice.

Ouh ! une menace ? Excellent. Je me fige en laissant mon visage se décomposer.

— Non, s'il vous plaît.

— Comptez sur moi pour ne pas oublier.

J'écarquille les yeux d'un air terrifié.

— Non, s'il vous plaît.

Un sourire satisfait se dessine sur ses lèvres à l'idée de me voir le supplier.

— J'en ai bien l'intention.

— Vous n'oseriez pas !

Son petit sourire se mue en rictus malveillant. Je mets le paquet avec ma voix de damoiselle en détresse :

— Non, vous n'oseriez pas me dénoncer ! Mais, je… je risque de perdre ma plaque, mon arme, mon assurance maladie. S'il vous plaît, vous ne pouvez pas avoir à ce point… une dent contre moi.

J'arbore un sourire en coin : *Je t'ai eu !*

Il se rembrunit. « *Ding ! ding ! ding !* » Ses laquais se ruent vers moi. Le cœur battant, je tourne les talons pour décamper et me mange l'encadrement de l'ascenseur – totalement mérité, je sais. Hillerman me tire dans la cabine au moment où les portes se referment.

Chapitre 12

Nous voilà de retour dans mon « bureau » – bibi au volant, Hillerman avec le pied sur le tableau de bord et les yeux agités de Brenner dans mon rétroviseur. La métropole brille de mille feux sous le soleil matinal qui illumine maintenant un beau ciel bleu tandis que je sillonne sans but les rues du centre-ville.

— Je savais pour les vampires, balbutie Brenner, mais il y a des faes et des démons ?

Pour la centième fois depuis que nous avons quitté le casino, j'aimerais lui demander comment il a découvert l'existence des vampires. Cependant, même si la question ne le dérangera sans doute pas, je sens qu'elle révoltera Hillerman. Alors, pour la centième fois, je me retiens et réponds :

— Et des sorciers, et des métamorphes.

Il se risque à toucher les ecchymoses violacées de son visage. Les vampires ont vraiment retenu leurs coups ; s'ils s'étaient lâchés, Brenner aurait le crâne en miettes.

— Et vous appelez ça « l'Occulte » ? Vous avez mentionné une agence…

— L'Agence fédérale de l'Occulte. Avec nous, même les créatures surnaturelles se retrouvent avec les flics occu… ltes.

— Vous dites « fédérale ». Donc le gouvernement est au courant ?

— Depuis un moment, au moins une vingtaine d'années. C'est encore un peu le Far West malgré tout. Les occultes ont un peu de mal avec les règles.

— Alors, vous comptez arrêter ces vampires ?

— Euh… non.

— À qui signale-t-on ce genre d'affaire ? Nous savons qu'ils ont tué Rosalind Rose…

— On ne peut pas.

— … faut le signaler…

— Non, on ne signale rien du tout. Henry Stadther a raison. Il s'agit d'une affaire strictement occulte et elle doit rester entre les mains de l'Occulte.

— Mais trois femmes sont mortes !

— Voyez-les comme des témoins protégés. Si vous travailliez sur une affaire et que les fédéraux vous disaient de laisser tomber parce que le suspect fait partie d'un programme de protection des témoins, vous seriez obligé de renoncer, non ? L'enquête ne relèverait plus de votre autorité, n'est-ce pas ? On la confie à une autre division. C'est pareil avec le monde occulte. Laissez-nous régler cette histoire.

Il hésite un instant, partagé, puis capitule avec un mouvement de tête nerveux.

— D'accord, c'est entre vos mains. Du coup, vous êtes comme eux ? Vous êtes… une créature surnaturelle ?

— Eh oui ! Vous voulez deviner ?

— Par pitié, pas… Tout sauf une vampire.

— Parce qu'un démon c'est mieux ?

Il me dévisage dans le rétroviseur.

— Vous êtes un démon ?

— Ça change quelque chose ?

— Non, s'empresse-t-il de répondre. Vous pourriez être Méduse, je m'en fiche. Après ce que vous avez fait pour moi, me rendre la mémoire, je vous en dois une.

Le pauvre a l'air au fond du trou. J'essaie de détendre l'atmosphère en le taquinant :

— Tout à fait. Selon nos lois, vous avez maintenant une dette à vie envers moi.

— Oh !

— Genre, vous devez me suivre partout, comme ça, si jamais on me tire dessus, vous pouvez vous jeter devant moi.

Il déglutit, ravalant sa peur, puis s'efforce de paraître sûr de lui quand il me répond :

— Très bien, entendu.

Holà ! c'est à mon tour d'avoir peur.

— Vous savez que je blague, hein ? Ne faites jamais ça.

— Soit, mais je suis sérieux. Demandez-moi n'importe quoi, je suis votre homme.

— Vous sortez vraiment tout ce qui vous passe par la tête ou je me trompe ?

Il cligne des yeux, peut-être blessé par ma remarque.

— Non, pas toujours, j'imagine. Ce n'était pas dans mes habitudes, je...

Il laisse sa phrase en suspens.

— Je la connais d'ailleurs. Méduse.

— Ah ! D'accord.

Le voyant de nouveau au bord des larmes, je choisis de le laisser tranquille. L'espace d'une seconde, j'envisage de me montrer franche en retour et d'admettre que ma décision de lui rendre la mémoire n'avait rien d'héroïque. J'ai besoin de lui pour mon enquête, c'est tout. J'ai besoin de sa juridiction. Ça ne vaut pas une dette à vie. Même pas des remerciements.

Je renonce néanmoins à me confesser, car, contrairement à lui, quoi qu'il arrive, j'ai un filtre.

— Détendez-vous, Brenner. Je ne suis pas un démon, mais une métamorphe.

— Comme un loup-garou ?

— C'est l'idée, mais il en existe de toutes sortes : loups, coyotes, ours…

Une idée alarmante lui traverse soudain l'esprit.

— Lions ?

— Ah ! oui, tous les grands félins : lions, pumas, jaguars…

— Vous êtes une lionne ?

— Si seulement.

Super… maintenant qu'on est partis sur ces images de grands prédateurs ultraclasse, je me retrouve à révéler fièrement :

— Non, je suis une renarde.

— Une renarde ? Genre, un… D'accord.

— Quoi ?

— Non, rien, ça paraît juste… un peu petit. Pas vraiment…

— Pas vraiment terrifiant.

— Voilà, genre, plus un nuisible qu'autre chose. J'ai surpris un renard en train de fouiller dans mes poubelles l'autre jour. Je lui ai jeté des cailloux. Navré.

Je feins l'indignation.

— Mais ça ne va pas, non ? Et si c'était ma maman ?

Il se prend la tête à deux mains, mortifié.

— Pardon.

Bon, bon, j'arrête. C'est juste que sa détresse me fait de la peine, du coup je suis mal à l'aise, du coup je ressens le besoin de plaisanter. J'arrête, promis.

— Vous n'avez pas faim ? On va vous dégotter un truc à grignoter. Ou un café ?

Un « non » vigoureux de la tête. Il s'essuie les yeux en lâchant un soupir de frustration.

— Non, revenons-en à la mission. Ne vous souciez pas de moi, concentrons-nous sur notre travail.

Comme si elle avait attendu ce signal, Hillerman lève d'un coup la tête après avoir passé tout le début du trajet à parcourir une base de données de la police sur son portable.

— J'ai trouvé un lien entre nos quatre victimes. Il y a deux ans, Dario Machlin et les trois succubes vivaient à moins de cinq rues les uns des autres. Je vous laisse deviner dans quel coin.

Sans problème – je me souviens du sceau démoniaque chez Dario.

— L'East Side.

— Le quartier de Grandy, confirme-t-elle. À dix minutes d'ici.

— On ne peut pas y aller, déplore Brenner. Grandy, Big Heights, l'East Side, tous ces coins sont zone interdite pour la police.

— Comment ça « zone interdite » ? s'enquiert Hillerman.

Je me charge de répondre :

— En résumé, c'est la saison de la chasse toute l'année à Grandy. Personne n'y fout les pieds, encore moins la police.

— Et vous acceptez la situation sans broncher ? C'est un accord bilatéral ?

Cette nouvelle la scandalise. L'autorité et l'immunité de la police américaine bafouée ? limitée ? *Blasphème !*

— Plutôt une politique officieuse, lui explique Brenner. Le premier truc qu'on m'a dit à mon arrivée ici, c'était de ne pas m'approcher de l'East Side à moins que la garde nationale ait été appelée en renfort.

Hillerman est atterrée.

— L'East Side. L'East Side tout entier. (Elle me transperce du regard.) Une véritable horde de démons autonome que l'on laisse régner sur trente kilomètres carrés de bas quartiers ? Et l'Agence ne dit rien ? Laissez-moi deviner : tant que les démons restent entre eux, on s'en moque, c'est ça ? Attendons sagement un nouveau 11 Septembre.

— Les démons sont derrière le 11 Septembre ? demande Brenner.

— Non, réponds-je, agacée.

Hillerman persiste :

— Les démons sont responsables de tous les malheurs.

— Ce n'est pas vrai. Et ce n'est même pas un démon qu'on cherche pour notre enquête, mais un fae.

Elle balaie ma théorie d'un revers de main.

— Nous n'en savons rien. Cette hypothèse repose uniquement sur la beauté supposée du suspect.

— Vous avez déjà vu des faes ? C'est le genre de beauté qui ne laisse pas de place au doute. Si les vampires sont parvenus à la même con…

— Parce que les démons ne peuvent pas être séduisants ? (Elle me jette un regard accusateur.) Dario Machlin n'était pas séduisant ?

Ça, c'est un coup bas.

— Rien à voir. Et puis, pourquoi tenez-vous tant à vous précipiter dans Grandy, autrement dit l'enfer sur terre ? Nous avons tout intérêt à suivre la piste de l'argent.

— Et si l'argent se trouve là-bas ?

— Il aurait fallu que Dario Machlin l'y apporte lui-même, n'est-ce pas ? Il est passé au *Monolithe* pour échanger les trois succubes contre quarante mille dollars en liquide. Tout ce qu'il pouvait faire ensuite, c'était livrer l'argent à son client, ou…

Elle m'interrompt d'un geste.

— Son client de *Grandy*, raison pour laquelle les trois filles viennent de ce quartier. Vous pensez peut-être que Dario Machlin s'est pointé en demandant à quelques ex du quartier de jouer les esclaves sexuelles pour le compte d'un clan vampire dans le seul but de l'aider à conclure un marché ? L'ordre venait certainement de plus haut.

— Je ne dis pas le contraire, le client de Dario avait besoin d'argent propre, il a donc fourni les trois succubes en échange…

Elle me coupe derechef :

— Trois succubes de sa horde.

— Vous parlez encore d'Arael Moaz, mais vous ne m'avez pas laissée terminer. Oui, Dario est peut-être retourné à Grandy lui livrer l'argent, *ou alors* l'argent n'était pas le but en soi, et Dario est allé effectuer un achat pour le compte de son client.

— Acheter quoi ? Pas besoin de quarante mille dollars pour acheter des matériaux explosifs. Il pouvait voler ce dont il avait besoin.

Cette fois, j'en ai assez.

— Vous savez quoi ? Je ne dis plus rien. Continuez de jouer aux devinettes si ça vous chante, et faites-moi signe quand vous voudrez que je vous explique comment déterminer où cet argent a été dépensé.

J'espère de tout cœur qu'elle va me mettre au défi, mais elle ne mord pas à l'hameçon. Un silence pesant s'installe dans la voiture. Alors que nous sommes arrêtés au feu rouge, une Acura RSX au châssis rabaissé fait rugir son moteur à côté de nous en avançant par à-coups.

— Oh, pitié ! ça suffit maintenant, soupiré-je.

Hillerman observe la voiture, puis se tourne vers moi.

— Vous faites la course ?

— Vous plaisantez, dans cette Épave ? Vous n'avez pas vu la traînée de bave d'escargot derrière nous ? Cette Acura passe sûrement de zéro à cent en quatre secondes. Moi, je passe de zéro à cent *en théorie*. Les petits vieux me font des doigts d'honneur sur la route.

J'ai d'autres blagues du même acabit en réserve, mais Brenner va sans doute encore me dire que j'exagère trop pour que ce soit vrai. De plus, le feu vient de passer au vert. L'Acura démarre en trombe tandis que mon Épave franchit péniblement l'intersection en faisant une embardée à chaque changement de vitesse. Hillerman m'étudie avec attention, essayant de me cerner. Mes joues s'enflamment. J'ai l'impression d'avoir quatre ans : « Mais… euh… arrête de me regarder ! » Décidée à avoir une réaction plus mature, je l'interroge :

— Pourquoi Henry Stadther vous a-t-il demandé de quel clan vous veniez ? Pourquoi vous prend-il pour une vampire ?

Elle détourne aussitôt le regard et change de sujet :

— Très bien, dites-moi où Dario a dépensé l'argent.

— Vous avez ses relevés bancaires ?

— Vous savez bien que oui.

— Brenner, pouvez-vous me dire quand il a placé les filles au *Monolithe* ?

— Il y a un mois.

— Il y a un mois, il repart du casino avec une enveloppe de cash. C'est notre point de départ. Remontez un mois plus tôt dans son relevé et lisez-moi les lignes à voix haute.

— Il n'a réalisé aucun dépôt, me souligne Hillerman.

— Je sais. Ce n'est pas ce qu'on cherche. On cherche un débit de carte bancaire.

— L'argent était en liquide, les dépenses en carte ne nous intéressent pas, et puis il y a des centaines de lignes.

— Alors ne perdons pas de temps.

— Quelle partie ?

— Lisez.

— Quelle date ? Quel lieu ?

— Lisez !

— Quel montant ?

— Lisez, lisez, lisez, lisez… !

— Donnez, je vais vous le lire, se propose Brenner.

L'agent lui remet son portable, l'air de dire : « Faites-vous plaisir. »

Il me faut moins de trois minutes pour savoir où nous rendre. D'un coup de volant, je tourne dans le parking d'une station-service pour rejoindre une autre route en direction du nord tout en leur expliquant mon raisonnement : d'après ce que Brenner vient de nous lire, Dario a mangé dans deux restaurants différents en l'espace de quatre heures le 17 du mois dernier. Rien d'étrange, me direz-vous. Sauf quand on sait que les deux restaurants se situent à moins d'une rue l'un de l'autre. Toujours pas de quoi fouetter un chat, hein ? Sauf quand on sait que ces établissements se trouvaient à l'autre bout de la ville pour Dario, trop loin pour faire partie de ses habitudes, surtout quand l'un des deux restaurants est une chaîne de fast-food avec un million d'adresses plus proches de son appartement. Alors pourquoi aller à celui-là ? Réponse : parce qu'il a passé l'après-midi dans un autre lieu à proximité. Bon. Ça pourrait être n'importe quoi, pas vrai ? Un cinéma, un club de bowling, une église, chez un pote. On peut tout imaginer.

Sauf quand on sait que Dario a acheté sa Camaro rouge dans la concession automobile de Don Roman, qui, comme on le sait aussi, se situe pile en face des deux restaurants.

— Vous avez déduit tout ça à partir de deux débits de carte bancaire ? demande Brenner, impressionné.

Bien que flattée par son étonnement, je savoure beaucoup plus la réaction de Hillerman, qui lui arrache le portable des mains et se met à tapoter frénétiquement l'écran, sans doute pour vérifier les adresses sur une application GPS.

— C'est mon superpouvoir, dis-je. Je connais Détroit comme ma poche. Donnez-moi une adresse, et je vous dis non seulement où c'est, mais aussi tout ce qu'on trouve à proximité. En soi, n'importe qui peut en faire autant avec un téléphone et quelques *heures* devant soi. (Oui, ma modestie n'a aucune limite.) En revanche, aucune application ne vous dira que Don Roman est un occulte.

Les doigts de Hillerman se figent. J'ai capté son attention. Et Brenner de demander aussitôt :

— C'est un lion ?

— Un gnome. Un peu comme un troll, en plus petit et moins grincheux. Sa concession appartient d'ailleurs à un troll prénommé Terrance, mon ancien patron à l'époque où je travaillais à l'*Occulte*. Un membre de la famille de Terrance – un genre de cousin éloigné, je crois – a épousé l'une des sœurs de Don Roman, et la chanteuse à leur mariage était une sorcière avec qui j'ai bossé une fois dans une pizzeria en face de Comerica Park. C'est fou comme le monde est petit, hein ?

Bon, là, c'est juste pour me la péter. Cependant, Hillerman range son portable ; elle a compris le message : personne ne peut enquêter sur des affaires occultes aussi bien que des agents occultes. *Plus compétents que tu le pensais, hein, ma cocotte ?*

— Mais comment savez-vous que c'est là que Dario a acheté sa Camaro ? m'interroge Brenner en tirant sur sa cravate.

— Je l'ai filé un soir jusqu'à l'*Occulte*.

Voyant sa perplexité, Hillerman se charge de l'éclairer :

— Le cadre de sa plaque d'immatriculation.

— Exactement, un cadre du *Don Roman Auto Plaza*.

Je me souviens d'avoir levé les yeux au ciel, car le support citait le slogan des pubs radio de Don Roman : « C'est Donné ! »

— Il a acheté une Camaro avec les quarante mille dollars ? demande Brenner en rabattant ses cheveux en arrière.

Je secoue la tête en signe de dénégation.

— Non, il avait sa Camaro depuis un moment. Elle avait de vraies plaques. S'il l'avait achetée le mois dernier, elle aurait encore la plaque temporaire. Et puis une Camaro ne coûte pas si cher.

— Alors qu'est-ce qui vaut une telle somme ?

— Deux véhicules, nous répond Don Roman, assis derrière une ribambelle de boîtes de plats chinois posées sur son bureau.

Les murs de la pièce sont couverts de photos de lui en train de serrer la main de pseudo-stars, de golfeurs connus, *et cætera*. C'est un homme imposant, mais assez trapu, presque aussi large que grand – il est pratiquement carré.

En soi, les gnomes aussi s'entourent d'un charme de camouflage, mais leur pouvoir est loin d'égaler celui d'un fae de la Cour ; au mieux, un gnome arrivera donc à masquer sa laideur naturelle sous le visage d'un quadragénaire quelconque. S'ils tentent de faire plus jeune ou plus joli, le résultat est juste flippant. Don Roman paraît avoir la cinquantaine, avec de bonnes bajoues et un immense front surmonté d'une banane à la Elvis. Attrapant quelques nouilles avec ses baguettes, il les aspire bruyamment.

— Il a acheté une voiture et une camionnette.

— Une voiture, une camionnette, note Brenner sur son portable. Marque et modèle ?

Roman pousse une boîte vers l'agent spécial Hillerman – « Un petit creux ? »

— Une Ford Taurus Interceptor blanche.

Son téléphone-interphone émet un bip, et la voix de sa réceptionniste s'élève dans la pièce, annonçant d'une traite trois offres sur différentes voitures. Il rejette la première avec véhémence et valide les deux autres d'un « C'est Donné », avant de reporter son attention sur Brenner.

— Et un Ford Transit blanc.

Du coude, il pousse une bouteille d'eau vers Hillerman – « Un petit coup ? »

— Un Ford Transit, répète Brenner. C'est un utilitaire.

— Pour un inventaire. En tout cas, c'est ce qu'il a dit, déclare Roman en plongeant ses baguettes dans la boîte de nouilles. Des compléments vitaminés, ou un truc dans ce goût-là.

— C'est Dario Machlin qui vous l'a dit ?

Le gnome hoche la tête, agitant ses grosses bajoues.

— Oui, Dario. Il a dit vouloir se lancer dans la vente de compléments vitaminés, ou de stimulants, je ne sais plus. Bref, il avait besoin d'une camionnette.

— Et d'une voiture ?

— Oui, pour démarcher les clients. Il trouvait sa Camaro trop tape-à-l'œil, même si je vois pas où est le problème. Tape-à-l'œil ! Ben mon cochon.

Il fait glisser un bol de bonbons vers Hillerman.

— Donc, Machlin entre dans votre bureau et vous annonce qu'il a quarante mille dollars en liquide ?

— C'est ça.

— Et qu'avez-vous répondu ?

Bah ! « C'est Donné », évidemment.

— J'ai dit : « C'est Donné ! »

L'inspecteur relit ses notes, le genou secoué de tremblements nerveux. Il regarde Don Roman. Puis moi. Je comprends qu'il ne voit pas quoi ajouter.

— Pardon, murmure-t-il. D'habitude, je prends le temps de me préparer en amont, de noter toutes les questions. Parfois, je me mets de la musique pour m'aider à me concentrer…

Il se reprend, conscient de digresser, et, en désespoir de cause, demande à Roman :

— Vous avez peut-être des questions à nous poser ?

Le gnome a la bouche pleine, mais ses yeux répondent : « Vous êtes sérieux ? »

En fait, on avait décidé que Brenner mènerait l'interrogatoire, vu que Roman peut percevoir ma nature occulte et que les faes ne portent pas vraiment l'AFO dans leur cœur. Même s'ils ne partagent pas le dédain affiché des démons à l'égard d'une agence occulte, ils persistent à rejeter toute autorité extérieure à leur royaume d'origine. Certes, pour vivre dans ce monde, ils sont obligés de respecter les lois humaines, mais ils s'y soumettent avec un certain amusement, comme s'ils bernaient les humains chaque fois qu'ils paient leurs impôts ou se limitent à la vitesse autorisée. L'idée d'une autorité occulte, en revanche, les irrite au plus haut point, parce qu'on devrait savoir que c'est déplacé. D'un côté, je peux comprendre, mais, de l'autre : *Tant pis pour vous, les gars, c'est comme ça !*

— Nous aurons besoin de copies des papiers de la vente, exigé-je.

Sans surprise, mon intervention le hérisse. Il se braque, une lueur de mépris dans les yeux.

— Qui, « nous » ?

Je désigne Brenner.

— La police de Détroit. Qui d'autre ?

Je m'apprête à prendre une pastille de menthe, mais Roman éloigne le bol d'une main tout en appuyant sur le bouton de l'interphone de l'autre.

— Me faut des photocopies, explique-t-il à sa secrétaire. Dario Machlin, Ford Taurus et Transit blancs, payés en liquide, Donné. (Il se tourne ensuite vers moi avec un sourire condescendant.) Toujours prêt à aider la police de Détroit, dit-il avant de se carrer au fond de son fauteuil dans un fort grincement de ressort. Qu'est-ce qui s'est passé, au juste ? Ne me dites pas que Dario a dévalisé une banque avec mes voitures.

Hillerman se lève d'un coup.

— On l'a tué pour ces véhicules. Auriez-vous autre chose à nous dire concernant le jour de son passage ?

Roman la dévisage longuement, immobile.

— Veuillez juste éclaircir un point, persiste l'agent. Deux véhicules, une voiture et une camionnette. Comment a-t-il fait pour repartir avec les deux ?

Le ressort du fauteuil couine une fois, deux fois, tandis qu'il réfléchit. Enfin, il répond :

— Deux femmes. Des amies.

— Il a pris sa Camaro, et elles se sont occupées des Ford ?

Il confirme d'un hochement de tête.

— Pourriez-vous nous les décrire ? Étaient-elles jeunes ? mignonnes ?

Le voyant hésiter, presque apeuré, je décide d'intervenir :

— Elle aimerait savoir si c'étaient des succubes.

Après une longue pause, il répond :

— Oui.

Bon, je sais qu'il y a peu de chances, mais…

— Une idée de leur destination ce jour-là ?

Roman baisse les yeux sur ses nouilles, les mélange avec ses baguettes, puis Hillerman lui confisque la boîte. Il se tourne alors vers Brenner en dernier recours.

— On est pas censés respecter un genre de secret professionnel, ou je ne sais quoi ?

— Ça concerne uniquement les médecins et les avocats, énoncé-je. Pas les gnomes.

Il rougit – de colère ou d'embarras, difficile à dire. Hillerman se penche sur son bureau pour planter son regard dans le sien.

— Tous ceux qui étaient au courant de ces quarante mille dollars sont morts, y compris les deux succubes. Vous ne préférez pas qu'on appréhende le meurtrier avant qu'il vienne s'occuper de vous ?

Des gouttes de sueur perlent au front du gnome.

— Mais il s'agit d'une affaire occulte.

Je m'exclame malgré moi :

— Je me tue à le répéter !

— Où sont-ils allés ? insiste Hillerman.

— Je n'en suis pas certain, et c'est la vérité. On risque gros à moucharder des démons... Ce que je vais vous dire ne doit pas sortir d'ici. Ce n'est qu'une supposition, je le jure sur la Cour d'hiver.

Hillerman écrase la boîte de chinois dans son poing.

— Alors faites-nous part de cette supposition.

— Eh bien, juste après leur avoir remis les clés, j'ai entendu Dario dire aux filles : « On se retrouve chez Lui. »

— Chez Dario ? je demande.

Roman secoue la tête en signe de dénégation.

— Non, il n'a pas dit « chez moi ». Ses mots exacts étaient : « On se retrouve chez Lui. »

— Avec un L majuscule, conclut Hillerman avec dédain.

Elle lâche la boîte en carton, se redresse, me jette un regard lourd de sens, puis quitte le bureau d'un pas ferme. Brenner et moi ne la rattrapons que sur le parking. Un soleil aveuglant se reflète sur les pare-brise d'innombrables voitures neuves soigneusement alignées. L'agent attend devant le coffre de mon Épave.

— Connaissez-vous le nom d'Arael Moaz ? Son véritable nom ?

— Le Nain Tracassin ? j'ironise, peu encline à coopérer.

Non seulement elle s'est tirée sans me laisser l'occasion de placer « C'est Donné » dans la conversation avec Roman, mais voilà qu'elle sous-entend que je ne connais rien aux démons, ce qui, sans être totalement faux, reste insultant. Alors, oui, j'ai entendu dire que certains démons avaient des noms anciens dont le secret était jalousement gardé, mais ça m'a toujours paru un peu farfelu comme histoire, même pour des occultes. J'ajoute :

— C'est vous l'experte en démons, après tout. Éclairez-nous donc de vos lumières !

— Personne ne connaît le véritable nom d'un maître de horde à l'exception de ses sujets, et même eux ne l'ont jamais entendu oralement, car il est interdit de le prononcer.

— Comment peuvent-ils l'entendre si personne ne le prononce ? demande Brenner.

Hillerman enchaîne sans lui répondre :

— Par respect pour ce nom, une horde n'emploiera que des pronoms explicites pour parler de son maître : « Il » avec un grand I, « Lui » avec un grand L, « Son » avec un grand S.

L'inspecteur finit par percuter.

— Donc Dario a dit aux filles de le retrouver chez Lui, avec un L majuscule.

— Il parlait de leur maître de horde.

— Arael Moaz, acquiescé-je. On dirait que votre vœu a été exaucé.

— Tout nous ramène à ce quartier, se justifie Hillerman.

— Et ça vous arrange bien. Je parie que vous trépignez d'impatience. Ça vous ferait les pieds si des démons étaient derrière cette affaire ; ça prouverait que vous aviez raison sur notre compte, pas vrai ?

Elle se campe devant moi de toute sa hauteur.

— Pourquoi ne rejoignent-ils pas l'Agence ? Qu'ont-ils à cacher ? Comment se fait-il que même les occultes en sachent si peu sur eux ? C'est vrai, je le reconnais, si je suis ici, c'est en partie pour évaluer le problème des démons, que nous prenons très au sérieux…

Je l'interromps :

— Si les démons font du grabuge, ils seront recadrés. Par *nous*, ceux qui doivent les côtoyer, pas par une agence gouvernementale à plusieurs centaines de kilomètres.

— Sans vouloir vous vexer, agent Davies. Vous êtes une femme compétente, je le pense sincèrement, vous nous avez menés ici plus vite que mon équipe entière n'aurait su le faire en trois jours, voire tout court. Mais, si l'Agence prend tant cette affaire au sérieux, pourquoi m'a-t-on confié une *nouvelle recrue* ? Où est Nick Sublime ? Où est la directrice West ?

— Nick me pense tout à fait capable de gérer cette affaire sans son aide, mens-je.

— Et, dites-moi, Henry Stadther nous aurait-il fourni la moindre information si nous ne lui avions pas forcé la main ?

La réponse est évidente.

— Non.

— En effet, parce que les occultes ne pensent qu'à leur communauté et se moquent bien d'armes qui ne tueraient que des humains.

— Là, c'est de la mauvaise foi. Les bombes tuent aussi les occultes.

Avec plus ou moins d'efficacité. Les vampires sont morts-vivants. Les métamorphes ont des facultés régénérantes exceptionnelles. Les sorciers s'entourent de sorts protecteurs. Certains faes ont une peau plus solide que de la roche. En réalité, seuls les démons sont aussi vulnérables que les humains dans ce cas précis.

L'agent se laisse aller contre le coffre et prend le temps de dominer son agacement.

— Nous avons jusqu'à demain matin. Ensuite, nous serons écartés de l'affaire et c'est la Sécurité intérieure qui en héritera. Alors, oui, peut-être ne s'agit-il que d'une querelle de quartiers, une énième attaque de l'East Side contre leurs rivaux du West Side, une histoire qui ne fera même pas la une. (Elle croise les bras, les yeux fixés sur moi.) Mais si la menace était plus grave ? Si elle était *suffisamment* grave ? Combien de temps avant que Washington conclue que le secret de l'Occulte est devenu un risque pour la sécurité nationale ?

Ma frustration atteint son paroxysme. Je me suis piégée toute seule. Si je cède face à cette tentative de pression, je reconnais qu'elle a raison sur toute la ligne. Cependant, si je persiste à lui tenir tête, je lui donnerai raison à mon sujet : quand le boulot devient dangereux, je me sauve à toutes jambes. Est-ce pour ça que je lui tiens tête ? Parce que j'ai peur ? Parce qu'elle a raison ? Je rejette ces deux hypothèses. Elle me manipule – et je ne peux m'en prendre qu'à ma grande gueule. Là encore, je décide que la meilleure solution est d'arrêter les bêtises et de m'imposer.

— Je ne dis pas que vous vous trompez. C'est vrai, tout nous ramène à l'East Side. On va y aller et continuer à explorer notre piste. Ça fait partie du boulot, je m'y colle sans souci. Mais, de votre côté, allez-y mollo sur les menaces voilées. Si les fédéraux veulent révéler l'existence de l'Occulte, ce ne sera pas ma faute. Pareil avec les démons : s'ils veulent faire exploser le monde, ce n'est pas ma faute ! Pas parce que je m'en fous, mais parce que je n'ai *pas appuyé sur la détente*, et que ce n'est pas à nous de veiller à ce que tout le monde soit gentil. Je n'ai pas tué Dario. Je ne suis pas responsable du traumatisme que vous avez subi… (je hoche la tête vers Brenner) ou du sien. Alors arrêtez de me traiter comme si je faisais partie des méchants. Allez-y ! prenez l'affaire si ça vous chante, donnez-la à votre « équipe d'experts ». On verra ce qu'ils arrivent à faire avec leurs superordinateurs.

Comme la dernière fois, Hillerman réplique sur le même ton :

— Si c'était ce que je voulais, agent Davies, j'aurais déjà passé ce coup de fil. Je serais déjà à mon hôtel, en train de taper mon rapport. C'est vrai, la Sécurité intérieure a de superordinateurs. Ils ont un budget d'un demi-milliard de dollars, presque un quart de million d'employés. Et si vous ne me voyez pas les appeler à cet instant c'est parce que je suis convaincue que notre meilleure chance de réussite, c'est *vous*. Voilà mon évaluation.

Oh mon Dieu ! je suis si faible. Il n'en faut vraiment pas plus ? Quelques caresses sur la tête, un peu de flatterie ? Le fait est que je sens mon moral remonter en flèche après cet aveu de confiance. J'éprouve l'envie subite de lui attraper les mains et de sautiller en criant : « Vous m'appréciez. Vous m'appréciez pour de vrai ! » Et, quand bien même elle chercherait encore à me manipuler, que puis-je faire d'autre ? Suis-je à la hauteur de ma mission ou non ? Naturellement, je ne laisse rien transparaître de ce débat intérieur. Je me contente de hocher la tête d'un air détaché, genre : « Contente qu'on ait parlé, on repart sur de bonnes bases. » Puis je me tourne vers Brenner.

— Et vous ? Le quartier de Grandy. La zone interdite.

Il semble presque blessé que je doute de sa loyauté.

— J'irai où vous irez.

Eh ben ! j'ai déjà eu des amours, mais jamais de golden retriever.

— Inutile de nous faire remarquer, lui dit Hillerman. Vous feriez peut-être mieux d'enlever la chemise et la cravate ?

Premièrement, carrément partante pour qu'il fasse tomber la chemise. Deuxièmement, elle a beau jeu de dire ça. Son sweat-shirt tout propre, tout douillet, et ses lunettes de *hipster* ne font pas vraiment ghetto de Détroit.

Comme si elle lisait dans mes pensées, Hillerman ôte ses lunettes et retire son sweat-shirt d'un mouvement fluide, laissant voir un bref instant des abdos en béton et un pistolet noir dans son étui. Son débardeur blanc contraste avec la fresque de tatouages qui lui couvre les bras et déborde sur son torse. Et on ne parle pas de tatouages tout mignons. Son bras droit est dominé par des toiles d'araignées et une horrible veuve noire aux crochets enfoncés dans son biceps. Des anges vengeurs avec un crâne en guise de tête hantent ses épaules en brandissant de longues épées et, sur son ample poitrine, une branche d'arbre tordue et dépouillée sert de perchoir à plusieurs corbeaux noirs. Elle attache ses cheveux blonds avec une pince, révélant une partie rasée au-dessus des oreilles. Pour compléter le look, elle remplace ses binocles par de vraies lunettes de soleil de dure à cuire.

Et voilà que Brenner enlève sa chemise, dévoilant un corps musculeux à la fois large et plat – pas gonflé comme un culturiste, mais sec et élancé. Mis à part quelques tatouages à son cou, des formules chimiques semble-t-il, sa peau est parfaitement vierge. Du moins, elle le serait sans les contusions causées par sa rixe avec les vampires. Des taches marron, violacées et rouges se chevauchent sur son dos et son flanc gauche, tel un motif de camouflage sinistre. Comme Hillerman, il dissimule un étui et un pistolet à sa ceinture.

Aussi hébétée que surexcitée, je pointe du doigt le *superagent* Hillerman.

— Mais QUOI ! je m'exclame avant de désigner Brenner et sa dégaine de loubard des rues. Et WAOUH ! (Retour sur Hillerman.) Et QUOI !

— Allons-y, ordonne-t-elle, et ses lunettes noires étincellent au soleil.

Je suis sûre qu'elle l'a fait exprès ! Trop la classe !

— Oui, balbutié-je.

C'est Donné.

— Allons-y, je répète avec un sourire niais. On y va.

C'est Donné ! Dis-le ! T'auras l'air cool, toi aussi !

— On peut s'arrêter en chemin pour que je me prenne des lunettes de soleil ?

Tant pis.

Chapitre 13

Quand j'ai peur, ou que je suis nerveuse, je deviens intarissable. Ça m'aide à garder la face. Aussi, tandis que nous remontons Gratiot Avenue vers l'est, je bavasse :

— Franchement, si j'avais su qu'on passerait de *Breakfast Club* à *Suicide Squad*, j'aurais enfilé mes muscles ce matin. Je ne fais pas de muscu comme vous, mais mes jambes passent bien en short de jogging. Et j'aurais pu apporter un flingue. Un gros. Plus gros que les vôtres.

Malheureusement, Brenner ne connaît ni *The Breakfast Club*, ni *Suicide Squad* (sérieux ?), et Hillerman ignore mon verbiage, cachée derrière ses lunettes de soleil. Elle a adopté sa posture habituelle sur le siège passager, sauf que son petit pied sur le tableau de bord ne dit plus : « Ah ! ce qu'on est bien, là, je pourrais me pelotonner sur ce siège avec un livre et un tee-shirt de chat. » Maintenant, ce serait plutôt : « Rien à branler des livres, des chats, et surtout des vêtements qui couvrent. Matez-moi cette poitrine ! »

Deux chaînettes se croisent sous sa clavicule. L'une est en fer noir ; l'autre, en argent, arbore un chapelet de dents de tailles et de formes diverses. Je reconnais le croc d'un canidé ; deux autres ressemblent aux canines d'un vampire ; d'autres encore sont en bois. Toutes font sales et jaunies, comme si on les avait arrachées à des êtres vivants. On dirait une collection de trophées.

— C'est quoi votre collier ? je lui demande tout en me retenant de faire une blague sur les sorciers guérisseurs.

Aucune réponse, évidemment. Je m'adresse donc à Brenner dans le rétroviseur en désignant mon cou.

— Et ces tatouages ? Ce sont des formules chimiques ? Un truc en rapport avec la drogue ?

— Plutôt un truc de poseur. (Il s'efforce de me sourire, mais son expression se teinte très vite de tristesse.) Quand j'étais aux Stups, je devais me fondre dans la rue.

— Pour une opération clandestine ?

La tête inclinée de côté, il se remémore cette période.

— J'étais surtout très convaincant dans le rôle du loser, du crapaud qui veut se faire aussi gros que le bœuf, vous voyez l'idée. L'idiot du village, qui a pris trop de coups sur la tête.

— Faut un sacré talent. Un vrai rôle de composition.

— J'imagine que ça ne me demandait pas beaucoup d'efforts. J'aurais dû retourner à l'école. C'est… (Il marque une pause, déglutit péniblement.) C'est ce qu'on m'avait conseillé.

Sa sœur, sans doute. Avant de recouvrer la mémoire, il parlait volontiers d'elle et avec enthousiasme. Depuis qu'il a retrouvé ses souvenirs, cependant, il n'a pas prononcé son nom une seule fois.

— Soit, vous êtes moins un inspecteur de bureau proche des témoins qu'un inspecteur de la rue proche des malfrats. Ce n'est pas une compétence qu'on peut apprendre à la fac, ça.

Le *superagent* Hillerman pointe son doigt vers la fenêtre.

— C’est là ?

Nous venons de quitter Gratiot Avenue pour pénétrer dans les quartiers périphériques de l’East Side. Pour cette partie de la ville, figurez-vous une sorte de cible avec trois anneaux, où chaque cercle concentrique vous rapproche un peu plus de l’enfer. Au centre de cette cible se trouve le quartier de Grandy.

— C’est là que ça commence, réponds-je.

Ici, les maisons sont encore habitables, bien qu’à moitié perdues au milieu de jardins négligés et de grillages rouillés. Nous abordons une rue qui nous permettrait de nous enfoncer dans le quartier, mais de grosses chaînes tendues entre les panneaux de circulation en barrent l’accès. En soi, on pourrait aisément forcer le passage, mais le message est clair : « Défense d’entrer. »

— Ce sera bloqué comme ça un peu partout, expliqué-je. Avec des chaînes, des carcasses de bagnoles, ou des piles de meubles.

Hillerman secoue lentement la tête, dépitée.

— Et la ville ne fait rien ?

— C’est la ville qui a abandonné ces quartiers au départ. La plupart sont déjà privés de services publics, les réverbères n’ont même plus d’ampoules. Ces endroits sont de vrais trous noirs.

— Certaines personnes s’efforcent de leur redonner vie, souligne Brenner. Un homme comptait racheter ces quartiers pour les transformer en fermes urbaines, mais la ville a refusé. Notre commissaire s’est aussi présenté devant le conseil municipal avec le projet de raser toute la zone.

Hillerman se tourne sur son siège pour le regarder.

— Récemment ?

— Il y a deux mois.

— En public ?

— Oui, il me semble que c'est passé aux infos.

— Donc les démons sont au courant de la menace ? Ils savent que certains veulent les chasser ? De quoi les pousser à réagir. Ça leur donne un mobile.

— Un mobile un peu trop évident, *professé*-je (nouveau mot préféré). Le conseil municipal vote pour se débarrasser de l'East Side et se prend une bombe sur la gueule le lendemain ? Zut alors ! on se demande bien qui a fait le coup ? Les démons se retrouveraient avec une guerre sur les bras.

Hillerman fixe sur moi la noirceur impénétrable de ses verres miroirs, tellement flippante, tellement classe.

— Exactement.

Je comprends immédiatement où elle veut en venir.

— Et Arael Moaz est en effet un belliciste, mais…

Mais *quoi* ? Je n'ai aucun argument ; elle a raison. Pourtant, l'explication paraît trop simple pour être vraie. La fausse piste flagrante typique d'un polar. Voilà, dans un roman policier, on serait tous en train de se dire : « Mais bien sûr ! c'est forcément Arael Moaz le tueur ! » Sauf qu'au moment de débarquer chez lui pour l'arrêter on le trouverait… *AH !*… mort. Ça ne pouvait donc pas être lui, le tueur, ce dont le lecteur se doutait, car il n'en est qu'à la moitié du livre. (Euh… ne regardez pas, mais on en est à la moitié, nous aussi. Allons-nous trouver Arael mort ? Non. Mais je vous annonce que Brenner va se retrouver à poil incessamment.)

— C'est un quoi ? demande-t-il.

— Un belliciste, répété-je. Les démons comptent un tas d'espèces, comme les succubes, ou les sadiques. Chacun puise son énergie d'une source différente.

— Comme le sexe ?

— Tout à fait, ou, dans le cas d'un belliciste…

— La guerre.

— C'est une forme de subsistance pour eux. Ils peuvent se nourrir d'émotions, ou même d'autres trucs. Les thanatophages, par exemple, se nourrissent de la mort. On les surnomme les charognards.

Mes connaissances de leurs espèces s'arrêtent là, mais Brenner a compris l'idée : pour la plupart, les démons n'apportent rien de bon aux humains. Il se penche entre nos sièges.

— Peuvent-ils m'effacer la mémoire comme les vampires ?

— Non, lui certifie Hillerman. Ils n'ont aucun réel pouvoir sur autrui hormis celui de suggestion. Il s'agit d'une *influence*, bien plus faible qu'une *contrainte*, raison pour laquelle les démons mettent beaucoup de temps à parvenir à leurs fins. Nous l'appelons « le murmure ». Arrêtez la voiture.

Prise de court, je me range immédiatement sur le bas-côté. La rue est calme. Pas un bruit, pas un mouvement. Les fenêtres des maisons semblent nous surveiller de leurs yeux noirs et vides comme les lunettes de Hillerman. Je n'avais encore jamais entendu parler de murmures démoniaques. Oubliez le soleil éclatant – on se croirait assis autour d'un feu de camp après minuit.

Hillerman dégaine son pistolet, vérifie le chargeur, puis, pivotant sur son siège, elle s'adresse à nous avec l'autorité d'un éminent spécialiste face à des étudiants.

— Les démons puissants – par conséquent, tous les maîtres de horde – utilisent le murmure pour introduire des pensées dans l'esprit des gens à une certaine proximité, un peu comme une aura. Ces idées semblent issues de l'esprit du sujet et sont indiscernables des siennes. Alors demandez-vous maintenant si vous connaissez bien vos propres pensées et la voix dans votre tête. Pourriez-vous distinguer une pensée étrangère formulée par votre voix interne ? Je vous assure que non, en tout cas pas au début. De manière générale, évitez du coup de trop vous attarder sur vos pensées et, surtout, faites attention à ne pas glisser dans un état de torpeur. La meilleure façon de se prémunir contre les démons, c'est de se concentrer sur l'instant présent. Gardez toujours votre objectif en tête. Ne laissez surtout pas votre esprit vagabonder, c'est compris ?

Nous sommes incapables de répondre tant l'angoisse nous serre la gorge.

— Il faut à tout prix éviter de faire des choix contextuels, car le démon peut fausser votre perception de la réalité. Raccrochez-vous toujours aux principes, ces comportements qui ne changent jamais. Par exemple, en temps normal, seriez-vous capables de meurtre ? Même si vous me détestiez, me tueriez-vous ?

Notre réponse ne se fait pas attendre :

— Non !

— Parfait, poursuit-elle. Facile, n'est-ce pas ? Dans ce cas, toute envie soudaine de me faire du mal, de me tuer, pourrait éventuellement vous aider à prendre conscience que vous êtes sous l'influence de murmures. Je dis bien « éventuellement », car l'idée de meurtre, bien qu'illogique, vous semblera normale, et certaines personnes ont parfois du mal à dominer leurs émotions par la raison.

Elle fixe son regard sur Brenner, comme si ce point précis le concernait plus particulièrement, et ajoute :

— Vous ne tueriez pas votre prochain, mais qu'en est-il de vous-même ? Pourriez-vous vous faire du mal ?

— Non, je réponds du tac au tac.

Bien sûr que non !

Brenner, en revanche, demeure silencieux. Je perçois un léger tremblement dans sa respiration. Il baisse les yeux. Hillerman me décoche un regard de mise en garde, puis insiste :

— Oubliez vos pensées, concentrez-vous sur vos actes et vos objectifs. Nous sommes ici pour trouver deux Ford blanches. Une voiture et une camionnette. Rien d'autre. On y va, on regarde, on voit ce qu'on trouve, et on repart. Compris ?

Je parviens à acquiescer. Brenner aussi.

— Il nous faut une confirmation visuelle des deux véhicules. Une fois que nous l'aurons, nous pourrons revenir avec une armée. En attendant, nous devons nous débrouiller seuls. Brenner, vous avez fréquenté ce genre de quartiers à Chicago quand vous étiez aux Stups. Quelle chance avons-nous de passer sans nous faire remarquer ?

— Aucune.

— C'est un fait. Trois nouvelles têtes, une voiture inconnue, nous serons repérés en moins de deux. Je vous propose donc de ne pas chercher à faire profil bas, et même plutôt l'inverse : nous devrions attirer l'attention sur nous sans éveiller d'hostilité.

— Jouer les imbéciles, opine l'inspecteur. Je m'en occupe.

— Facile ! je plaisante. Brenner marche au milieu de la route en calbute pendant qu'on le suit en voiture.

Je ponctue ma phrase d'un claquement de fouet invisible – « Clac ! »

Pendant un bref instant, Hillerman et Brenner semblent y réfléchir, avant de parvenir apparemment à la même décision. L'agent se remet correctement dans son siège pour accorder un peu d'intimité à l'inspecteur, qui entreprend de défaire ses lacets. *Non, il s'y colle vraiment ?* Je m'apprête à lui jeter un coup d'œil, mais j'entends alors sa braguette descendre et me tourne aussitôt vers mon volant.

— Bon, il est visiblement prêt à donner de sa personne, dis-je à Hillerman. Et à lui vous ne lui réservez même pas de petits discours moralisateurs. Vous n'allez pas le cuisiner sur ce qui le motive à faire ce travail ?

— Je sais ce qui le motive, répond-elle d'un ton sec.

J'aimerais lui demander d'en faire profiter toute la classe, mais voilà que Brenner me confie son pistolet, que je récupère avec enthousiasme.

— Ouh ! j'ai tenu le flingue d'un ami, un jour. On vise et on tire, c'est ça ? Là, c'est la détente ?

Hillerman m'arrache le pistolet des mains et le planque sous son siège.

— Je refuse de vous voir tirer avec une arme près de moi.

Le bruit métallique d'une boucle de ceinture qui heurte le sol à l'arrière.

— On nous observe peut-être déjà, dit Brenner. Alors…

— Compris, répond Hillerman avant de bondir de voiture pour contourner le coffre et ouvrir la portière de Brenner. Dehors !

Et elle le saisit par la nuque, comme un prisonnier.

Je baisse ma vitre en essayant de deviner quel type de sous-vêtements Brenner doit préférer, puis me penche par la fenêtre pour vérifier tandis que Hillerman le pousse vers le capot de la voiture.

— Alors, qu'est-ce qu'on a ? Slip ou cale…

MON DIEU, IL EST TOUT NU ! Je sors la première phrase qui me passe par la tête :

— Mon Dieu, il est tout nu !

Je me plaque la main sur la bouche, tout en me penchant derechef pour jeter un nouveau coup d'œil. Hillerman lui aboie de s'asseoir sur le capot. Il pose ses fesses musclées et blanchâtres sur la carrosserie, puis achève le tableau en remontant les genoux contre son torse. Entre l'humiliation de la nudité, les bleus sur le corps, et sa mine déconfite, tous les curieux penseront que Brenner n'est qu'un pauvre toxico qui s'est frotté aux mauvaises nanas.

Le seul souci, c'est que, si la situation tourne au vinaigre, je ne pourrai pas appuyer sur le champignon, ou Brenner fera un vol plané. Même sous ma forme animale, je ne m'aventure jamais dans les quartiers des démons. Je ne consentirais d'ailleurs à m'y risquer que dans ces conditions : au volant de mon Épave. C'est mon refuge. Avec ma titine, je peux toujours faire demi-tour et me barrer. À moins d'avoir un gus à poil en guise de bouchon de radiateur.

Hillerman reprend sa place à côté de moi, pose les deux pieds sur le tableau de bord et s'avachit sur son siège. Quand ses yeux dépassent à peine la fenêtre, elle s'accoude à la portière, flingue à la main, tranquille.

— La rue un peu plus loin, m'indique-t-elle.

Je la vois, juste après la boutique d'un prêteur sur gages et un magasin de films pornos.

— Elle n'est pas bloquée.

— Roulez au milieu de la route.

J'avance au pas. Hillerman m'intime d'aller plus vite. Je donne un léger coup d'accélérateur. Brenner vacille et se stabilise d'une main sur le capot. J'atteins à peine le trente à l'heure, mais la peur de le renverser me donne l'impression de faire du quatre-vingt-dix.

Lorsque je tourne au coin, franchissant le point de non-retour, Hillerman tapote sur son portable. Soudain, un boucan infernal sort de mes baffles, un bruit qui m'évoque des hommes en train de mourir dans un horrible accident de voiture. Un cri perçant aussi agréable qu'un crissement d'ongles sur un tableau noir laisse place à un solo de batterie enfiévré. Je comprends alors qu'il s'agit d'un morceau de *death metal*, le genre où le chanteur hurle comme s'il se faisait arracher les boyaux par le nombril.

— Ça fait partie de vos *playlists* ? je m'égosille. Vous avez d'autres surprises du même style dans votre téléphone ?

Au même instant, mon énorme caisson de basse personnalisé se réveille derrière la banquette arrière, faisant trembler tout l'habitacle. Hillerman hausse les sourcils derrière ses lunettes de soleil.

— Le Bluetooth et des caissons de basse ? Vous avez d'autres surprises du même style dans votre voiture ?

Sa question ressemble à une provocation, limite un défi, et je me demande ce qu'elle pense savoir. D'un doigt, elle baisse le son à un volume un peu moins assourdissant.

Nous croisons enfin des habitants : une bande de gamins qui jouent avec un ballon de foot dégonflé sur un terrain vague. Remarquant le type blanc à poil, l'un d'eux s'arrête pour nous observer et se mange le ballon en pleine figure.

Ses potes se marrent, avant d'apercevoir Brenner à leur tour. Remis de leur choc initial, tous se précipitent vers une maison voisine en hélant avec excitation trois adolescentes qui se prélassent sur les marches du perron. Les filles se redressent, la main en visière contre le soleil, et ouvrent la bouche, abasourdies, avant de scruter l'intérieur de ma voiture, curieuses de savoir qui est au volant.

— Ne les regardez pas, m'enjoint Hillerman. Quoi qu'il arrive, ne tentez rien, même si on nous arrête. Nous voulons les appâter, les intriguer. Ils ne tireront pas sans savoir à quoi ils ont affaire, et, la meilleure façon d'entretenir le mystère, c'est de les ignorer. Vous qui jouez au poker, vous devez bien connaître la tactique.

En effet, et sa remarque a quelque chose d'étrangement gratifiant. Je commence à me demander si ses manières brutales, son côté critique à l'excès et bourré de préjugés, n'étaient pas juste un numéro. Peut-être joue-t-elle depuis le début le rôle du mentor revêche, me testant pour voir de quel bois je suis faite. Si ça se trouve, elle n'a pas été déçue et sa transformation en superagent Hillerman est le gage de sa confiance. Elle m'a acceptée !

— Je peux vous poser une question sur les renards ?

— Seulement si vous me dites combien d'abdos il faut faire pour avoir des muscles comme les vôtres.

— Est-il vrai que vous *percevez* les directions ?

— Tout à fait.

À l'instar des pigeons voyageurs et de certaines chauves-souris, les renards sont capables de s'orienter grâce aux champs magnétiques terrestres, ce qui s'avère plutôt pratique pour chasser le mulot sous un épais manteau neigeux. On capte un bruit dans le sol et, grâce à ces fameux champs magnétiques, on en localise l'origine exacte. Notre cible acquise, on bondit en l'air, avant de plonger la tête la première dans la neige jusqu'au ventre. Bien souvent, on en ressort avec un délicieux en-cas entre les dents. Le mulot ne nous a pas vus venir.

— Si on vous lâchait dans un labyrinthe en vous indiquant dans quelle direction se trouve la sortie, vous auriez un net avantage sur les humains.

Je vois où elle veut en venir.

— Vous aimeriez savoir si je me rappellerai comment ressortir de ce quartier ?

— Après l'avoir sillonné au hasard pendant une heure.

— Comme si on me faisait tourner plusieurs fois avec un bandeau sur les yeux ?

— Et que vous deviez sortir en vitesse.

— Sans souci, réponds-je, même si je n'ai aucun moyen de le savoir.

Je n'ai pas vraiment mis mes capacités à l'épreuve pour le cas où je me fourrerais dans une situation aussi improbable que celle-ci. Cependant, je comprends sa curiosité. Nous venons de croiser deux autres rues bloquées qui nous obligent à faire tout un tas de détours et de zigzags dans le quartier. Un peu comme un labyrinthe, justement.

Pour le moment, je n'ai repéré qu'une seule voiture : une El Camino bordeaux, l'espèce d'horreur qui se prend pour un pick-up. Voilà deux rues qu'elle nous file le train. Je commence à la trouver suspecte, mais, alors que je tourne dans une ruelle, elle continue tout droit.

— Encore une chose, ajoute Hillerman. Indiquez-moi tous les occultes que vous identifierez.

— Est-ce vraiment utile ? Ce sont tous des démons, non ?

— Non.

Après quelques secondes de silence, j'en conclus qu'elle ne compte pas développer, mais elle reprend ensuite :

— Les gamins de tout à l'heure. Vous avez perçu une aura quelconque chez eux ?

— Non, mais ils étaient trop loin.

Elle hoche la tête en signe de compréhension.

— Ça ne change rien. La plupart des gens ici ne seront pas des démons. Seulement des humains normaux qui habitent au mauvais endroit.

— Que savez-vous d'autre sur les démons ? Je nous conduis droit dans la gueule du loup. Dites-m'en plus.

À ma grande surprise, elle coopère.

— Il n'y a pas grand-chose à ajouter. Les démons viennent d'un royaume qu'ils appellent l'Abîme. Le concept humain qui s'en rapproche le plus est le monde souterrain d'Hadès.

— Un monde d'esprits.

— Exactement, mais c'est un plan qui coexiste avec le nôtre.

— Invisible.

— Et un être de l'Abîme ne peut passer dans notre monde que de deux manières. Les plus puissants peuvent posséder un corps. Les autres naissent, comme des bébés normaux, de mères qui ont participé, de gré ou de force, à un rituel d'accouplement démoniaque.

— Comme dans les films où la femme enceinte soupçonne son bébé d'être l'incarnation de Satan et qu'un visage démoniaque apparaît sur l'échographie ?

— Je n'aurais pas dit mieux.

— C'est du sarcasme ?

— Le bébé est un hybride, un corps humain habité par un esprit de l'Abîme dévoué au maître de horde qui l'a engendré.

— Le papa du bébé démon.

— Disons qu'un maître de horde s'installe dans un quartier comme Grandy. Il est peut-être seul au début, ou du moins *semble* l'être. Il faut garder en tête qu'une horde est avant tout composée de démons de l'Abîme qui n'ont pas encore basculé dans notre monde. Même si nous ne les voyons pas, ils sont là.

— Comme des fantômes ?

— Pas *comme* des fantômes. Ce *sont* des fantômes, ceux-là mêmes qui fascinent les humains depuis toujours.

Ce dernier commentaire a quelque chose de moqueur, comme si elle trouvait les humains ridicules. Comme si (je note avec curiosité) elle ne s'identifiait pas à eux.

— Donc les fantômes existent bel et bien.

— Et même si nous ne les apercevons que rarement, voire jamais, eux nous voient en permanence. Ils peuvent interagir avec nous.

— Grâce aux murmures dont vous avez parlé ?

— Ils servent d'agents au maître de la horde, se dispersent et s'attachent à des humains, qu'ils influencent en murmurant littéralement à leur oreille. Quand nous parlons de l'aura d'un maître de horde, nous faisons en réalité référence à sa légion invisible de séides chtoniens. Ils infectent l'esprit des humains autour du maître et, en échange, ce dernier peut récompenser les plus dignes d'entre eux en leur offrant un corps à occuper.

— Les fameux bébés démons.

— Tout juste, confirme-t-elle d'une voix mécanique, presque blasée. À mesure que les gens passent sous son contrôle, de plus en plus d'esprits de l'Abîme seront attirés vers son fief, générant une sorte de ruée vers l'or. L'influence du maître grandit, son emprise s'en trouve étendue, entraînant de nouveaux convertis, *et cætera*. Avec le temps, un maître de horde peut se constituer une immense famille de démons enfantés dans des corps humains ou autres, accompagnée d'une légion d'esprits de l'ordre de plusieurs dizaines de milliers d'individus et, comme nous le verrons sans doute bientôt, des quartiers entiers d'humains sous son influence. Ces gens n'ont même pas conscience d'être sous son contrôle.

— Attendez, vous avez parlé de corps humains « ou autres ».

— Les animaux. Méfiez-vous des chiens errants.

Doux Jésus... Si elle voulait me flanquer la trouille, c'est réussi. J'ai horreur des chiens. N'importe quel renard vous le dira : on les déteste.

Elle laisse échapper un soupir exaspéré.

— Un quartier entier. L'anarchie totale. Pas de police. Pas de surveillance. C'est inconcevable.

Nous pénétrons très clairement dans une zone encore plus reculée de l'East Side, le dernier anneau avant le cœur de la cible. Ici, les maisons ne sont plus seulement négligées, elles sont tout bonnement en ruine. Des jardins jonchés de détritus, des fenêtres cassées, des toits effondrés, des murs rongés par la moisissure, couverts de graffitis.

Paradoxalement, on croise beaucoup plus de gens. Enfin, « des gens », c'est un bien grand mot. Ce ne sont peut-être pas tous des démons, comme le disait Hillerman, mais ils se sont depuis longtemps coupés du monde extérieur. J'en vois de toutes sortes – hommes, femmes, grands, petits, gros, maigres, blancs, basanés, noirs –, mais tous arborent le même regard vide. Il n'y a personne là-dedans. Ou peut-être que si, mais pas la bonne. Froids, calculateurs, insensibles, indifférents. Ils s'amassent sur des perrons envahis par le chiendent, s'assoient sur les toits pour fumer la pipe ou se piquer avec des seringues. La plupart ont un pistolet coincé sous la ceinture et la mine patibulaire de nerveux de la gâchette. Cet air menaçant se mue en stupeur quand nous passons devant eux.

Ah ça ! Brenner fait sensation. Les hommes bondissent sur leurs pieds et s'élancent de leurs perrons. Les femmes se moquent de lui, le sifflent, gloussent dans l'épaule des copines. La plupart des badauds parcourent une vingtaine de mètres avant de se désintéresser. D'autres persistent, néanmoins. Ils marchent d'un bon pas derrière nous sur le trottoir, criant entre eux, fixant sur Brenner un regard meurtrier de leurs yeux vitreux et exorbités. Des requins appâtés par l'odeur du sang. Brenner tremble, et sans doute pas seulement de froid.

— On devrait faire payer le spectacle, plaisanté-je, retombant dans ma logorrhée nerveuse.

Je serre le volant à en blanchir mes jointures. La El Camino bordeaux est réapparue dans mon rétroviseur et nous suit de loin avec maintenant quatre hommes entassés sur le plateau, à l'arrière. Plus loin, la route se divise en deux, mais la rue de gauche est bloquée par un fourgon marron. Trois types y sont adossés et nous regardent avec hostilité.

— Allons-y pour la droite.

Et nous nous enfonçons un peu plus dans le labyrinthe.

— Est-ce que ce sera comme dans les films où on pense que ces tarés cherchent à tuer les gentils et qu'il n'y a aucune issue, mais qu'au dernier moment l'un d'eux fait juste « Bouh ! » et tout le monde rit avant de faire ami-ami autour d'une pipe de peyotl ?

— Non.

— D'accord.

Je me rappelle son conseil : rester impassible, comme au poker. Cette fois, je me tais. Plus un mot.

— Mais je ne vois ni voiture ni camionnette blanches. On devrait peut-être…

Je donne un grand coup de frein. Brenner décolle du capot, projeté sur le bitume comme une poupée de chiffon. La foule laisse échapper un cri de surprise. Quelques rires.

— Désolée, chuchoté-je à l'intention de Hillerman. Mais j'ai…

J'ai senti la présence d'un prédateur, en fait. Comme dans les bois, quand j'ai perçu l'arrivée d'un coyote plus dominant que moi, sauf que cette fois c'est pire : un loup-garou. Je le repère tout de suite, au milieu d'une bande de loubards en train de jouer au *streetball* avec un cerceau improvisé cloué à un poteau téléphonique. Il est immense, et si poilu qu'au premier abord on le croirait vêtu d'un polo noir.

— Vous voyez l'espèce d'ours, là-bas ? Ce n'est pas un ours, mais un gars avec des épaules si larges qu'on pourrait s'asseoir à deux dessus.

— Occulte ?

— Loup-garou.

À ce mot, Hillerman fait la *dernière* chose à laquelle je m'attendais, suivie de la *pire* bêtise. Elle descend de voiture et regarde le loup droit dans les yeux. Sans surprise, il prend immédiatement la mouche et bouscule ses potes pour venir droit sur nous. Une peur primitive m'envahit, une bouffée de chaleur qui se change en frisson glacé. J'ai toutes les peines du monde à ne pas enfoncer l'accélérateur pour foutre le camp. Malheureusement, je ne peux pas avancer sans écraser Brenner, qui se relève tout juste en ôtant les gravillons de ses coudes et de ses genoux. La El Camino nous bloque la route derrière. La foule se rapproche.

— Hillerman, sifflé-je, les dents serrées, avant de frapper le volant du poing. Hillerman, je ne vois aucune pipe de peyotl à l'horizon !

Tout se précipite à présent. Nous sommes encerclés. Inutile de rester ainsi à trembloter derrière le volant. Si je vais trembloter dehors, j'apporterai au moins un peu de solidarité à notre groupe. Je serre le frein à main (grincement du cliquet), ouvre ma portière (petite alarme continue) et descends (claquement de dents). En jetant un coup d'œil par-dessus le toit de ma voiture, je vois d'abord le loup-garou aux allures d'ours, mais, dès qu'il braque son attention sur moi, sa force de dominance m'oblige à baisser la tête et à détourner le regard.

Lorsque j'ose relever les yeux, il vient de sauter du trottoir, son gang sur les talons. Je constate avec horreur que Hillerman ne recule pas. Pire, elle redresse les épaules en haussant le menton, une attitude provocatrice qui plongerait n'importe quel mâle loup-garou dans une rage meurtrière. Mon cœur se fige.

Le métamorphe aussi.

Je n'ai jamais vu ça. Il nous fonçait dessus, nous chargeait… puis il a cligné des yeux, ralenti, et se tient maintenant immobile à trois bons mètres de Hillerman, la tête penchée de côté. Si ses yeux n'ont pas quitté ceux de l'agent, son corps est en revanche légèrement de biais. Sans être une posture de soumission, il y a une méfiance manifeste dans la façon dont il garde à présent ses distances. La rue entière semble retenir son souffle. Tout le monde se tait. Et attend.

Hillerman profite de ce silence pour déclarer, d'une voix aussi détachée que si elle demandait dans quel rayon on trouve la moutarde :

— Nous cherchons Carcosa.

Tous les regards se tournent vers le loup, qui réfléchit longuement à ce qu'il vient d'entendre. Au début, il se contente de jauger Hillerman d'un regard dément. Puis, d'un coup, il se décontracte, le visage neutre. Il regarde Brenner, puis moi (je baisse les yeux, bordel !), avant de reporter son attention sur l'agent spécial. Quand il prend enfin la parole, sa voix gronde aussi fort que mon caisson de basse :

— Pas de flingues. Pas de portables. Je conduis.

Hillerman n'hésite pas un instant.

— Parfait.

Jetant un nouveau coup d'œil à Brenner, nu comme un ver, le loup se renfrogne.

— Et pas question qu'il y aille comme ça, merde ! Filez-lui des pompes.

Chapitre 14

Quand on me retire la taie d'oreiller de la tête, je ne sais pas encore si je suis terrifiée ou énervée. Il ne me faut qu'une demi-seconde pour conclure que la peur l'emporte, bien que je m'efforce de l'exorciser par la colère. Il s'agit d'une peur élémentaire, primitive – je me trouve dans un lieu sombre, entourée de prédateurs, sans aucune issue.

J'ai plus de mal à cerner ma colère. Suis-je fâchée contre Hillerman pour nous avoir fourrés dans ce pétrin ? pour ne pas m'avoir prévenue qu'elle comptait depuis le début laisser les démons nous mener à leur cour ? Comment l'avait-elle appelée ? « Carcosa » ? Était-ce un lieu ou une personne ? Suis-je plus en colère contre moi-même pour avoir cru un instant qu'elle me faisait confiance ? ou suis-je *surtout* en colère contre le loup-garou, qui m'a obligée à m'asseoir à l'arrière de ma propre voiture, une taie d'oreiller sur la tête, avant de reculer à fond le siège conducteur pour se tasser derrière le volant ? Il n'y a qu'une seule personne au monde autorisée à conduire mon Épave à part moi, et même lui a retenu qu'il ne fallait pas toucher au siège.

Le loup-garou a roulé pendant une vingtaine de minutes en décrivant des cercles de plus en plus serrés, tel un vautour se rapprochant d'un point central que, malgré la taie, je pouvais sans mal situer sur une carte. Je me serais sans doute félicitée de mes talents de boussole si je ne m'étais pas aussi rappelée que Hillerman avait sûrement prévu qu'on nous banderait les yeux. D'où sa soudaine curiosité pour les renards et leur extraordinaire faculté d'orientation. Elle avait aussi compté sur moi pour lui repérer un occulte, consciente que seul l'un d'eux pourrait nous conduire à leur repaire. Avec son mot-clé à la noix, « Carcosa », elle lui avait dit en gros : « Amène-moi auprès de ton maître. »

Nous nous trouvons à présent dans ce qui ressemble à une immense caverne, sauf que les grottes n'ont pas de fenêtres en verre et que j'entends de façon très nette le martèlement de rafales de pluie contre des carreaux. Et, non, il ne pleuvait pas dehors quelques secondes auparavant. Il faisait grand soleil. Une fois mes yeux accoutumés à l'obscurité, je découvre notre environnement, une fabrique abandonnée, sans doute une énième usine automobile désaffectée de Détroit.

Hillerman porte toujours ses lunettes de soleil quand on lui ôte sa taie, et ne cherche pas à les retirer. Je rêve de les lui faire sauter d'une baffe et de les écraser sous mon pied.

Ce rêve s'envole dans un sursaut de frayeur lorsqu'une main me saisit le poignet. Brenner m'attire contre son flanc. Agacée par son geste – pourquoi pense-t-il que j'ai besoin de protection ? –, je me colle à lui et agrippe son bras musclé de ma main libre en blottissant le menton contre son épaule. Bien que toujours torse nu, il a pu enfiler un pantalon et des chaussures dans la voiture.

Je me dis subitement que, si on m'attaque ici, si quelque chose se jette sur moi, je devrais peut-être laisser Brenner me servir de bouclier humain. *Il le ferait sans hésiter, tu le sais. Il n'attend même que ça.* Je chasse cette pensée insensible et incongrue. *Ne sois pas idiote. Tu ne veux pas qu'il meure pour toi.* Les démons murmurent-ils déjà à mon oreille ? Je me répète que Brenner ne me doit rien.

L'énorme loup-garou passe devant pour nous guider dans les ténèbres. Hillerman lui emboîte le pas, à croire que ses lunettes de soleil ne l'incommodent absolument pas dans le noir. Sans me lâcher la main, Brenner s'avance avec moi au milieu d'une forêt de colonnes de ciment, illuminée de temps à autre par des éclairs silencieux. Bien que vastes, les lieux sont surchargés. Des voitures s'entassent entre les piliers, donnant l'illusion de déambuler dans un drive-in ultrapopulaire. La plupart sont occupées. Des visages glaçants nous regardent passer depuis les banquettes arrière.

Nous nous dirigeons vers un autel baignant dans la lueur orangée de dizaines de bougies : un crâne immense constitué de blocs de ciment avec des briques rouges en guise de dents. Pas très original, mais diablement efficace. En gravissant l'escalier en béton décrépit qui passe juste au-dessus, je m'attends presque à voir la bouche remuer et psalmodier d'une voix sépulcrale : « Les morts ne parlent pas. »

À l'étage, l'atmosphère change radicalement. Il y règne un air feutré, et le bruit de la pluie s'accompagne désormais d'un gémissement envoûtant, celui d'une femme, long et tremblant, comme des soupirs d'extase au ralenti.

Nous nous engageons dans un couloir. À gauche, le passage se perd dans l'obscurité ; à droite, plus loin, une douce lumière bleutée pareille à un clair de lune éclaire une portion du corridor, projetant contre une porte le motif kaléidoscopique de la pluie sur les vitres. Le battant entrouvert laisse deviner une pièce où la même clarté lunaire permet de discerner un lit surmonté de deux corps nus. Je n'en suis pas certaine, mais il me semble que les gémissements, qui résonnent dans le couloir comme amplifiés par des haut-parleurs invisibles, proviennent de ces personnes, de cette femme qui se cabre à genoux en passant un bras derrière elle pour attirer son partenaire contre son dos.

J'entends – je ressens – une pulsation précipitée et reconnais mes propres battements de cœur. Le corps de la femme me paraît familier : ces longues jambes repliées sous elle, cette crinière rousse qui lui tombe sur les yeux, ce tatouage sous son sein gauche.

Un logo des Tigers de Détroit.

C'est moi sur ce lit. C'est Brenner derrière, qui presse son torse contre mon dos. Et on devine à mon expression que le sexe est l'une des rares choses que je prends très au sérieux. Pas de sourire en coin, de geste désinvolte, ni de clin d'œil. Concentrée, les yeux fermés, je me mords la lèvre inférieure en agrippant les cheveux de l'inspecteur. On croirait que j'ai douloureusement conscience d'être à la merci de ses mains qui explorent ma peau frémissante de la tête aux pieds avec de lentes caresses adulatrices. *Il te vénérerait comme une déesse si tu le laissais faire. Il serait à tes ordres – il l'a dit lui-même. Et n'oublie pas…*

Quoi donc ?

N'oublie pas ce que tu lui as promis.

Je suis allongée sur le dos, les jambes sur ses épaules, et il dirige ses lèvres vers mon bas-ventre quand je me vois lui coller un pistolet sur la tempe et tirer.

Ma main se contracte brutalement – la mienne, pas celle de la déesse du sexe sur le lit –, me faisant presque sursauter de surprise. Je me retourne et flanque une gifle à Brenner avant de balbutier des excuses dans la foulée. Je retire ma main de la sienne.

Le loup-garou part à gauche. Je jette un dernier coup d'œil derrière moi. La chambre et la porte ont disparu. Le gémissement s'est tu. Ne restent que l'obscurité et le mantra que Brenner se murmure en boucle, tête baissée, les yeux rivés au sol :

— Deux Ford blanches, une voiture, une camionnette. Agir et ne pas réfléchir. Deux Ford blanches, une voiture, une camionnette…

Je suis quasi certaine qu'il a dû lui aussi regarder à droite et voir une scène troublante derrière la porte. Bizarrement, je sais que nous n'avons pas vu la même chose. Je sais aussi que je n'oserai jamais le lui demander, car je n'ai aucune envie qu'il me retourne la question.

Plus loin, j'aperçois de nouveau une lueur orangée, cette fois trop vive et trop fixe pour provenir de bougies. Nous arrivons dans ce qui devait être autrefois un ensemble de bureaux surplombant les ateliers. De cette coursive, des quadragénaires avec des coupes en brosse et des lunettes à écailles pouvaient fumer leurs clopes à la rambarde en regardant les ouvriers trimer sur la chaîne de montage automobile.

Du coin de l'œil, j'entraperçois une foule d'ombres noires en train d'accourir en bas, de se faufiler entre les vieilles voitures, de grimper dessus, de se percher sur leur toit pour mieux nous voir. Pourtant, lorsque je me tourne pour les regarder… le rez-de-chaussée est désert. Personne, pas une ombre. Tout de suite après, je capte un nouveau mouvement du coin de l'œil, cette fois du côté des passerelles rouillées suspendues au-dessus de nos têtes. Et, là encore, dès que je me tourne, il n'y a plus rien. Pas un chat sur les passerelles.

« Donc les fantômes existent bel et bien », avais-je dit.

« Et même si nous ne les apercevons que rarement, eux nous voient en permanence », avait répondu Hillerman.

Le monde de l'Abîme.

Le sol devant nous est jonché de gravats, tous les murs ont été abattus. Au milieu de cette salle se dressent trois énormes souches, taillées pour servir de sièges, ou plutôt de trônes, à un trio de démons d'une majesté aussi effroyable qu'époustouflante. Ils se sont placés selon une trinité, la figure centrale flanquée de deux bêtes hybrides, un baphomet et une harpie.

La tête de bouc du baphomet a le menton garni d'une longue barbe noire qui tombe sur un torse humain et se termine en tresse épaisse entre de puissantes jambes caprines aux pieds pourvus de sabots fendus. Des cornes d'ébène annelées se dressent sur sa tête, droites et pointues. De véritables broches de un mètre.

La harpie est à moitié corbeau et cent pour cent femme. Sous une tête d'oiseau hérissée de plumes noires et un bec effilé se dessine un corps féminin aux courbes obscènes. Une poitrine lourde et généreuse d'un blanc pur marbré de veines bleues domine un torse anormalement long, comme étiré par un instrument de torture médiéval. À ses cuisses charnues succèdent des genoux osseux et des pattes squameuses munies de serres aiguisées. Les grandes ailes qui remplacent ses bras sont à cet instant déployées derrière sa tête, telle la roue d'un paon cauchemardesque.

Sur le trône du milieu siège l'incarnation d'une idole humaine. Un homme nu dont le corps n'aurait rien d'extraordinaire si ce n'était sa *taille*. Debout, il doit faire dans les trois mètres. Chacun de ses muscles et de ses os transparaît sous sa peau parfaitement glabre, au point qu'on l'imaginerait aisément sans épiderme, comme ces représentations du système musculaire humain dans les livres d'anatomie. Bien que son visage soit dans l'ombre, de petits reflets de lumière me permettent de discerner une rangée de dents pointues. Derrière lui, les fenêtres montrent un ciel orageux d'un rouge sordide.

Je viens tout juste de me remettre de ma stupeur quand l'agent Hillerman se tourne vers Brenner et l'invite d'un geste nonchalant à s'avancer.

— Ce secteur relève de votre juridiction, lui explique-t-elle posément. Nous laissons toujours les autorités locales intervenir en premier. C'est un détail technique, ils savent sûrement ce qui nous amène, mais c'est pour faire les choses dans les règles, vous comprenez. Allez-y.

À l'entendre, on croirait qu'ils sont devant une salle d'interrogatoire au poste, un café à la main : « Allez, c'est toi qui t'y colles, hein ? Je m'en suis chargée la dernière fois. »

Brenner ouvre la bouche.

— Vous voulez dire…

Et c'est tout. Il n'arrive pas à sortir plus de trois mots. L'expression sur son visage est nettement plus éloquente : « Ça va pas, non ? »

Elle l'encourage d'une tape dans le dos. Il se tourne vers moi en quête de soutien, mais n'obtient qu'un regard vide. Comment veut-il que je réfléchisse avec une harpie à moins de trois mètres de moi ! Les rapaces sont rarement une menace pour les renards adultes, mais, vu la taille de cet oiseau-là ! Même sous ma forme humaine, elle pourrait fondre sur moi et m'arracher la tête de ses énormes serres. Je maudis une fois de plus Hillerman de nous avoir fait quitter ma voiture. On ne craindrait rien dans mon Épave. Cette harpie ne pourrait pas l'emporter dans les airs.

Brenner s'avance. Il porte une main tremblante à sa gorge, cherchant par réflexe le nœud de sa cravate, avant de se souvenir qu'il ne porte même pas de chemise.

— Bonjour, bredouille-t-il d'une voix rauque. Je suis l'inspecteur Brenner.

Il doit marquer une pause et déglutir plusieurs fois afin de s'humecter la bouche. Enfin, il se passe la langue sur les lèvres, puis laisse les mots jaillir dans un flot précipité :

— Inspecteur Brenner, police de Détroit. Nous enquêtons sur le meurtre de trois femmes et un homme, tous originaires de ce quartier. Nous aurions souhaité si possible vous poser quelques... (il se plie en deux et dégobille sur les gravats à ses pieds) quelques questions, reprend-il péniblement en crachant. Pardon, je... (Il indique son vomi.) Je peux nettoyer... si vous avez une serpillière ou...

La pluie cesse d'un coup. Dehors, le ciel rouge s'éclipse, remplacé par un parking à étages délabré de l'autre côté d'une ruelle. Plusieurs carreaux teintés manquent, laissant des faisceaux de lumière blanche percer l'obscurité de la salle. Le trône du milieu est vide. Le grand démon a disparu, bien que ses séides – le baphomet et la harpie – n'aient pas bougé. Le monstre corvidé s'avachit sur son siège et rabat les ailes sur ses genoux en me dévisageant sans ciller de ses yeux jaunes. Elle perçoit la renarde en moi, j'en suis certaine.

Une respiration sibilante pareille au râle d'un mourant s'élève d'un coin obscur de la salle et se rapproche, accompagnée du couinement de petites roues. Un homme en maillot de corps et pantalon de jogging s'avance lentement vers nous en boitant. Il est vieux. Ses cheveux gris, raides et hirsutes, lui donnent l'air de tomber du lit. Ses yeux sont profondément enfoncés sous un front proéminent qui semble dégringoler de son crâne telle une avalanche. Le grincement de roues vient de la bonbonne d'oxygène qu'il traîne derrière lui. Des tubes reliés au réservoir montent jusqu'à ses oreilles et terminent leur course dans ses narines.

— La police de Détroit, dit-il d'une voix cassée, comme si on l'étranglait. La police de Détroit, ça par exemple. Si je m'y attendais. (D'un pas pressé, il se fraie un chemin dans les gravats vers Brenner en tirant rageusement sa bonbonne chaque fois qu'elle heurte un obstacle.) Vous savez pourquoi ? pourquoi c'est un tel plaisir pour moi de croiser un agent de police ?

Après cette longue tirade, il doit s'arrêter pour reprendre son souffle, le temps que ses joues retrouvent une couleur normale.

— Les policiers ont un gros problème… avec la proximité. Ils n'aiment pas… quand les gens… viennent trop près.

En effet, à mesure que l'homme gagne du terrain, Brenner se raidit, la main agitée de tics nerveux, comme s'il se retenait de la lever pour l'empêcher d'approcher davantage. Le vieillard continue de claudiquer vers lui, à présent à portée de main.

— Ne tentez rien, rappelle Hillerman à Brenner. Il n'attend que cela.

Le vieil homme s'arrête devant l'inspecteur. En les voyant maintenant côte à côte, je devine qu'il devait avoir une carrure impressionnante dans le temps. Même courbé et tassé, il reste aussi grand que Brenner, avec une charpente robuste. Son maillot de corps élimé cache une bedaine flasque contrastant avec de larges épaules et des bras rigides comme des pistons.

— Là, vous voyez, on joue avec les limites, pas vrai ? Encore un pas…

Il s'avance. Brenner se penche en arrière en levant une main, sans toutefois le toucher. Soudain, l'homme actionne l'un de ses bras-pistons et l'empoigne par la gorge.

— Ne tentez rien, répète Hillerman.

— Je ne…, articule Brenner en levant les mains. Je ne tente rien.

— Vous voyez, reprend l'homme toujours aussi essoufflé, voilà typiquement… ce que les policiers détestent. Il n'y a pas de respect. Nous devons tous… tous respecter l'insigne… n'est-ce pas ? Cependant, vous n'avez pas d'insigne, je me trompe ?

C'en est trop pour Brenner, qui lui saisit le poignet à deux mains, mais en vain.

— Ne faites pas ça, lui intime Hillerman.

Dans un accès de colère, le vieil homme lâche Brenner et tempête :

— « Ne tentez rien ! Ne tentez rien ! » C'est comme ça que ça se passe maintenant, hein ? Pas de poings, pas de visages, pas de bottes sur le sol. Pour quoi faire ? Suffit d'envoyer les *drones*. On tire un missile depuis un porte-avions au milieu de l'océan et on suit tout sur un petit écran bien au chaud chez soi. Fini les combats ! Fini Gettysburg. Fini Omaha Beach. Fini le Vietnam. Fini les bains de sang !

Là-dessus, il envoie un direct dans le ventre de Brenner, qui s'effondre, le souffle coupé. D'un geste énervé, l'homme arrache les tubes de son nez et dégage la bonbonne d'un coup de pied. Puis, dans un grognement d'effort, il s'accroupit pour se mettre à la hauteur de Brenner. Son visage à quelques centimètres du sien, il observe avec intérêt la manière dont il suffoque. J'aimerais aider l'inspecteur, mais, calquant ma réaction sur celle de Hillerman, je me contente de regarder les deux hommes sans intervenir.

Enfin, après un moment atrocement long, Brenner parvient à demander :

— Êtes-vous… Arael Moaz ? (Lentement, il se relève, les genoux tremblants.) Êtes-vous Arael Moaz ?

— Je vous le dirai si vous me le dites.

— Que je vous dise quoi ?

— Ce qui vous fait sortir de vos gonds.

L'homme, dont on peut affirmer, sans grand risque d'erreur, qu'il s'agit d'Arael Moaz – il a les mêmes dents pointues que le dieu-démon – s'explique :

— Tout le monde a un petit déclencheur qui les met hors d'eux. (Il nous jette un coup d'œil à Hillerman et moi.) Quel est le vôtre, inspecteur Brenner ?

Son regard revient d'un coup sur moi et sa tête semble se figer dans un « clic ». Je me crispe, puis recule en titubant quand il se rue vers moi.

Brenner s'élance aussitôt pour le rattraper et tente de lui clouer le bras dans le dos, mais Arael a prévu le coup et riposte en pivotant bizarrement sur lui-même avant de lui tordre le poignet. Deux cris résonnent alors, l'un de douleur, l'autre d'exultation.

Puis Hillerman coupe court au combat d'un mot :

— Empollyon.

Pas un simple mot. Un nom.

Arael relâche Brenner et recule d'un pas chancelant, hors d'haleine, l'air interloqué. Le baphomet se lève. La harpie s'avance au bord de son siège.

— Non, leur ordonne le maître démon.

Il gagne péniblement la rambarde qui domine les ateliers pour s'y cramponner d'une main. Après plusieurs lentes et profondes inspirations, il jette un regard en biais à Hillerman. À partir de cet instant, on dirait que plus rien n'existe pour lui à part elle.

— Vous connaissez beaucoup de noms de démons, n'est-ce pas ? énonce-t-il en tapotant la rambarde du doigt. Des noms comme… Boca… Kojot. (Le tapotement cesse.) Hillerman. (Il plisse les yeux, toujours pantelant.) Mais vous avez vous-même d'autres noms… n'est-ce pas, exorciste ?

Sa respiration poussive se mue en une violente toux.

— Vous devriez remettre vos tubes à oxygène, lui conseille l'agent.

Il crache du sang, puis esquisse un sourire mielleux. Une grosse goutte sombre s'échappe de ses lèvres et dégouline sur son menton.

— Je le savais. Même à l'époque, j'ai compris que vous étiez différente. (Il respire.) Si jeune, si menue, et pourtant quelle combattante ! Ah ça ! ils avaient tapé dans le mille : « La fille qui s'est défendue. » Une célébrité, ici, dans ma demeure ! (Il désigne l'usine d'un large geste.) Vous voyez donc tout… quand vous fermez les yeux ?

La tête me tourne, matraquée par toutes ses paroles insensées : *« Exorciste » ? « Célébrité » ? Tout voir ? Voir quoi ? Les yeux fermés ? A-t-elle les yeux clos derrière ses lunettes de soleil ? C'est pour ça qu'elle les porte dans le noir ?*

Hillerman regarde autour d'elle, d'abord vers les ateliers en bas, puis vers les passerelles suspendues, avant de reporter son attention sur Arael. Le démon hoche la tête avec fierté, comme s'il la devinait impressionnée par ce qu'elle a discerné.

— Déjà trente ans ici, poursuit-il.

— Bientôt écourtés.

Le visage du vieillard s'assombrit.

— Allez-y, chassez-moi. Ce corps abandonnera bientôt le fantôme de toute façon.

— Un cancer ? hasarde Hillerman.

— C'est le problème des enveloppes charnelles, n'est-ce pas ? On s'amuse, on s'amuse, mais arrive un moment où il faut payer l'addition. Et il n'y a que deux façons de quitter un corps. Bien que votre méthode soit un supplice, elle a le mérite d'être rapide.

— Je ne suis pas venue vous chasser, mais pour parler.

Arael soupire, puis lève la tête vers le ciel en se griffant les joues.

— « Parler ». Je suis las de parler. Tout n'est que palabres, politique, petits jeux. (Il s'empoigne le bas du visage comme pour l'arracher.) Alors que moi je n'aspire qu'à la violence. Des poings, des armes, des cohortes d'hommes enragés qui se heurtent. Pouvez-vous m'accorder ce plaisir ?

— Nous ne nous abaissons plus à ce genre de chose. Au mieux, vous aurez droit à une intervention clandestine : une petite unité qui vous collera dans un hélicoptère avant même que vous vous rendiez compte de son arrivée. Pas un tir. En tout cas, pas de votre côté.

— En voilà un grand discours !

— C'est un ultimatum. Nous avons des raisons de croire que vous êtes impliqué dans un complot visant à provoquer un attentat de masse. Vous avez le choix : soit vous vous rendez à l'AFO (elle me désigne) en leur fournissant des aveux complets, soit vous basculez sous l'autorité fédérale, passible d'extradition, et serez contraint de révéler votre capital mémoriel.

Aussi scandalisé que moi, Arael ne sait même pas par où commencer. Il finit malgré tout par retrouver la parole et crache :

— Contraint de révéler mes souvenirs ? Quoi « contraint » ? Contraint comment !?

Tandis qu'il bafouille et postillonne, Hillerman récupère sa bonbonne et la pose près de lui. Il attend qu'elle recule, puis attrape un masque à oxygène et le plaque sur sa bouche avant de respirer un grand coup. Ses yeux s'arrondissent, non de soulagement, mais sous le coup d'une brusque révélation.

— Un vampire !

Mais bien sûr. Ça paraît évident maintenant qu'il le dit. Le gouvernement fédéral a « recruté » un vampire avec le pouvoir d'extraire la mémoire – un maître du niveau de Henry, voire supérieur, comme ceux des clans de Washington. Un tel procédé, bien que condamnable, ne devrait rien avoir de surprenant, surtout pour un belliciste comme Arael. Non, ce qui l'ennuie, c'est qu'il ne s'agit pas du type de guerre qu'il affectionne. Ce sont des méthodes de guerre froide. Tout repose sur l'information : la victoire va à celui qui la contrôle. Si les fédéraux ont réussi à dénicher un vampire prêt à abuser de ses pouvoirs pour eux… la partie est finie. Le secret n'existe plus. Pas étonnant que Hillerman la joue décontractée. Son camp a les meilleures cartes en main, et elle le sait.

Arael en a bien conscience également. Son visage s'empourpre derrière le masque.

— Que je comprenne bien le choix *généreux* qui s'offre à moi, selon l'agent spécial Hillerman du FBI. Soit j'accepte de coopérer avec l'agence de Détroit, ce que vous attendez tous depuis des décennies, soit je refuse et vous me collez dans une prison fédérale pour me violer le cerveau.

— Exactement.

— Donc, *quoi que je décide*, vous repartez gagnants.

— Oui.

Il secoue la tête.

— Eh bien ! voilà… voilà une tactique brillante. Bon sang ! une tactique digne d'un champ de bataille. Une manœuvre en tenaille !

Jetant son masque, il lève les index des deux mains et les rapproche en sifflant.

— Coincer l'ennemi en l'attaquant de deux côtés en même temps.

— Il y a une dernière possibilité.

— En effet. Je vous massacre tous sur-le-champ.

Un souffle puissant s'échappe des narines dilatées du baphomet, qui ferme ses énormes poings. Près de lui, la harpie se lève et déploie ses ailes noires. Face à leurs six mètres d'envergure, mon instinct s'affole, me hurle de m'enfuir, de trouver un terrier, n'importe quel refuge. Brenner s'interpose entre nous. La voix murmure dans ma tête : *Oui, tuez-le lui, pas moi !* Je rétorque de la même voix : *Non, ce n'est pas ce que je veux.*

— À Washington, on sait que je suis ici, déclare Hillerman. Si je ne les contacte pas dans les vingt prochaines minutes, ils considéreront que vous avez choisi l'extradition.

— Parfait. Ils enverront peut-être l'armée.

— Non. Je vous ai déjà expliqué ce qui se passera.

— À moins que je me rende dans le centre-ville.

— Tout à fait.

— À l'Agence. Pour reconnaître un genre de complot à la noix ?

— Un attentat de masse impliquant des engins explosifs improvisés.

— Des EEI !

— Des bombes artisanales.

— Ces engins ne sont pas des bombes, non, rien à voir. Ce ne sont que de vulgaires pétards. (Il brandit les poings.) Les bombes ! Les bombes sont lâchées par des avions, agent Hillerman. Elles rasent des villes, démoralisent des continents entiers d'ennemis, elles remportent les guerres. Les vraies guerres, les fameuses « ders des ders ». Là, vous ne me parlez pas d'une guerre, mais de terrorisme, cette plaie moderne de la lâcheté. Un assassinat. Il n'y a pas de combat en jeu. Vous vous trompez de coupable. La personne que vous cherchez désire la mort de son prochain, et à quoi cela m'avancerait-il ? Je ne suis pas un charognard. Des cadavres ne me sont d'aucune utilité !

Contraint de reprendre son masque, il suit le tube en plastique des doigts pour le retrouver et aspire une grosse bouffée d'oxygène.

— Que choisissez-vous ?

— Vous ne m'écoutez pas, bon sang ! Quelles preuves avez-vous ? Des gens assassinés qui habitaient naguère dans ce quartier ? La belle affaire ! C'est tout ?

— Que choisissez-vous ?

Je suis abasourdie. On ne parlera pas de Dario ni de son marché avec les vampires ? Ni des quarante mille dollars en liquide ? Ni de la voiture et de la camionnette Ford blanches ? Elle ne compte vraiment lui poser aucune question à ce sujet ? *Parce qu'elle s'en moque*, je comprends. Elle n'a jamais eu l'intention de creuser l'enquête. Ce n'était qu'un prétexte pour atteindre Arael Moaz. Pour le pincer avec un semblant de légalité. Cette affaire lui fournit un motif valable pour l'appréhender.

Arael la pointe du doigt.

— Et si c'était vous la cible ? L'Agence ne s'occupe pas des affaires de démons. Nous savons tous que Washington enverra quelqu'un pour régler ce genre de soucis. Prenez le temps d'y réfléchir : qui pourrait vouloir votre mort ?

Elle pousse un soupir blasé.

— La liste est longue.

Arael n'a pas tort. C'est un mobile plausible. Certes, une piste mince, mais une piste quand même. Cependant, Hillerman n'est pas du tout convaincue.

— L'extradition ou le centre-ville ? Vous avez cinq secondes.

— Sinon quoi ? Vous croyez pouvoir sortir d'ici à votre guise ?

— Je crois pouvoir invoquer votre nom en vain.

Arael serre les dents en se cramponnant des deux mains à la rambarde.

— Le centre-ville, mais quand ? Imaginons que j'accepte, à quelle heure ? Maintenant, avec vous ?

— Non, à la nuit tombée.

— Pourquoi ? demande le démon, les yeux fixés sur la barre entre ses mains, regrettant sans doute que ce ne soit pas le cou de Hillerman. Pourquoi de nuit ?

Je le soupçonne de chercher uniquement à gagner du temps. Nous savons tous pourquoi il faut attendre la nuit. C'est le seul moment où un vampire peut sortir.

— Choisissez, persiste Hillerman.

— Quelle heure ? grogne-t-il.

— À vous de décider.

— Minuit. (Il lui jette un regard injecté de venin.) Vous y serez ?

La réponse est brève et catégorique :

— Non. Mais je saurai si vous manquez le rendez-vous.

— Mais nous allons nous revoir ?

Sa voix trahit un désir presque douloureux. C'est un défi, une adjuration à son ennemie de lui accorder une autre chance de l'affronter, un combat à la loyale.

À ma grande surprise, la réponse est de nouveau catégorique :

— Oui.

Arael Moaz – maître de horde démoniaque, redoutable chef de gang de l'East Side, belliciste, cancéreux – s'écarte de la rambarde et se dresse de toute sa hauteur avec la dignité majestueuse qu'on attendrait d'un prince des ténèbres. Même si je doute que ce soit un prince ; peut-être un duc ou un baron. Dans tous les cas, on le croirait prêt à tendre la main pour exiger de Hillerman qu'elle baise sa bague. J'ignore si je le trouve impressionnant ou pathétique.

— Votre voiture vous attend devant, déclare-t-il d'une voix étonnamment posée.

L’effort a rendu sa respiration plus bruyante que jamais. Il faudrait vraiment le foutre sous respirateur.

— Tout y est. Y compris vos armes. Chargées. Et elles vous seront sûrement utiles. Vous ne risquez rien au sein de ces murs, mais je ne vous garantis pas que ce soit de même à l’extérieur.

Pour la première fois, Hillerman fronce les sourcils, décontenancée.

— Aucune garantie ? Ils suivent vos ordres.

— Les esprits m’obéissent parce qu’ils sont faibles. Mais les corps là-dehors… c’est une autre histoire.

L’inquiétude de l’agent se mue en colère.

— Mais c’est *votre* horde.

Son ton ne me plaît pas ; c’est le signe qu’elle n’avait pas anticipé ce problème.

— Oui, elle m’appartient ! Elle est sous mon influence depuis plus de trente ans, et les gens de ce quartier se sont pliés à mes inclinations. Mais ces choses-là prennent du temps, bon sang ! elles requièrent de la passion. Contrairement à vos suceurs de sang, nous ne sommes pas des êtres froids et indifférents, et nous ne contraignons personne. Le pouvoir de la loyauté réside dans la *volonté* – le concours des humains, voilà ce que nous désirons – et, quand vous l’obtenez, ce genre de dévouement ne peut pas être neutralisé. (À mesure qu’il débite son discours sans prendre le temps de respirer, son visage vire au violet et les veines à son cou se gonflent.) Non, c’est une meute de chiens sauvages. Je ne les tiens pas en laisse, je m’y *refuse*, et j’en suis *incapable*.

— N’importe quoi !

Des « chiens sauvages » ! Pourquoi fallait-il qu’il les compare à des chiens ?

La voix d'Arael gagne en intensité, lui râpant la gorge comme du papier de verre.

— C'était un choix ! Vous avez choisi de venir ici, pas moi, mais il ne vous appartient pas de décider des conséquences.

Le baphomet croise les bras. La harpie passe derrière lui en me dévisageant par-dessus son épaule massive, disparaît derrière sa tête et réapparaît d'un coup de l'autre côté, comme si nous jouions à un jeu. Un frisson me parcourt l'échine.

— Un conseil néanmoins, poursuit Arael. Montez dans votre voiture, foncez et ne vous arrêtez sous aucun prétexte. Quoi que vous voyiez, même si vous apercevez un bébé en train de pleurer au milieu de la route, *ne vous arrêtez pas.*

Il s'interrompt pour prendre une brève inspiration, puis mugit soudain d'une voix impérieuse qui rappelle le dieu-démon de trois mètres assis sur le trône :

— SORTEZ !

Hillerman se précipite presque en courant vers le couloir. Brenner et moi lui emboîtons le pas, la queue entre les jambes.

Chapitre 15

Quand nous déboulons brusquement en plein soleil, j'ai l'impression de sortir d'une salle de cinéma après un film d'horreur : soulagée de retrouver le vrai monde, le ciel radieux, et libre de rire avec mes amis de la trouille qu'on a eue.

En soi, nous n'avons pas envie de rire. Cependant, à la vue de mon Épave garée le long du trottoir, je me sens le cœur plus léger. Vont-ils vraiment nous laisser remonter dans ma voiture ? Une ombre ailée s'abattra-t-elle sur moi juste avant que j'ouvre la portière ? Finirons-nous canardés par des snipers postés sur les toits une fois à l'intérieur ? La voiture explosera-t-elle dès que je mettrai le contact ?

En jetant un coup d'œil derrière moi, je découvre sans surprise un bâtiment en brique et ciment de trois étages agencé en fer à cheval. J'avais raison, c'était bien une ancienne usine automobile. La façade entière est composée de fenêtres aux carreaux abîmés et noirs de crasse.

Bien que nous marchions en silence, je sens notre soulagement croître à chaque étape franchie : atteindre la voiture sans croiser personne ; ouvrir les portières et nous installer, moi au volant, Hillerman à côté, Brenner derrière ; vérifier leurs armes, retirer la sécurité ; tourner la clé pour démarrer… sans explosion. Je remets mon siège à sa position initiale et, d'un coup, je me sens de nouveau chez moi. Ma peur, ma colère, mes incertitudes, tout s'envole au doux ronronnement de mon Épave et se mue en joie hystérique. *Oooooh !* je roucoule intérieurement, *ils ont fait une erreur, pas vrai ?* C'est comme si je venais de piocher secrètement la seule carte du paquet qui pouvait me sauver la mise.

Lorsque Hillerman braque ses lunettes de soleil vers moi, je comprends tout de suite le sens de son regard. Elle veut savoir si je peux réellement nous sortir de ce dédale malgré nos yeux bandés à l'aller. Je suis trop énervée contre elle pour me soucier de ses inquiétudes. *Faudra attendre pour le savoir, ma p'tite dame !*

Bien sûr que je peux retrouver la sortie du quartier. Elle se situe au nord-ouest. Étant donné que nous faisons en ce moment face à l'est, n'importe quelle rue à gauche fera l'affaire. Il faut simplement éviter d'aller à droite. De plus, en venant, même si j'ai senti pas mal de rues courtes, peut-être des venelles, il y a quand même eu un long segment en ligne droite. Si je trouve cette avenue, j'aurai la clé du labyrinthe. Donc, oui, je retrouverai la sortie sans souci. La question est : me laisseront-ils faire ? Trouver son chemin est une chose ; éviter les balles en est une autre.

Pendant un moment, nous roulons en silence dans un décor post-apocalyptique. La rue, les trottoirs, les terrains vagues, tout est jonché de décombres. Je passe mon temps à zigzaguer sur la chaussée entre les nids-de-poule et les piles de gravats. Pas étonnant qu'Arael Moaz ait choisi d'élire domicile ici : on dirait que le quartier a reçu plusieurs de ses bombes chéries.

Après quelques virages à gauche, nous rencontrons moins de débris et, si les rues sont toujours désertes, j'aperçois néanmoins quelques visages aux fenêtres de maisons délabrées.

— Tout le monde est rentré, commente Brenner.

Il n'a pas besoin de préciser que c'est mauvais signe. On se croirait à midi dans un vieux western : « Les femmes et les enfants à l'intérieur, verrouillez les portes. »

Hillerman pivote sur son siège avec une lenteur prudente pour regarder par la vitre arrière. Brenner l'imite, et je l'entends lâcher un juron. Un coup d'œil à mon rétroviseur : la El Camino bordeaux nous suit de nouveau à bonne distance. Personne sur le plateau cette fois.

— Ils veulent peut-être juste s'assurer que nous partons, émets-je.

Un peu plus loin, je distingue une route de gravier sur la gauche, traversée de part en part par une série de bordurettes en béton, comme celles qu'on utilise pour les places de parking. Des souvenirs me reviennent : *Une taie d'oreiller sur ma tête. On roule en cercles. Puis on suit une longue ligne droite (vers l'est). On tourne enfin (vers le sud). Le crissement du gravier sous les pneus. Une secousse lorsque la voiture enjambe un obstacle sur la route.*

Je m'apprête à leur annoncer la bonne nouvelle – « Nous y voilà » – quand je vois le fourgon marron s'arrêter devant les bordurettes.

— Ne tournez pas, m'enjoint Hillerman. Nous devons trouver un autre chemin.

Je ralentis en passant devant la route de gravier. Trois hommes sont entassés dans la cabine du fourgon et nous lancent des regards assassins. Alors le conducteur prend la pire décision possible : il fait vrombir son moteur. Ce grondement de défi réveille la pilote en moi. Mon cœur s'emballe, non de peur ou de colère, mais d'excitation. *Nous y voilà.*

— Ne vous arrêtez pas, m'intime Hillerman. Rappelez-vous sa mise en garde.

Je m'en souviens très bien : « *Ne vous arrêtez sous aucun prétexte.* » Mais nous n'aurons bientôt plus le choix. Notre rue se termine en cul-de-sac, comme le souligne avec ironie un panneau jaune « Sans issue ».

Je m'empresse de mettre ma ceinture. Hillerman m'imite sans discuter.

— Les ceintures sont cassées derrière, je lance à Brenner par le rétroviseur. Foutez les fringues par terre, allongez-vous sur la banquette et cramponnez-vous avec les pieds et les mains.

Il s'attelle aussitôt à la tâche. Je scrute la rue. Des maisons de part et d'autre. Des tas de pierres. Des bagnoles rouillées. À notre gauche, je remarque un terrain vague entre deux bâtisses, fermé par une palissade à moitié pourrie. Il n'y a rien derrière la clôture.

— Plusieurs individus à l'étage, m'indique Hillerman en désignant les maisons au fond de l'impasse.

Je les vois. Des hommes nous guettent depuis les fenêtres et les toits, leurs armes étincellent au soleil. Un guet-apens. Au rond-point, ils nous tomberont dessus.

— On arrive au bout.

— Ne vous arrêtez surtout pas.

— Ce n'est pas prévu.

— Mais faites demi-tour.

— Sans rire.

— Je veux dire *vite*.

À son ton, je devine qu'elle a compris. Toutefois, il me faut encore quelques secondes.

— « Vite » ? je demande pour gagner du temps.

— Arrêtez de faire l'andouille et appuyez sur le champignon !

— Je ne fais pas l'andouille. Vous m'aviez demandé si je participais à des courses de rue et je vous avais répondu que non. Plus maintenant. (J'enclenche une vitesse.) Mais je vais vous dire un truc : s'ils ne voulaient pas nous voir partir, ils n'auraient jamais dû me laisser remonter dans ma voiture.

J'enfonce l'accélérateur, ce qui, pour mon Épave, a le même effet qu'une décharge électrique dans les couilles d'un taureau – la bête bondit dans un mugissement et part comme un boulet de canon. Les pneus hurlent en soulevant un nuage de fumée blanche. Nous entamons un violent tête-à-queue. Projetée sur le côté, je perds le volant ; Hillerman se mange la portière ; les jambes de Brenner s'envolent vers le plafond.

Je récupère le volant au moment où la voiture achève son demi-tour complet. Des tirs s'élèvent soudain des maisons. Les pneus crissent en mordant le bitume avec avidité, puis la voiture s'élance dans le rugissement assourdissant d'un milliard de chevaux, ou presque ; je n'en sais rien, ce n'est pas moi qui ai bricolé ce démon de la vitesse. Je ne connais rien à la mécanique des bolides – je sais seulement les piloter à fond la caisse !

Et, ce qui est sûr, c'est que j'adore ce son, les notes vibrantes d'un moteur de course finement réglé à la pointe de la performance. Je n'ai que deux secondes pour profiter de la sensation grisante de ce sursaut de vitesse avant de devoir changer de cap. Cherchant à m'intimider, le fourgon et la El Camino foncent vers moi en roulant côte à côte pour me bloquer la route. Mon but cependant n'est pas de franchir leur barrage, mais d'atteindre le terrain vague avec la palissade avant eux.

Du gâteau. Pas le temps de prévenir Hillerman et Brenner. Tant pis. Mes mains et mes pieds s'affairent dans un ballet parfaitement synchronisé de microgestes – je braque le volant, appuie sur l'embrayage, passe une vitesse et écrase l'accélérateur. D'un coup, nous montons sur le trottoir (les pieds de Brenner touchent le plafond), traversons le terrain vague à fond de train et défonçons la palissade.

Bon, on a réussi. Malheureusement, des monceaux de débris nous attendent derrière la clôture et, malgré un coup de volant au dernier moment, l'un des pneus bute contre un parpaing et la voiture se dresse sur deux roues. Je contrebraque. Elle retombe lourdement sur ses quatre pneus, avant de débouler dans la rue suivante en zigzaguant.

Nouvel enchaînement de gestes – volant, embrayage, levier de vitesse, accélérateur ! – et je peux enfin la laisser exprimer tout son potentiel. La belle ligne droite s'offre à nous. D'un coup, les maisons se fondent dans un flou indistinct. Je passe les vitesses jusqu'à la cinquième. Cent vingt, cent quarante, cent soixante kilomètres à l'heure. J'ai l'impression d'avoir un éléphant sur le torse qui me presse contre mon siège.

Dans le brouhaha, j'entends un cri. Hillerman pointe le doigt vers sa fenêtre. Au milieu des ruelles qui défilent à droite, je distingue par intermittence une tache jaune – une autre voiture, un vrai bolide, qui nous course depuis une rue parallèle. Je sais ce que le conducteur a en tête.

Un peu plus loin, il y a une venelle. Le bolide jaune y bifurque à toute berzingue. Je fais le calcul en un éclair – vitesse, trajectoire, direction – et nous déporte sur le trottoir en mettant le levier au point mort pour filer en roue libre. Le moteur gémit, découplé, haletant en attendant le prochain coup de fouet. Voilà la ruelle. Nous allons passer devant. J'entends le moteur nerveux de la voiture jaune résonner entre les murs. Si je me suis plantée, elle surgira pile au moment où nous traversons – violente collision et mort immédiate pour tout le monde.

Mais j'ai parfaitement calculé le coup. Nous atteignons l'autre trottoir une demi-seconde avant son arrivée. Pensant que nous lui échappons, le conducteur met la gomme et bondit de la ruelle pentue à plein gaz, prêt à se lancer dans une course-poursuite. Sauf que je n'ai pas du tout l'intention de fuir. À la seconde où nous dépassons la ruelle, je redresse d'un coup le frein à main, exécute un demi-tour complet – Hillerman et Brenner se cognent de toutes les façons possibles dans l'habitacle – et, à l'instant où la voiture jaune quitte la ruelle, mon Épave s'y engage.

Alors que nous remontons la petite rue, les tympans éclatés par le vacarme réverbéré de la course, je distingue soudain un scintillement dans l'air à la sortie du passage. Hillerman et moi nous écrions en même temps :

— Un sorcier !

Le miroitement se transforme en bulle flottante, déformant le paysage comme si nous regardions à travers une vitre épaisse. La bulle grandit à mesure qu'elle emmagasine de l'énergie. Sans aucune autre issue ni le temps de m'arrêter, je ne peux qu'accélérer dans l'espoir de passer avant que…

La bulle frémit. Trop tard. À peine l'avons-nous traversée qu'elle explose, manquant de peu sa cible. Un instant plus tôt, elle aurait éclaté *dans* la voiture et un souffle d'air plus puissant que de la dynamite nous aurait broyé les organes. Nous sommes saufs, mais la déflagration vient taper l'arrière de mon Épave, qui dérape. Le temps que je reprenne le contrôle, une autre bulle se forme déjà devant nous. Je donne un coup de volant. « Boum ! » Encore une bulle. Je fais un écart. « Boum ! »

— Où est-il ?! je hurle.

— Partout ! répond Hillerman.

Bizarrement, je comprends tout de suite ce qu'elle veut dire. Quitter la ruelle, c'est comme débarquer dans un centre commercial. Il y a du monde *partout*. Des gens qui courent sur les trottoirs, passent de maison en maison, s'entassent dans des voitures, sautent de toit en toit. Nous venons de mettre le pied dans un nid de guêpes. Des coups de feu retentissent, des balles touchent mon rétroviseur latéral, le toit, le coffre. J'accélère encore.

Des ennuis se profilent à l'horizon. Un bus Volkswagen encastré dans un tas de briques bloque la moitié de la route. Impossible de le contourner, car la El Camino nous tient de nouveau compagnie à droite et, dans le rétroviseur, je vois le fourgon marron se rapprocher derrière.

Nous sommes faits comme des rats. Si je continue tout droit, je percuterai le bus. À gauche, je heurterai une maison ; à droite, la El Camino. Il n'y a qu'une seule issue moisie dans ce piège pourri et, une issue moisie valant toujours mieux qu'un piège pourri, je décide de tenter ma chance. Je freine d'un coup sec. La El Camino me dépasse à toute vitesse et je braque aussitôt mes roues vers l'extérieur pour que, au moment où le fourgon me tamponne derrière, la collision nous fasse partir dans un tête-à-queue. Le monde tourbillonne un instant et mon Épave se retrouve écartée du piège juste avant que les autres voitures se carambolent.

Ma Pontiac finit par s'arrêter, tanguant sur ses suspensions surchauffées. Je me redresse sur mon siège. Malgré le nuage de poussière et de fumée qui nous enveloppe, j'observe que nous avons terminé notre course sur le trottoir d'un carrefour. En me penchant par la fenêtre, je découvre une vue qui m'enchante : la maison à côté du terrain vague où les gamins jouaient tout à l'heure au foot avec leur ballon dégonflé. Nous ne sommes qu'à quelques pâtés de maisons de la sortie !

— Ne vous arrêtez pas, dit Hillerman, la tête entre les mains. En route.

Trop tard. Alors que j'engage la première et appuie sur le champignon, nous n'avançons pas d'un pouce. Le moteur rugit, la voiture tremble, mais les roues patinent.

— On est coincés !

— Non, me contredit l'agent. C'est le sorcier.

Comme pour lui donner raison, l'arrière de la voiture se soulève brusquement d'une trentaine de centimètres sous l'action d'une force invisible. Mes pneus tournent dans le vide.

— Qu'est-ce qui se passe ? crie Brenner.

— Un sortilège, répond Hillerman. J'essaie de le localiser.

Elle balaie les alentours du regard ; pourtant, derrière ses lunettes noires, ses yeux sont nettement *fermés*.

Des coups de feu partent d'une maison en face, mitraillant la chaussée près de nous. Brenner riposte en tirant plusieurs coups par la fenêtre au hasard. Une foule d'habitants converge vers nous. Nous serons bientôt pris au piège, et ils ne pourront plus nous rater.

— Je le vois ! s'exclame Hillerman.

Elle est tournée de telle sorte qu'on la croirait en train de regarder l'appuie-tête de son siège. Ou plutôt *à travers* l'appuie-tête.

— Roulez ! Nous n'aurons qu'une seconde. Il ne faudra pas perdre un instant.

J'enclenche la première, appuie sur l'accélérateur. Les roues arrière tournent.

— Prête ? demande-t-elle.

— Non ! je hurle, le cœur battant.

Une vision de cauchemar vient d'apparaître dans la rue sur ma gauche. Martelant le sol de ses pattes, la gueule écumante de rage, un énorme loup au dos argenté fond droit sur nous.

— Maintenant ! ordonne Hillerman.

— Pas tout de suite ! Pas tout de suite !

Il n'est pas assez près. Encore deux petites secondes !

Nouvelle salve de tirs de la maison en face. Les balles ricochent sur les roues, sur le pare-chocs. Brenner vide son chargeur en ripostant. Hillerman saisit la poignée de sa portière.

— J'y vais !

Moi aussi. Pliée en deux, je glisse une main sous mon siège pour sortir mon pistolet compact de sa cachette. Je me redresse, vise des deux mains et tire trois fois – « poum ! poum ! poum ! » À moins d'une rue de là, le loup s'écroule la tête la première au milieu de la route. Les balles ne sont pas en argent, mais il devrait faire une bonne sieste avec ça.

Mes coups de feu résonnent encore quand Hillerman ouvre sa portière, se penche dehors et tire deux balles en direction d'un toit derrière nous. Les chaînes invisibles se brisent et l'arrière de ma Pontiac retombe. Les roues n'ont pas encore touché l'asphalte que j'ai déjà passé la troisième. Nous démarrons en trombe. Hillerman manque de tomber de voiture, mais Brenner la ramène sur son siège. Les maisons défilent à une allure folle. Lorsque je fais un écart afin d'éviter le loup inconscient, Hillerman se penche par la fenêtre pour lui jeter un coup d'œil au passage, avant de m'adresser un regard que ses lunettes rendent indéchiffrable.

— Ils sont toujours à nos trousses, me prévient Brenner.

Plusieurs voitures nous poursuivent.

— C'est la rue par laquelle on est arrivés, affirmé-je.

— Vous en êtes sûre ? demande Hillerman, dubitative.

Je bifurque dans la rue en question.

— Certaine ! Regardez !

Un mur couvert de graffitis se dresse au bout de la route. J'ai l'impression d'avoir reçu une gifle.

— Non !

— Faites demi-tour, m'intime Hillerman.

— Non, c'est là ! On est passés par là en arrivant !

— C'est un mur de brique !

— Une illusion !

Pas vrai ? Rien qu'une illusion. Comme la pluie dans l'usine. Comme le dieu-démon de trois mètres de haut. Comme Brenner en train de me combler sur des draps de soie.

Je mets la gomme, pied au plancher, cent pour cent sûre de mon choix. Hillerman se baisse en hurlant à Brenner de s'allonger par terre sur les vêtements. Alors que le mur de brique approche à grande vitesse, je me sens à quatre-vingt-dix pour cent sûre de mon choix. Ou au moins quatre-vingts pour cent. Les graffitis, les lézardes, tout semble si réel ! Soixante-dix pour cent.

Cinquante-cinquante !

Au moment de l'impact, je ferme les yeux et détourne le visage. J'entends un « plac ! » et, l'espace d'une horrible seconde, j'imagine mon Épave s'écraser comme une boîte de conserve contre un mur tout ce qu'il y a de plus solide. Puis vient un « clac ! » métallique et je me rends compte que nous avons simplement brisé une chaîne. En ouvrant les yeux, je vois la route continuer devant nous, comme je l'avais prévu (bon d'accord, *espéré*). Le mur de brique s'est volatilisé et nos poursuivants s'arrêtent à la frontière de leur quartier.

— … fermé les yeux ! vocifère Hillerman. Vous avez fermé les yeux parce que ce n'était qu'un pari ! Vous n'en étiez pas sûre !

— Oh ! vous tenez vraiment à jeter des blâmes ? Allons-y !

Je roule à cent quarante pendant un moment en grillant tous les feux, slalomant entre les voitures. D'un coup de volant, je coupe trois voies pour entrer dans le vaste parking d'un supermarché et m'arrête net sur une place à l'écart des autres véhicules.

— Vous osez m'engueuler à cause du petit risque, du *minuscule* risque, que j'aurais pu me tromper, que je prends les *meilleures* décisions sans réfléchir, alors que vous nous avez fait sortir de ma voiture et plongés dans un véritable enfer sans avoir le *moindre* contrôle sur nos chances de survie ?

— J'avais la situation en main ! Nous sommes vivants ! Nous sommes là !

— Grâce à moi !

— Bien sûr, parce que, soi-disant, vous ne faites pas la course et vous ne savez pas tirer ! Vous avez encore d'autres mensonges en réserve ?

— On appelle ça du « bluff ».

Brenner hurle soudain :

— Démarrez !

Comme une idiote, je ne démarre pas tout de suite. Je me retourne d'abord pour voir ce qu'il y a de si urgent et, par la lunette arrière, je vois une voiture argentée se diriger lentement mais sûrement vers nous à six mètres de là. Les deux portières avant sont ouvertes. La voiture est vide, mais, derrière, deux personnes en sweat-shirt à capuche prennent la fuite.

Et *là* je démarre. Paniquée, je mets une pression excessive sur l'accélérateur et les roues patinent comme sur du verglas. *Trop brusque ! Tout doux, tout doux !* Hillerman me crie des ordres, mais je ne capte rien. La voiture argentée n'est plus qu'à deux mètres. Levant un peu le pied, je récupère enfin de l'adhérence, mais ça ne suffira pas. Je n'ai même pas passé la seconde quand la voiture argentée explose. Une boule de feu spectaculaire s'élève vers le ciel dans une grêle de débris. Le souffle soulève mon Épave sur une roue. Après un étrange moment d'apesanteur, sans aucun autre son que le sifflement du vent, nous nous encastrons dans un abribus.

Mes oreilles sonnent. Mon bras gauche m'élance vaguement. Mais je suis vivante, alors j'ouvre ma portière et bondis dehors, ignorant les débris enflammés qui tombent encore du ciel. Je passe en courant devant un gros cratère sous la carcasse calcinée de la voiture kamikaze. Dans l'air vibrant de chaleur, je repère les deux silhouettes encapuchonnées qui courent vers l'entrée du supermarché.

Après trois enjambées pour prendre de l'élan, je pique un sprint et traverse l'équivalent d'un demi-terrain de foot en quelques secondes. Mes poumons, mon cœur, tout me brûle, mais je rattrape mon retard. Une voiture recule soudain de son emplacement. Pas le temps de la contourner, je saute sur le coffre, glisse sur le toit et survole une file de chariots abandonnés juste avant d'atterrir sous le nez d'une autre voiture, qui me klaxonne. Je m'écarte, franchis une série de haies carrées, dégage un chariot de mon passage, puis me fraie un chemin au milieu des gens qui quittent le supermarché.

La panique règne à l'intérieur. La moitié des clients s'attroupent aux baies vitrées pour voir l'accident de l'autre côté du parking. Les autres courent dans tous les sens ou tentent de s'abriter. Une femme me talonne avec un visage blême en me demandant si je vais bien, s'il y a d'autres blessés. Un autre type me voit et recule en mentionnant du sang.

Là ! Les deux fuyards se précipitent au fond du supermarché, avant de disparaître dans un rayon. Je fonce droit devant moi, ma stratégie déjà en tête, et pas une seconde pour hésiter. Je ne peux que deviner quelle sortie ils vont emprunter, mais je n'ai pas le temps de réfléchir à un autre plan. C'est quitte ou double. Je ne sais même pas ce que je ferai si je les rattrape. Je sais seulement que, si je les perds maintenant, je ne les retrouverai peut-être jamais.

Je traverse le supermarché en ligne presque droite – éviter les chariots, contourner les gens, sauter par-dessus un étal de bananes – pour gagner une sortie de service, pousse les portes battantes et percute un employé. Je pars en vrille en moulinant des bras. Aussitôt mon équilibre recouvré, je me rue dans une réserve remplie de caisses et d'étagères de boîtes de conserve. Je hurle au gars avec un bloc-notes de se pousser, saute par-dessus la caisse qu'il ouvrait, me jette contre une grande porte et déboule en plein jour dans une zone de livraison.

Trois semi-remorques sont garés côte à côte, le nez contre le mur du magasin. Je bondis et prends appui sur le mur pour me propulser sur le capot du premier camion. Je grimpe sur le toit, fais trois grandes enjambées sur la remorque, puis saute sur la suivante. Deux foulées, puis je m'élance vers la troisième. Cette fois, je tends les jambes en avant comme un joueur de base-ball qui glisse pour atteindre le marbre. J'entends une porte de sortie s'ouvrir avec fracas et, au moment où je tombe de l'autre côté de la remorque, le premier fuyard à capuche me passe sous les pieds, puis le second apparaît et…

Impact.

Nous partons dans un roulé-boulé désordonné. Pendant quelques secondes, lumière et obscurité ne cessent de se succéder. J'entends et sens les multiples chocs de nos corps l'un contre l'autre. Quand le monde cesse enfin de tournoyer, je découvre une étoffe dans mes poings serrés. Un sweat-shirt à capuche. Son propriétaire est déjà en train de cavaler, mais je ne suis plus en mesure de le poursuivre. L'un de mes bras refuse de m'obéir et l'une de mes chevilles enfle de manière inquiétante.

Je vois ses cheveux noirs et lisses, ses courbes généreuses. Avant de fuir, elle jette un dernier regard en arrière, me laissant entrevoir son visage. Bien que bref, cet aperçu m'apprend deux choses. Premièrement, elle est incroyablement belle, et je me rends compte que l'intense vibration occulte que je perçois chez elle – la même que j'ai sentie chez Dario – provient d'un magnifique charme de camouflage. Ses traits raffinés semblent s'inspirer de la beauté sévère et exotique du Vieux Continent – peut-être l'Italie, le Portugal, ou le Maroc. Elle a des yeux vairons, l'un noisette, l'autre bleu glacé.

La deuxième chose dont je suis certaine, c'est que je l'ai déjà vue quelque part. La dernière fois, elle était à moitié nue et fuyait l'appartement de Dario en hurlant au moment où Brenner et moi arrivions.

Et là voilà de nouveau partie. Réprimant un haut-le-cœur, un œil englué de sang, je laisse tomber ma tête sur le ciment froid en écoutant ses pas s'estomper.

Chapitre 16

Je n'avais encore jamais rencontré personnellement la directrice de la DAD, Madison West. Un seul regard me confirme tout ce que j'ai entendu à son sujet : aimable mais stricte, petite mais puissante, calme mais crispée. Son tailleur-pantalon, certes plus chic que protocolaire, correspond à la tenue qu'on attendrait de la directrice d'une agence gouvernementale, à l'instar de la frange grise impeccable qui lui tombe sur le côté du front. Une femme de sa stature aurait davantage sa place à la Maison-Blanche que dans le parc de mobil-homes de Newport Prairie. Je me demande ce qui détonne le plus : elle qui se tient à côté d'une caisse de bière entamée dans le local #5 de notre communauté, ou Hillerman et moi en train d'aboyer à qui mieux mieux devant elle.

— Vous nous menez en bateau depuis le début, accusé-je l'agent spécial. Vous vous fichez bien de la bombe, des meurtres, ou de l'affaire ! Vous vouliez juste pincer Arael Moaz.

— Parce qu'Arael Moaz *est* l'affaire.

— Nous n'en savons rien. Nous n'avons toujours aucune piste !

— Nous savons qu'il prévoit l'attentat pour ce soir avant minuit.

— Ah ? Ce sont les fantômes qui vous l'ont dit ?

— C'est lui qui me l'a révélé quand il a accepté...

— Et vous arrivez aussi à percevoir ce fameux monde de l'Abîme ?

— ... de se présenter à l'Agence à minuit.

— Qu'ignorons-nous encore à votre sujet ?

— Et puis il ne nous a pas tués...

— Qui êtes-vous ? Vous êtes *quoi* au juste ?

— ... ce qu'il aurait pu faire immédiatement sur place.

— Parce que ce n'est pas lui le tueur !

— Non, parce qu'il ne voulait pas alerter mon équipe avant de pouvoir lancer son attaque.

— Ah oui ! parce que vous deviez les contacter avec votre code ultrasecret, sinon les Navy SEALs allaient enfoncer sa porte. C'était un coup de bluff !

— Tactique qui a fonctionné parce qu'il ne voulait pas risquer de compromettre le projet sur lequel il travaille depuis des mois.

— Aïe !

Une douleur cuisante me parcourt le bras jusqu'à l'épaule. Une guérisseuse est assise à côté de moi à la table de poker. Malgré son jeune âge, et ses longs ongles qui se plantent comme des aiguilles dans ma blessure, son pouvoir est indéniable. Très vite, un doux engourdissement remplace la sensation de brûlure. Les os de la fracture se ressoudent et se remettent en place.

Stetson à la main, Nick Sublime se tient contre le plan de travail à côté de la directrice.

— Comment évaluez-vous la situation ? demande-t-il à Hillerman.

— Il est désormais certain qu'un attentat à la bombe aura lieu à Détroit avant minuit ce soir. Je l'ai déjà signalé. Mon équipe se prépare en ce moment même.

— L'attentat a déjà eu lieu, souligné-je. Sous nos yeux. Vous y avez songé ?

— Il s'agissait d'*un* attentat. Pas de celui sur lequel nous enquêtons.

— *Primo*, c'était peut-être vous la cible depuis le début, comme Arael l'a dit, et *secundo*...

— Exactement ! Comme *Arael* l'a dit. Il veut nous faire croire que l'attaque a déjà eu lieu, que la menace est passée.

— Et, *secundo*, les deux terroristes du supermarché n'étaient pas des démons, mais des faes, comme Henry Stadther l'a dit.

— Et alors ? Les démons ne peuvent pas engager des faes ? Arael compte des loups-garous, des sorciers, et Dieu sait quoi d'autre dans sa horde.

Je repousse la table de poker.

— Vous êtes pas croyable. Vous n'imaginez pas une seconde avoir tort, c'est ça ? Vous avez raison, et il n'y a pas d'autres possibilités. Vous aviez décidé de l'issue de l'affaire avant même de venir, pas vrai ? Arael ne nous a pas tués quand il en a eu l'occasion, mais « Oh ! pour telle et telle raison. » Et quand il essaie finalement de nous tuer cinq minutes plus tard ? « Oh ! pour telle et telle raison ! »

Hillerman remonte ses gros binocles sur son nez, ses lunettes de soleil mises de côté sous le sweat-shirt qui couvre de nouveau ses tatouages et son décolleté. La libraire est de retour.

— Et vous ne savez plus que penser, n'est-ce pas ? C'est exactement ce qu'il cherche.

J'aurais peut-être eu le droit de rester avec les adultes pour le reste de la réunion si je ne m'étais pas levée, les poings serrés, avant de me pencher vers Hillerman de façon menaçante. Las de cette dispute – ou peut-être à la suite d'un regard appuyé de la directrice –, Nick me conduit vers la porte, mais je me retourne au dernier moment pour reprendre mes accusations contre Hillerman en ressassant les mêmes arguments. Nick passe un bras autour de ma taille et m'entraîne dehors à mon corps défendant. La moitié de ma meute est rassemblée autour du feu. Tous font mine de regarder ailleurs. Sauf ma mère, naturellement, qui ne veut pas perdre une miette du spectacle. Il ne lui manque plus que du pop-corn.

Je me retourne face à Nick, en grande partie afin d'être dos à la foule. Avec un peu de chance, il pensera que je suis rouge de colère, non de honte.

— D'accord, tu as peut-être raison, Shayne, concède-t-il, mais Hillerman devait interroger Arael. S'il est innocent, il n'y a pas mort d'homme, mais si c'est bien lui…

— « Pas mort d'homme » ? On a failli y passer, je te signale !

— … mais si c'est bien lui le coupable, il ne pourra pas concrétiser son projet maintenant qu'il se sait surveillé. Simple mesure de précaution, rien de plus. Alors, peut-être que ça ne marchera pas, mais que peut-on faire de plus ? Je vois mal Arael Moaz craquer et tout avouer.

— Sauf si nous le kidnappons pour lire dans son esprit, n'est-ce pas ?

— Ah ! *ça*. Tu l'as dit toi-même, c'était du bluff.

— Vraiment ? Comment savoir si les fédéraux ne comptent pas un vampire dans leurs rangs ? Elle avait des formules toutes prêtes. « Contraint de révéler votre capital mémoriel », qu'elle a dit, comme si elle lui énonçait ses droits.

— Peu importe, ils n'ont pas l'autorité pour le faire.

— Mais avec les démons…

Il secoue la tête de façon catégorique.

— Même avec les démons. Alors, oui, Washington envoie quelqu'un, oui, ils veulent mettre le nez dans l'affaire, mais, au bout du compte, ça reste *notre* enquête. Tout passe par nous.

— Mais elle n'arrêtait pas de parler d'ex… (Pas moyen de me rappeler le terme technique qu'elle a employé.) De débarquer et de le choper.

— De l'extrader ? Ça m'étonnerait.

— S'ils qualifient l'affaire de menace terroriste, ou je ne sais quoi, elle reviendra à la Sécurité intérieure…

Il lève les mains comme pour apaiser une gamine contrariée.

— Nous en avons déjà discuté avec la directrice. Elle a dit que nous sommes prêts à coopérer dans le cadre de l'enquête, mais…

— À l'agent Hillerman ?

— Oui, à l'agent Hillerman. West a bien précisé que nous continuerons à coopérer avec le groupe d'intervention sur cette affaire, et qu'ils peuvent même prendre la tête des opérations, à la seule condition que…

— On récupère les salopards.

— Exactement. Quel que soit le coupable, Arael Moaz ou un autre, il sera remis aux soins de la DAD, sans exception.

— Qui a accepté ces conditions ? Hillerman ?

— Hillerman.

— On ne peut pas avoir un interlocuteur plus haut placé ? Qui est son supérieur ? Qui lui donne des ordres ?

— Personne si ça se trouve. Pas nous en tout cas.

— D'accord, mais pourquoi ne pas parler d'elle justement ? Stadther l'a prise pour une vampire, je sens une aura de dominance chez elle, elle arrive à voir l'espèce de monde parallèle de l'Abîme…

— C'est grâce au fétiche.

— Au quoi ?

— Le collier qu'elle a autour du cou, avec les dents.

— D'accord.

— C'est un fétiche. Tu as déjà entendu parler des fétiches zuñis ?

— Hein ?!

— Non, je ne te parle pas de « fétiches », comme un gars qui veut faire l'amour à tes pieds. Un fétiche est une sorte de talisman. Des Amérindiens comme les Zuñis fabriquaient autrefois de petites figurines d'animaux, un ours ou un coyote par exemple, et exécutaient un rituel censé insuffler à la statuette la force vitale de l'animal en question. Du coup, un collier avec un ours te donne la force d'un ours, *et cætera*.

— Donc, les dents de son collier, ce sont des canines de vampire, et ça lui donne l'aura d'un vampire ?

— En théorie.

— Et ça lui permet aussi de voir le monde de l'Abîme ?

— Honnêtement, je n'en sais rien. Il ne s'agit peut-être pas tant de le voir que de le percevoir, mais on s'en fiche. (Il triture son chapeau de cow-boy.) Je n'ai aucune raison de me méfier d'elle. Elle a déjà promis de ne pas prendre part à l'interrogatoire d'Arael Moaz s'il se présente à l'Agence à minuit.

C'est vrai. Je me rappelle la déception du démon quand il lui a demandé si elle serait aussi à l'Agence ce soir et qu'elle a répondu non.

— Et s'il ne vient pas ?

Sublime réfléchit à la question, les yeux fixés sur son couvre-chef.

— Je ne sais pas. Je ne sais pas, Shayne. Ce genre d'impasse est inévitable. Les frontières entre chacun se troublent. Des occultes utilisent des armes humaines, des démons utilisent des corps humains, des menaces débordent dans la sphère publique humaine. Qui est habilité à régler la question ? Combien de temps encore pouvons-nous maintenir le *statu quo* ?

Je lui arrache son chapeau des mains pour l'obliger à me regarder dans les yeux.

— Tu aimerais les laisser s'occuper des affaires occultes ?

— Non, mais un jour viendra, peut-être pas si lointain, où nous n'aurons plus le choix.

— On croirait entendre Hillerman. Tu sais ce qu'elle m'a dit ? (Je lui rends son stetson.) « Combien de temps avant que Washington conclue que le secret de l'Occulte est devenu un risque pour la sécurité nationale ? »

— Tu ne t'es jamais posé la question ?

Je n'aime ni son ton sec, ni l'expression moqueuse de ses yeux. Comme s'il riait d'une enfant naïve. Certes, je suis peut-être puérile. J'ai bien envie de bouder en tout cas. Il sourit.

— Regarde-toi, tout énervée, à râler contre le système. On dirait que tu fais ça depuis des années.

— C'est sans doute ce qui arrive quand on échappe de peu à un attentat à la *bombe*.

— Toi qui voulais juste un ticket-restaurant. Il y a plein de boulots plus faciles, tu sais.

Oh ! épargne-moi les gants et les pincettes. Je n'en ai pas fini.

— Ce n'est pas normal qu'ils embauchent des gens comme Hillerman avec autant de préjugés contre les occultes.

— Contre les *démons*.

— À ses yeux, on est tous pareils.

— Pas *tous*, me corrige-t-il, avant de me faire la révélation de l'année : Elle a déposé une requête officielle pour ton transfert. Le Groupe d'intervention de l'Occulte. Elle veut te faire jouer dans la cour des grands.

— Hillerman ?

— Elle affirme n'avoir jamais travaillé avec quelqu'un comme toi.

— Quelqu'un d'aussi *crédule* que moi, sans doute.

— « Esprit vif, accepte bien les ordres, ne craque pas sous la pression », je la cite texto. Et, j'ignore ce qui s'est passé aujourd'hui dans l'East Side, mais elle a ajouté qu'elle connaît plusieurs braqueurs qui auraient échappé à la prison si tu avais été leur conducteur.

Ses éloges me foutent en rogne. Peut-être parce que j'y vois surtout une nouvelle tentative de manipulation. Elle ne cherche pas à me complimenter, elle veut seulement m'éprouver, comme un outil qui pourrait éventuellement lui servir plus tard. Ou je suis peut-être énervée parce que, de toutes les personnes présentes, Hillerman est bien la dernière que j'espérais impressionner. Oh ! la vipère sans cœur veut me recruter ? *Waouh ! merci.* En attendant, ma famille, mes amis et mes patrons me voient tous comme une cause perdue.

— Rejoindre le groupe d'intervention ? Plutôt crever. Tout le monde déteste les fédéraux, et je comprends maintenant pourquoi. Écoute, quand Hillerman fait un compliment, quel qu'il soit, ce n'est jamais désintéressé, elle essaie de t'entourlouper. Et puis pourquoi voudrait-elle… ? Leur règlement interdit de recruter des occultes. Ils n'ont pas le droit. Il y a un traité ou je ne sais quoi.

— En effet, confirme-t-il avant de hausser les épaules. Mais si ça évoluait ?

— C'est le cas ?

— Non, mais si… (Il cherche ses mots.) Ce traité ne s'applique peut-être pas à ton profil.

J'ai l'impression de devoir me sentir offusquée. Encore quelques secondes et j'aurais pu identifier l'insulte, mais, au cas où je serais trop bête, Sublime prend la peine de clarifier :

— À leurs yeux, tu es à peine une occulte. En termes de menace, s'entend. Contrairement aux vampires et aux sorciers, tu n'as aucun pouvoir. Ta forme animale n'est pas un monstre. Côté humain, tu es intelligente, rapide, belle…

— Pourtant tu as toujours refusé de m'embaucher jusqu'à ce matin et, même là, c'est parce que personne ne voulait s'occuper de ton dossier pourri.

— Rien à voir. Là, je te parle de diplomatie…

— Oh ! mais j'ai compris, ne t'inquiète pas. Tu veux dire que je suis davantage qu'une humaine, mais pas assez pour être une occulte. Je n'ai ma place nulle part, c'est ça ?

— Pour *eux* ! Pour eux, tu es peut-être un être surnaturel, mais qui reste acceptable. Et s'ils envisageaient réellement de révéler notre existence un jour ? Non, pas « si » : « quand ». Qui vaudrait-il mieux avoir pour parler de notre monde ? Une Hillerman, ou quelqu'un comme toi ?

Je me casse, car, même si ses commentaires m'ont visiblement blessée, il n'en démord pas. Il ne comprend pas, et ne comprendra jamais, qu'il vient de me foutre une baffe monumentale ; il finira donc seulement par s'agacer de ma réaction, qu'il jugera immature et égoïste face à ce qu'il appellera certainement « la vue d'ensemble ».

— Il faut considérer la vue d'ensemble, Shayne ! lance-t-il dans mon dos.

Grrrrrr ! En passant devant ma meute, je mets intérieurement quiconque au défi – surtout ma mère – de m'adresser la parole, ou même de froncer les sourcils, *allez-y, essayez voir !* Nolan, évidemment, semble d'humeur à relever le défi. Du coin de l'œil, je vois sa chemise rouge se diriger vers moi, comme une cape de matador qu'on agite sous le nez d'un taureau.

Essaie voir !

— Shayne, attends.

ESSAIE VOIR ! Merde, mais où est-ce que je vais ? J'arrive devant le local #4. Je voulais aller au #2. Je change brusquement de cap. Nolan suit le mouvement.

— Shayne, quelqu'un va-t-il nous expliquer ce qui se passe à la fin ?

— Demande à Sublime.

— Je ne veux pas demander à Sublime.

— Je vais chez moi, et tu n'es *pas* invité.

— Je n'avais pas l'intention d'entrer.

— Tant mieux.

Waouh ! une belle conversation d'adultes.

Je m'arrête sous l'auvent du perron en bois que papa a construit il y a des lustres autour de notre mobil-home.

Les longues planches ne se contentent pas de grincer, elles ploient sous nos pieds avec la souplesse d'un trampoline.

— Et ton bras ? s'enquiert-il en essayant de le toucher.

Je m'écarte avec une légère grimace.

— Quoi mon bras ?

— Ils ont fait venir une guérisseuse ? Tu es déjà stone ?

— Non.

Mais ça ne saurait tarder. En général, on ne recourt aux guérisseurs qu'en dernier ressort, l'effet stimulant de leur magie pouvant s'avérer extrêmement addictif.

— Tu as souvent le tournis quand tu es stone.

— Félicitations, tu connais les détails les plus intimes de ma vie.

Dans ses rêves.

— Arrête deux secondes. On ne sait plus rien de toi. Tu t'absentes des semaines entières. Quand tu daignes revenir, c'est en coup de vent, seulement quand tu as besoin de quelque chose, ou que quelqu'un a reçu une *balle*, et voilà que la directrice de l'Agence débarque avec Nick Sublime ? Le FBI ? La police ? On pensait que c'était lié au drame d'hier soir. Ben est convaincu qu'ils viennent le chercher, alors il s'est tiré dans les bois. Dommage qu'il ne sache pas grimper aux arbres, hein ?

Cette fois, j'en ai marre.

— Faut que t'arrêtes de me suivre tout le temps.

À mon grand dam, il persiste :

— Et Ray est furieux parce que personne n'a songé à lui demander si tous ces gens pouvaient s'inviter sur notre territoire.

— Mais oui, parce que Madison West et Nick Sublime demandent toujours la permission, c'est bien connu.

— Tu travailles avec eux ?

— Pour l'instant, je leur sers surtout de chauffeur d'élite. Au fait, l'Épave s'est fait canarder.

Il se raidit.

— Par qui ? demande-t-il en se retenant manifestement de me saisir et de me secouer.

— Mais ne t'inquiète pas, ton taf sous le capot a fait un malheur. C'est clairement la voiture qu'ils devraient recruter, pas moi.

Nolan et moi sommes les heureux parents, il est vrai, d'un beau bébé Épave. C'est moi qui l'ai achetée, mais il s'est chargé de toutes les modifications qui la font ronronner aujourd'hui ; nous pratiquons donc une sorte de garde alternée. Il l'emmène en balade une fois de temps en temps (sans reculer le siège conducteur), mais elle vit avec moi.

Quand j'ouvre la porte de la maison, il laisse échapper un soupir.

— Hé…

— Tu sais quoi ? Je crois bien que j'ai le tournis, persiflé-je.

— As-tu déjà envisagé un instant que les gens puissent juste s'inquiéter pour toi ?

Tout en sachant que je le regretterai plus tard, je ne peux m'empêcher de lui coller la honte.

— Les gens, ou juste toi ?

Il ouvre la bouche, cligne des yeux à plusieurs reprises. Puis il se tourne pour désigner d'un geste la foule attroupée autour du feu, avant de se raviser.

— Je n'ai pas besoin qu'on s'inquiète pour moi, Nolan. Ce que j'aimerais surtout, c'est que vous arrêtiez de me suivre partout, Ben et toi !

Là-dessus, je claque la porte et me mets à tourner en rond dans le salon du local #2, en proie à une humeur exécrable – le genre de frustration refoulée qui m'amène bien souvent à parcourir la liste de mes contacts à la recherche d'un soupirant que j'aurais éconduit en boucle, me le gardant de côté pour ce genre de situation, où j'ai besoin d'être cajolée.

Long et exigu, notre mobil-home est encombré d'un fatras de meubles accumulés au cours des dernières décennies, jamais jetés, jamais remplacés par des pièces plus neuves et plus élégantes. Circuler chez nous revient à se frayer un chemin dans un labyrinthe précaire ; des livres empilés jusqu'au plafond sur la table basse ; une tour à CD bancale remplie de boîtes pour la plupart vides ; des canapés et des fauteuils ; des plantes artificielles, quelques vraies plantes mortes ; des lampes juchées sur des magazines eux-mêmes posés sur des tables d'appoint ; et, niché dans un coin derrière une vitrine, un minuscule bureau sans tiroirs sur lequel trône un gros écran d'ordinateur carré.

Je me glisse derrière la vitrine, me perche avec prudence sur un tabouret auquel il manque une roulette, et appuie sur la barre d'espace du clavier pour tirer l'écran de sa veille. Dans un moteur de recherche sur Internet, je tape tous les mots que je connais concernant l'agent spécial Hillerman.

« Hillerman. Latina. FBI. Tatouages. Fétiche. Démons. »

J'essaie de me rappeler ce qu'Arael Moaz a dit à son sujet. Il en a parlé comme d'une célébrité, mais pourquoi ? Ça doit remonter, car, d'après lui, elle était petite, une enfant. Il était question d'un combat. C'était une combattante. Il a aussi mentionné plusieurs noms de démons, mais je ne me souviens pas desquels. J'efface ma recherche au profit d'une approche plus simple.

« Hillerman. Fille. Combattante. »

J'appuie sur « Entrée ». La fenêtre vire un instant au blanc, avant d'afficher une kyrielle de liens d'articles concernant une fille nommée Charlotte Hayes. Le troisième article de la liste a pour titre : « La fille qui s'est défendue ». C'étaient les mots exacts d'Arael, n'est-ce pas ? *« Ils avaient tapé dans le mille. »* Un ensemble d'images accompagnent les liens, dont plusieurs fois la même photo, qui semble provenir d'un album de lycée. Un portrait de l'agent spécial Hillerman, mais beaucoup plus jeune – sans doute seize ou dix-sept ans – et plus amène : des joues bien rondes, un joli sourire, de grands yeux brillants.

D'après l'article, « la fille qui s'est défendue » était Charlotte Hayes, une adolescente de dix-sept ans, élève au lycée Culver de Los Angeles. Lors du grand match annuel de l'école, un pervers en série du nom d'Ezra Cabe l'a kidnappée derrière les gradins. De retour chez lui, alors qu'il la déshabillait, elle a réussi à s'enfuir dans la cuisine, avant d'attraper un couteau et de tuer cette ordure en lui enfonçant la lame sous le menton.

En fouillant le domicile de Cabe, la police a découvert une véritable maison des horreurs : du matériel destiné à des rites sataniques, des livres sur les sciences occultes, ainsi que deux autres filles, catatoniques et sous-alimentées, retenues prisonnières dans des pièces condamnées. Elles ont plus tard avoué à la police avoir eu de nombreuses occasions de s'échapper, mais qu'elles étaient trop terrifiées pour y songer. Seule Charlotte, pas encore matée, avait trouvé la volonté de résister.

Une fois libérées, les deux autres filles n'ont pas fait long feu. Je lis en diagonale quelques articles détaillant une étrange série d'événements. Trois mois après leur sauvetage, toutes deux se seraient prétendument suicidées. Et ce n'est pas tout : l'ex-femme d'Ezra Cabe aurait tenté de tuer le petit copain de Charlotte Hayes. Je ne termine pas ma lecture, cependant, car le nom du petit ami me laisse pantoise.

Matthew Hillerman.

Nouvelle recherche : « Charlotte Hayes et Matthew Hillerman. »

Les voici, sur la photo d'un tabloïd. Charlotte porte des lunettes, ses cheveux sont plus foncés que maintenant, d'un brun chaud. Plus âgée que sur la photo du lycée, elle paraît néanmoins toujours aussi douce, même un peu potelée. Ses manches courtes révèlent une peau vierge de tout motif. Elle adresse un froncement de sourcils irrité à des paparazzi.

D'après la légende, le grand gaillard à côté est son « galant », Matthew Hillerman, qui passerait aisément pour un guerrier viking s'il portait une armure en cuir au lieu d'un tee-shirt de *death metal*. Ses longs cheveux blonds tirés en arrière révèlent des zones rasées au-dessus des oreilles. Le bas de son visage taillé à la serpe disparaît sous une barbe blonde tressée à partir du menton. Je reconnais immédiatement les dessins qui ornent ses bras musclés : la veuve noire aux crochets plantés dans son biceps ; les anges armés d'épées sur ses épaules. Même si ce ne sont pas tout à fait les mêmes – il n'a pas la branche tortueuse avec les corbeaux –, il est évident que l'agent spécial Hillerman que je connais s'est appliquée à recréer ses tatouages.

La femme que je côtoie depuis ce matin est, d'un point de vue physique, un parfait mélange entre Charlotte Hayes et Matthew Hillerman. Charlotte est la base, la toile d'origine sur laquelle elle a reproduit son petit ami :

ses muscles saillants, sa fresque de tatouages, la couleur et la coupe de ses cheveux. Elle porte son nom de famille, une alliance. Je repense à Brenner, toujours vêtu des chemises et des cravates que sa sœur lui a achetées, hanté par le besoin éperdu de se raccrocher à son souvenir.

En admettant que les déductions de Hillerman au sujet de Brenner et de sa sœur soient fausses (et je ne le pense pas), puis-je affirmer sans me tromper qu'elle n'est parvenue à cette conclusion si vite qu'à cause d'un événement similaire dans son propre passé ? Dans ce cas, une histoire se dessine. Charlotte Hayes s'est retrouvée mêlée au monde occulte à cause de ce salaud d'Ezra Cabe, qui était à l'évidence une sorte de démon. Elle a peut-être vu des éléments troublants chez lui et tenté plus tard de trouver des réponses.

Je découvre d'autres articles, datant de plusieurs années après son enlèvement, sur l'implication de Charlotte dans l'affaire d'une femme disparue et d'une secte dans les bois ; une photo montre sa main gauche avec l'auriculaire manquant, que la légende impute à l'attaque d'un coyote enragé. Soit, elle enchaîne les accrocs avec le monde occulte, s'y enfonce à mesure qu'elle mène l'enquête, comme Brenner. Elle finit par épouser Matthew Hillerman, accepte son alliance et son nom de famille. Et puis…

Comment l'avait-elle formulé ? *« Quand un humain découvre l'existence de l'Occulte, c'est forcément à cause d'un événement marqué par la terreur, la tragédie et la mort. »*

Un mouvement dans le coin de la pièce me fait sursauter. Je me cogne les genoux contre le bureau, qui tape dans la vitrine, faisant trembler le verre.

— Bunica ! geigné-je.

Mon arrière-grand-mère émerge à petits pas du couloir des chambres, un œil exorbité, l'autre écrasé sous un sourcil plongeant. Généralement, elle arbore ce regard quand elle est stupéfaite, ou constipée. Étant donné qu'elle tend le doigt avec insistance vers le fond du couloir, je penche pour la première interprétation. En m'approchant, je décèle une étincelle dans son œil exorbité et un frémissement à la commissure de ses lèvres. Elle n'est ni stupéfaite, ni constipée. Elle jubile.

— Qu'y a-t-il, Bunica ?

N'obtenant aucune réponse, je m'aventure dans le couloir pour voir de quoi il retourne quand une voix m'arrête. C'est celle de Brenner, à qui j'ai donné la permission de se débarbouiller dans ma chambre. Il parle tout bas, avec un léger accent de mélancolie. Il inspire plusieurs fois pour se calmer. Après un bref silence, je l'entends reprendre :

— En réalité, c'est beaucoup plus facile que je ne le pensais, de vous parler comme ça.

Il est au téléphone ? Dans ce cas, pourquoi Bunica est-elle si guillerette ? À moins qu'il soit nu ? Je glisse un coup d'œil dans la pièce. Non, il n'est ni nu, ni au téléphone.

Ma chambre dispose d'une porte vitrée coulissante qui donne sur le ruisseau et les bois de Newport. Elle est ouverte, et Brenner assis dehors sur les marches en bois, captivé par un renard brun tout rachitique qui renifle le lierre en quête de nourriture.

Et, je ne plaisante pas, à *ce renard*, il dit :

— Vous êtes plus petite que je l'imaginais… sans doute parce que vous êtes plutôt grande pour une femme dans la vraie vie. Enfin, pas… en soi, là, c'est la vraie vie aussi, mais…

Minute, il pense que ce petit renard hirsute… Mais c'est un mâle ! J'éclate de rire et tente de m'agripper à l'encadrement de la porte, mais je me loupe et tombe.

Oui. Je suis stone.

CHAPITRE 17

— Vous croyiez vraiment que c'était moi ?

Sa tête déclenche chez moi un nouveau fou rire incontrôlable. Je me jette sur le lit.

— Je sais, se défend-il, mais quelles étaient les chances d'être chez un… vous savez, et, d'en voir ensuite un, on en déduit forcément…

— Quoi, que c'est un renard *femelle* ?

Il écarquille les yeux comme une biche prise dans les phares d'une voiture.

— Vous voulez dire que c'était… ?

J'enfonce la tête dans mon oreiller pour étouffer mon hilarité.

— En même temps, je n'allais pas regarder entre les pattes. Je pensais que c'était vous.

— Oh là là ! très bien.

Je me redresse sur les genoux et retire mon blouson des Tigers, dévoilant un tee-shirt des Tigers. J'ôte également celui-ci, révélant le tatouage du logo des Tigers sur mes côtes. Brenner se tourne vers les bois.

— Je peux vous laisser.

— Non, dis-je en me débarrassant de mon soutien-gorge. Je veux vous montrer ma toison.

Ça fait coquin dit comme ça, et c'est aussi le but. Je suis stone, vous avez oublié ?

Je me déchausse en allant fermer la porte de ma chambre. Un souvenir me revient, celui de ma mère, exaspérée (quoi d'autre), me prévenant qu'il vaudrait mieux pour moi qu'elle ne me surprenne jamais à m'enfermer dans ma chambre avec un garçon. Comme si je ne pouvais pas bondir de ces marches pour aller me perdre toute la nuit dans les bois avec un mec.

— Hé ! je vous ai baladé à poil dans tout l'East Side, vous vous rappelez ? Ce n'est que justice.

Je baisse jean et culotte d'un même mouvement, puis dégage le tas de vêtements vers lui d'un coup de pied afin de lui signifier que je suis complètement nue. Même là, il ne se retourne pas.

Aimerais-je qu'il me regarde ? Dans mon humeur actuelle, frustrée et en manque de câlins, oui, mais pas désespérément. Le Brenner insouciant qui me tenait compagnie à la table de poker du *Monolithe* me fait envie, mais le Brenner que j'ai devant moi, pas des masses. Je ne sais pas, c'est déroutant, comme sortir avec un mec sexy qui aurait un jumeau bien plus drôle, mais on ne l'aurait rencontré qu'une fois à Noël, juste assez pour entrevoir ce qu'on *aurait pu* avoir si le premier jumeau n'était pas un être brisé.

Bah ! ces questions-là sont bien trop abstraites pour la part animale qui exige maintenant toute mon attention.

Soit, je prends ma forme de renarde. Passant devant Brenner, je bondis des marches, pique vers le sol, puis saute de nouveau en ruant comme un mustang. Quand je m'arrête enfin, la bouche ouverte, la langue pendue, je le vois me contempler avec un émerveillement enfantin qui me donne envie de m'esclaffer derechef. Les renards étant incapables de rire, je choisis de sautiller en cercles pour manifester ma joie.

Je lui tourne le dos en agitant ma queue touffue avec nonchalance. Puis je me remets face à lui et me cabre pour lui offrir un aperçu éhonté de mon bas-ventre. Il lève les yeux au ciel.

— D'accord, vous n'êtes pas un mâle, j'ai compris.

C'est le moment de se pavaner. Je lui fais une démonstration de ma plus belle démarche, vers la gauche, vers la droite, tête haute, queue au vent. Je suis plus grande et plus forte qu'un renard ordinaire. Identique à ma chevelure humaine, ma somptueuse fourrure est du rouge doré des feuilles d'automne, à l'exception d'un doux pelage blanc qui s'étend de mon museau à mon ventre, avec un rappel sur la pointe de ma queue. Mes oreilles sont grandes et noires. Le plus saisissant, néanmoins, ce sont mes yeux brillants. Toutes cultures et époques confondues, les renards ont gagné une réputation de fins roublards à cause de cette petite lueur espiègle dans leurs yeux.

Les tics de Brenner atteignent leur paroxysme. Ses deux jambes s'agitent, martelant la dernière marche de leur talon. Il ne cesse de cligner des yeux, donnant l'impression de tressaillir en boucle. Il lève une main, paume vers le ciel, comme pour poser une question, mais n'ouvre pas la bouche.

Sans voix, hein ? Voyons voir ça.

Avec une lenteur délibérée, je m'avance vers lui. Deux pas, stop, je le regarde. Encore deux pas, stop. Je baisse la tête, puis fais les deux derniers pas qui nous séparent. Au cas où il n'aurait pas compris le message, je lui donne un petit coup de tête au genou. Il tend une main timide vers mes oreilles.

— Oh… je me demandais justement… mais je ne voulais pas paraître, genre…

Quoi ? Tactile ? Tu es coincé à ce point ? Caresse-moi, nom de nom ! Enfin, il se penche vers moi et approche les doigts de ma tête avec une hésitation insoutenable. Au dernier moment, quand ma fourrure se dresse vers sa paume, je fais mine de le mordre. Il se redresse aussitôt – « Oh putain ! » – et secoue vigoureusement la main alors que je ne l'ai même pas touché, le biquet.

Hilare, je saute comme un cabri, puis, pour lui proposer de faire la paix, je m'allonge sur le dos dans le lierre et le regarde, la tête à l'envers, les pattes avant pliées sous le menton. En lui montrant mon ventre, je lui témoigne, en langage canin, le summum du respect et de la soumission. Un alpha serait aux anges. Brenner, lui, pense sûrement que j'attends des gratouilles.

Je décide de reprendre ma forme humaine. La métamorphose est instantanée, un « pouf ! » de magie qui fait bruire le lierre. Brenner n'a pas le temps de détourner les yeux. Je me redresse sur les genoux, les mains sur les cuisses, et constate avec soulagement qu'il ne regarde pas ailleurs et ne semble pas éprouver de gêne.

— C'est… je veux dire… (Nouveau clignement frénétique.) À côté de vous, l'autre renard ressemble à un petit rat galeux.

— Vous dites ça à toutes les femmes.

Je désigne le tas de vêtements derrière lui. Je m'attends simplement à ce qu'il me les envoie, mais il les récupère un à un, me tend la pile, puis reprend sa place sur les marches.

— Je n'ai jamais connu personne comme… (Il secoue la tête, incapable de trouver ses mots.) Et je ne veux pas seulement dire parce que vous êtes capable de… Évidemment, je n'avais encore jamais rencontré de métamorphe. Vous êtes la première personne renarde que je rencontre, mais j'ai rencontré un tas de personnes tout court, et vous êtes…

Il regarde ses mains comme si elles pouvaient l'aider à finir… puis, enfin, il parvient à formuler une pensée complète.

— Vous représentez en quelque sorte tout ce que j'aimerais être.

Son aveu me laisse interloquée. Je rougis. Et je me demande maintenant si la guérisseuse n'y est pas allée un peu fort avec sa magie. Je suis… Disons que, de tout ce qui a pu se produire au cours des dernières vingt-quatre heures – découverte du trône d'un dieu-démon devant un ciel néonisé y compris –, ce moment est le plus surréaliste. Franchement, qui parle comme ça ? Personne ne fait ce genre de confession. On se taquine, on se charrie, on ressort des vieux dossiers, on échange des blagounettes entre soi, on se tire la bourre et on se rabaisse – pas forcément par méchanceté, mais pour s'exprimer de manière indirecte. Je suis peut-être une créature de l'Occulte, je suis peut-être à genoux toute nue dans le lierre, mais, de nous deux, c'est Brenner le plus bizarre. La lueur tourmentée réapparaît dans ses yeux.

— Si seulement j'étais plus intelligent, ou si je connaissais mieux ce monde, j'aurais pu… enfin, j'aurais pu…

Je m'empresse de me rhabiller et m'assois à côté de lui.

— Vous auriez pu… quoi ?

Il lui faut un moment pour trouver la force de me répondre.

— Sauver Haley. (Il se racle la gorge, croise les bras sur ses genoux.) Mais j'ai réfléchi à ce que vous avez dit à l'agent Hillerman, que ce n'est pas votre faute si Dario Machlin est mort. Vous n'avez pas appuyé sur la détente. D'autres ont fait ce choix.

— Vous n'auriez rien pu faire pour Haley si c'étaient des vampires.

— Ils étaient trois. Ils se sont introduits chez elle. Je devais passer la prendre, mais j'étais en retard. Comme elle ne répondait pas à la porte, je suis entré, et ils étaient… J'ai tiré sur l'un d'eux, mais ça l'a seulement ralenti. Je ne comprends pas pourquoi ils m'ont épargné, moi.

— Parce que, dis-je avec autant de délicatesse que possible, ils venaient de se nourrir.

Il hoche rapidement la tête. Je lui confirme ce qu'il soupçonnait déjà.

— Soit, je n'aurais pas pu les arrêter. Mais, que se serait-il passé si je n'avais pas été complètement défoncé ? Je baignais dans la drogue à l'époque… Si j'avais eu les idées claires, les choses seraient peut-être différentes aujourd'hui.

— Vous n'en savez rien.

— Si, bien au contraire. (Il pose le front sur ses bras croisés comme un petit garçon perdu.) Haley n'est restée à Chicago que pour moi. Pas de parents, pas de famille. Nous n'avions personne d'autre et, si elle ne s'était pas tant inquiétée pour moi, elle serait partie.

— Pour aller où ?

— N'importe où ! (Il se redresse en étirant les jambes et bat des paupières pour contenir son émotion, les yeux rouges.)

Tout sauf Chicago. Faut arrêter de se leurrer, elle n'avait pas sa place à DePaul. Elle pouvait choisir n'importe quelle école dans le monde. Elle voulait voyager, apprendre plusieurs langues, le japonais et d'autres trucs dont je n'ai jamais… Elle avait même mis de l'argent de côté. Mais son crétin de frère… Dire que j'étais l'aîné…

— Arrêtez.

— Pourquoi ? Parce que ce n'est pas à nous de veiller à ce que tout le monde soit gentil ? C'est ce que vous avez dit, et je suis d'accord…

— C'est impossible.

— Je sais, mais que suis-je censé faire dans ce cas ? Je ne peux pas les empêcher de nuire, mais je suis censé au moins les arrêter après coup, et ça fait deux ans. Je n'ai pas la moindre piste. Je ne suis pas… C'est un travail pour des gens comme vous. Vous êtes vive, intelligente, vous savez quoi faire, vous avez confiance en vous.

— Et, moi, je vous ai vu affronter deux vampires en même temps. Ce n'est pas avoir confiance en soi, ça ?

— Non, c'était stupide. On ne fait pas plus idiot, j'en ai conscience. Ça, c'est moi qui suis incapable de contrôler… Quand je me mets dans cet état, je vois juste rouge.

— Vous avez le sang chaud, c'est certain. Vous encaissez une raclée comme personne.

— C'est la rage. Même pas contre eux. C'est stérile. (Il semble se rappeler subitement quelque chose.) Au fait, votre bras…

— Comme neuf, le rassuré-je en lui montrant le bras en question.

Je rêve secrètement qu'il le caresse du bout des doigts, et ne s'arrête pas là…

Mais alors nos regards se croisent et, en voyant le trouble dans ses yeux – pas désemparé mais complexe –, je me sens soudain honteuse. Le genre de honte que j'associerais à une enseignante d'âge mûr faisant des avances à un lycéen vulnérable. Je me sens sale. Je suis sans doute plus dérangée que lui. Mon bras reste un moment en l'air, puis je le redescends. Brenner tire sur sa cravate et change de sujet :

— Vous avez décidé ce que vous alliez faire de moi ?

— Comment ça ?

— Personne n'est censé connaître votre existence, non ? Je ne devrais pas être au courant…

— Oh ! vous voulez savoir si on compte vous éliminer ?

Plusieurs vannes me viennent à l'esprit, mais je décide (à contrecœur) de rester dans sa zone de confort. La simplicité et la sincérité ne sont pas mon fort, mais je suis capable d'avoir une conversation à cœur ouvert, je vous assure. Je me contente donc d'un :

— Non. Vous avez la vie sauve.

Et je lui offre un sourire avenant. Il se frotte le visage.

— Je vous assure que je ne suis pas toujours comme ça. C'est juste qu'aujourd'hui…

— Ça fait beaucoup à encaisser.

— Deux ans…

Sa voix s'étrangle. Il lève un doigt pour me faire signe de patienter le temps qu'il se ressaisisse.

— Deux ans. Je savais que je n'avais pas halluciné. Même défoncé, même bourré de drogues, je les ai bien vus. Trois types avec de longues canines. Et des yeux blancs, vides, sans pupilles.

Je me retiens de le corriger : les vampires n'ont jamais les yeux comme ça. Les canines, oui, la soif de sang, oui, mais les yeux tout blancs, non. Peu importe, nous sommes d'accord sur l'essentiel :

— Ils n'étaient pas humains.

— Des créatures de cauchemars. Sauf que c'était réel. Mais qui me croirait ?

— En avez-vous parlé à quelqu'un ?

— Non. Comment pourrais-je… ? (Il chasse cette pensée de son esprit.) Mais ensuite j'ai découvert l'affaire Rosalind Rose. Pendant le briefing général, je vois la photo de la scène de crime, et tout est… C'est exactement pareil. Le même cauchemar qui recommence. Et le même problème : personne ne se doute de la vérité. Je ne peux pas faire part de mes soupçons, car qui pourrait… ? (Ses épaules s'affaissent, puis il pose de nouveau sur moi ce regard complexe.) Puis je vous ai rencontrée.

Aïe, aïe, aïe ! c'est affreusement tentant. Il me serait si facile de lui prendre la main et de lui dire « Tu n'es plus seul, trésor », avant de l'attirer contre moi. Certes, c'est immature et irresponsable, mais du sexe nous ferait tellement de bien à cet instant, après avoir frôlé la mort, après la colère et la frustration, le stress, l'adrénaline. Cette journée est un bordel sans nom qui nous laisse avec tant de questions. Qu'il serait tentant d'évacuer toute cette pression dans un cri d'extase et une explosion de plaisir…

— Vous ne me connaissiez même pas, poursuit Brenner, mais vous m'avez tout de suite pris sous votre aile en mode : « Ah ! oui, ces types sont des vampires, et mon pote, là, c'est un démon et, oh, regardez ! un métamorphe coyote, aidez-moi à le porter. » (Il joint ses mains tremblantes et les contemple comme si elles détenaient un secret à la fois précieux et insondable.) J'ai envie de dire : « Quoi ! mais, d'où vous sortez ? et, par pitié, ne me quittez plus jamais ! »

L'émotion qui me donne des palpitations devient une boule dans ma gorge, qui finit par s'échapper sous la forme d'un rire nerveux. Je m'apprête à me coller une main sur la bouche et à m'excuser, mais un rire triste secoue les épaules de Brenner. Ses yeux brillent, embués.

— Ce n'est pas une blague. Vous ne vous rendez pas compte. Je vous avais enfin trouvée. Vous étiez là, devant moi, la preuve que j'attendais pour Haley, la réponse à… *tout* ! (Son sourire triste se teinte d'amertume.) Puis vous avez disparu. Et, le pire, c'est que je ne l'aurais jamais su si vous ne m'aviez pas rendu la mémoire.

— Mais vous auriez aussi été débarrassé de souvenirs atroces. Franchement, quand vous parliez de Haley, vous étiez presque rayonnant.

— Non ! tonne-t-il, avant de grimacer en me voyant sursauter. N'oubliez pas, nous avons conclu un accord. Si jamais je perds de nouveau la mémoire, n'oubliez pas ce que vous m'avez promis.

— Attendez, vous voulez toujours que je vous tue ?

— Comme vous avez *promis* de le faire si le cas se présente, oui. Et, en échange, je me consacre entièrement à votre service. Quoi que vous me demandiez, je le ferai.

— Écoutez…

— Tout ce que vous voudrez, n'importe quand, de jour comme de nuit, quitte à y laisser la vie, peu importe, je suis à vous. Tout ce que je veux, c'est rester dans ce monde. Celui où je connais la vérité.

Oh mon Dieu ! c'est comme s'il m'offrait l'Anneau unique avec son pouvoir corrupteur. Cachez-moi ça !

— Vous savez, je ne suis pas vraiment...

Je voudrais lui faire comprendre que je ne suis pas aussi extraordinaire qu'il le pense – j'aimerais lui dire : « Mon gars, tout ce que je t'ai dit chez Dario : "Tiens, un vampire", "Tiens, un démon", "Regarde-moi ce coyote"... JE ME FOUTAIS DE TA GUEULE. Quant au fait de te rendre la mémoire ? Je ne cherchais pas à t'aider, j'avais juste besoin de renseignements ! Bon sang, c'est vraiment tout dans les muscles, rien dans la tête avec toi, hein ? » Mais je me retrouve obligée de détourner le regard, les yeux embués de larmes. *J'y crois pas ! D'accord, je te tuerai, mais arrête de m'aduler.* Il me dit tout ce que je rêve d'entendre depuis si longtemps de la part de quelqu'un, *n'importe qui*. Mais il se trompe. Eh merde ! même quand je réussis quelque chose, faut que je me foire.

— Je ne suis pas celle que vous pensez.

— Vous voulez dire que vous n'êtes pas une superhéroïne ?

— OK, vous n'avez vraiment pas rencontré assez de gens comme nous, faites-moi confiance. Dans notre monde, je suis juste... vous avez pu le constater vous-même, rien de plus qu'une petite renarde toute mignonne. (Je pointe le doigt derrière nous.) Vous avez vu le type au stetson ? Nick Sublime ? Vous savez ce qu'il est en réalité ?

— Un lion ?

— Non, ce n'est pas un... C'est quoi cette obsession pour les lions ? Pourquoi vous en avez si peur ?

— Quand j'étais gosse, je faisais souvent un cauchemar où il y avait un lion noir sous la table de la salle à manger. Du coup, quand je mettais les jambes en dessous...

— C'est quoi ce... ? (Je décide de laisser tomber.) Bref, on oublie, ôtez-moi juste un doute : dans certaines circonstances, vous voulez que je vous zigouille, très bien, mais vous n'avez pas vraiment envie de mourir, pas vrai ? (Aucune réponse.) Pas vrai ?

Il se contente de hausser les épaules.

— Ce n'est quand même pas pour ça que vous faites ce boulot ?

— Non.

— Vous le faites pour votre sœur ?

— J'aimerais pouvoir le dire.

— D'accord…

Alors, c'est quoi la réponse ?

Nouveau haussement d'épaules.

— Je le fais pour m'occuper. Ce n'est pas pour rien que les flics enchaînent les divorces, vous savez. Ce boulot vous bouffe la vie si vous n'y prenez pas garde. Il y a toujours une nouvelle affaire, un nouveau coup de fil à 3 heures du matin. Vous pouvez passer des mois sans jamais penser à autre chose qu'au travail.

— Donc vous le faites pour échapper à votre vie.

— Quand on y pense, ce n'est pas différent d'une drogue. Ça abrutit. (Il récupère son portable à ses pieds.) J'ai passé cette dernière heure à examiner les transactions bancaires d'un mort.

— Vous travaillez depuis tout à l'heure ?

— Eh oui ! Plutôt triste, hein ? Mais ça vaut mieux que de ressasser des idées noires.

— Les transactions bancaires de qui ? Dario ?

— Oui, je les relis en boucle, comme une grille de mots croisés géante. Et, vous l'aurez deviné, je ne suis pas très doué à ce genre de jeu. (Il se gratte distraitement l'arête du nez, le regard vide.) J'ai analysé chaque entrée, l'une après l'autre, en vérifiant les adresses, en recoupant les informations, pour tenter de trouver une logique comme vous l'avez fait la dernière fois en *trente secondes*.

— Et rien ?

— Le seul détail qui m'a interpellé, c'est un débit pour un établissement appelé le *Spa exotique*.

— Le *Spa érotique*.

— Non, le *Spa exotique*, répète-t-il en vérifiant sur son téléphone.

— Je sais, mais on l'appelle le *Spa érotique* à cause des petits à-côtés qu'ils y proposent. C'est une maison de passe occulte, le genre d'endroit où Dario aurait facilement une ardoise. Ils ne vous demandent pas si vous voulez un homme ou une femme, mais combien. À quoi correspond le débit ?

— C'est là que je bloque. Il s'agissait seulement d'une réservation, mais…

— Non !

Il a peut-être mis le doigt sur quelque chose. Mes neurones s'activent.

— « Non » ?

— Allez-y.

— Pourquoi vous avez dit « non » ?

— Parce que la réservation était pour hier soir.

— Attendez… comment vous avez deviné ?

— Si vous bloquiez dessus, c'est qu'il devait y avoir une incohérence, donc la réservation était forcément pour hier soir, vu qu'on n'a pas trouvé Dario au *Spa érotique*, mais chez lui, en compagnie d'une femme à moitié nue. J'ai raison ?

Il me dévisage, de nouveau ébloui. *Eh zut!*

— La réservation était pour 20 heures.

— Eh ben ! il démarre tôt. D'accord… (On reprend tout depuis le début. *Vas-y point par point.*) Je vais vous expliquer mon raisonnement, mais j'aimerais entendre vos réponses avant de vous donner les miennes, pour voir si on arrive tous les deux à la même conclusion.

Il se frotte le menton d'un air intimidé. J'insiste :

— Il n'y a pas de mauvaise réponse. On va juste échanger des idées.

— Entendu.

— Donc, Dario Machlin avait une réservation au *Spa érotique* pour 20 heures hier soir, mais il ne s'est jamais présenté. Pourquoi ?

— Parce qu'il était mort.

Je reviens sur ce que j'ai dit : il y a peut-être des mauvaises réponses finalement.

— Non, il était encore vivant à 20 heures. Alors pourquoi n'y est-il pas allé ?

— Parce qu'il était avec une femme chez lui.

— Un rencard ?

Il réfléchit un instant.

— Non.

On progresse.

— Pourquoi pas ?

— Si c'était un rencard, il n'aurait rien prévu d'autre.

— En effet, pourquoi faire une réservation au spa s'il voyait quelqu'un ? Il aurait annulé. Que peut-on en déduire ?

Il cherche… sans trouver la réponse. On réessaie :

— Au sujet de la femme qui était chez lui hier soir, on peut en déduire qu'il…

Son visage s'éclaire.

— Qu'il ne s'attendait pas à sa visite.

— Bingo ! Il n'attendait personne hier soir.

— D'accord, donc elle débarque à l'improviste.

— La question est : pourquoi ? Pourquoi débarquer sans prévenir ? Qui fait ça ?

— Je ne sais pas. (Il m'adresse un regard innocent.) Vous aviez prévu de le faire, vous.

— Ça, c'est une mauvaise réponse.

— On a dit qu'il n'y avait pas de mauvaises réponses !

— Concentrons-nous sur cette femme. Qui est-elle ?

— L'une de ces créatures dont vous parliez, les faes ? L'un de nos deux assassins.

J'énumère les faits sur mes doigts.

— Deux assassins, un homme, une femme. Ils ont tenté de nous éliminer avec une voiture piégée au supermarché. Ce sont eux aussi qui ont mitraillé l'appartement de Dario hier soir. Quand ce crétin de Ben monte attaquer Dario après m'avoir suivie, la femme mystère met les voiles et revient quelques minutes plus tard avec son complice.

— Il ne devait donc pas être loin.

— Exactement. Il l'attendait sans doute dans une voiture. Du coup, était-elle vraiment chez Dario pour s'envoyer en l'air ? alors que son ami l'attendait dans la voiture ?

— Non.

— Non, acquiescé-je en poursuivant sur ma lancée, gonflée à bloc. Maintenant, ajoutons le casino à l'équation. Hier soir, un type ultracanon se pointe…

— C'est une fée, un fae, comme elle.

— Sous un charme de camouflage, oui. C'est aussi ce que pensait Henry Stadther. Le type sollicite les deux succubes de Dario, avant de les assassiner.

— En empoisonnant leurs boissons.

— On retrouve pas mal de points communs entre les deux, non ? Débarquer à l'improviste, faire des avances sexuelles, et ensuite…

— C'est pour ça que la femme était chez Dario.

— Bingo ! C'est pour ça que son complice l'attendait dehors, parce que ça ne devait pas être long. Elle s'invitait chez Dario, ils se foutaient à poil, elle lui servait un verre, fin de la partie, retour à la voiture.

Brenner secoue la tête, perplexe.

— Mais pourquoi ?

— Exactement. Pourquoi les tuer ? Attendez, dites-moi d'abord une chose : qui sont ces faes ? Comment connaissent-ils Dario ?

— Ce sont certainement ses clients. Ceux à qui il devait fournir les produits.

Bien vu.

— Ils sont venus récupérer les matériaux explosifs que Dario s'était procurés pour eux. Je vais vous dire à quoi ressemble cette histoire : à un changement de plan. Ils ont engagé Dario pour leur trouver ces composants. Tout se passait bien jusqu'à hier soir, quand le plan a changé et que, d'un coup, ils se sont retrouvés à devoir réduire au plus vite Dario et les filles au silence.

— C'était peut-être le plan depuis le début.

— Je ne dis pas le contraire, mais tuer trois personnes…

— Vous n'êtes pas convaincue.

— Parce que ça attirerait trop l'attention. Les flics seraient amenés à enquêter sur les meurtres. Trop risqué. Et puis, même dans le milieu crapuleux, les affaires restent les affaires, et ce genre d'incident leur ferait perdre énormément de collaborateurs potentiels. Ça revient à se tirer une balle dans le pied.

— D'accord, marmonne-t-il, encore dubitatif. Alors dites-moi ce qu'il en est.

— Qu'est-ce qu'il y a ?

— Rien, mais ça commence à faire un sacré paquet de suppositions.

— Des suppositions *fondées*.

— Je vous écoute.

— Je vais vous dire ce que je pense. Ces meurtres ont été commis en réaction à autre chose. C'était un changement de plan. On ne réduit pas les gens au silence et on ne fait pas le ménage derrière soi à moins de craindre d'avoir été repéré. Quelqu'un allait découvrir le pot aux roses.

— Mais qui ? Votre agence ne se doutait de rien avant les meurtres.

— Et vous ? Vous faisiez une enquête remarquée sur Rosalind Rose, qui vous a conduit chez Dario.

— Ce n'est pas faux. (Il prend le temps d'y réfléchir.) Ils ont peut-être pris peur à ce moment-là. Mais ça paraît un peu radical. Au pire, je les interrogeais sur les trois filles, et c'est tout. Je n'étais pas au courant des bombes.

— Ça, ils n'en savaient rien.

Au même instant, un éclair me traverse l'esprit. Les idées bouillonnent, débordent. Tellement de raccourcis dans ce raisonnement. Brenner me voit perdue dans mes pensées.

— Vous comprenez mieux pourquoi je parlais d'une grille de mots croisés géante ? Il reste trop de cases vides.

Soudain, j'entrevois une piste – un vrai fil conducteur.

— Dites-moi, alors, combien de coïncidences doivent s'aligner pour qu'on puisse affirmer qu'il ne s'agit plus d'une supposition ? (Je me lève d'un bond et ramasse mes chaussures.) Et si j'avais une théorie qui met toutes les pièces aux bons endroits, aux bons moments ? C'est tout de suite plus solide.

— Que les choses soient claires. Peu importe quelle piste vous avez, je l'exploiterai, d'accord ? Même si elle est mince, j'enfoncerai les portes. Néanmoins, gardez à l'esprit que ce genre d'enquête se passe rarement comme on l'imagine. J'ai déjà vu les meilleures théories, des raisonnements en béton, si évidents qu'ils semblaient imparables, s'écrouler après cinq minutes d'interrogatoire. Retour à la case départ, il faut trouver une autre approche. Ça prend du temps. Parfois des mois.

— Mais non, affirmé-je en laçant mes chaussures. Quarante minutes, grand max.

Le temps de courir à ma voiture et de foncer à l'Agence dans le centre-ville. En arrivant dans les bureaux, nous surprenons tout le monde en pleine routine : Oliver absorbé par une énième tâche rébarbative, Ren occupé à mater un film d'animation porno, et Darla en train de siroter un café dans sa tasse préférée derrière son écran d'ordinateur. Dès qu'elle lève les yeux vers moi, j'ouvre grand les bras et lance :

— C'est Donné !

Elle écarquille les yeux et, sans faire attention, renverse du café sur son clavier. Je me tourne vers Brenner et lui donne une tape sur le torse.

— Don Roman nous a menti.

Chapitre 18

Nous filons vers le nord sur Woodward Avenue en zigzaguant au milieu de la circulation en ce début d'heure de pointe. Le téléphone à l'oreille, je dis :

— Donc, hier, je passe te voir à l'Agence et je te parle de la petite enquête que je mène sur un démon qui a tous les produits nécessaires pour fabriquer des bombes chez lui.

— Oui, répond Nick Sublime.

— Darla est là, tout le monde nous écoute. On se marre bien à mes dépens.

— Je m'en souviens. C'était le bon temps.

Haha ! très drôle.

— Une heure plus tard, comme tous les jours, Darla profite de sa pause-déjeuner pour aller retrouver son petit copain au *Feng Zhu*, de l'autre côté de la ville.

— Et, ce petit copain, c'est Don Roman ?

— Lui-même ! Et, en bonne commère aigrie, elle lui raconte le meilleur moment de sa journée : la dernière humiliation de Shayne Davies.

— Du coup, elle lui a aussi parlé de l'histoire de la bombe ?

— Toute l'histoire. Du début à la fin, probablement mot pour mot, parce que c'est une putain de commère aigrie !

— Donc Don Roman prévient ensuite ses petits camarades, quels qu'ils soient, qui deviennent convaincus que tu es sur leur piste.

— C'était le cas !

— Tu étais sur *une* piste, pas la leur.

— C'est pareil !

— Bon, on a un lien éventuel avec Don Roman qui, d'ailleurs, n'était qu'une supposition de ta part, et alors ?

— Une supposition ? Don Roman mangeait des plats de chez *Feng Zhu* quand nous l'avons interrogé. Et, quand Dario Machlin est venu acheter les deux véhicules avec ses quarante mille dollars, il a mangé un morceau dans deux restaurants, dont le *Feng Zhu*. Pourquoi ? Sans doute parce qu'il a demandé à Don Roman de lui recommander un restaurant dans le quartier, et que Roman a répondu : « *Feng Zhu*, j'y déjeune tous les jours ! » Et, pour finir, son bol à bonbons était rempli de pastilles à la menthe du restaurant !

Nick pousse un soupir exaspéré.

— Encore ces bonbons à la menthe.

— Les mêmes que Darla conserve sur son bureau. Hé ! parfois on sait seulement que la réponse a cinq lettres et commence par un D. Alors, j'ai testé « Darla » et ça marche.

— Sauf qu'il existe un tas de mots en cinq lettres commençant par D, Shayne, et que je ne vais pas montrer une grille de mots croisés au FBI ! À l'heure où je te parle, Hillerman est en train de mobiliser des hélicoptères.

— Pour aller coffrer Arael ?

— Ils décolleront dans trente minutes.

— Parfait ! Dis-lui de s'arrêter en chemin chez Roman.

— Nous n'avons aucune preuve.

— Mais les tueurs sont des faes, pas des démons. Et devine qui appartient à la même espèce ? Don Roman !

— Alors apporte-moi une preuve.

— J'y travaille. Deux Ford blanches, une voiture, une camionnette. Là-dessus, il n'a pas menti. J'ai vu les papiers de la vente.

— Formidable ! ironise-t-il. Tout ce qu'il te reste à faire, c'est vérifier s'il a une camionnette blanche ou une voiture blanche… dans une concession automobile ! La moitié de son stock répond certainement à cette description !

Je colle le portable devant ma bouche et gueule :

— Je te dis que j'y travaille !

Puis je raccroche. La figurine d'Ardee Todd hoche la tête avec approbation : « Te laisse pas faire ! » Je lui dis de la fermer ; pas très sympa, mais ça vaut toujours mieux que mon premier réflexe, qui était de lui faire sauter la tête.

— C'est là, me signale Brenner en désignant le *Feng Zhu* sur notre droite.

Juste en face se dressent les énormes colonnes grecques gonflables de l'entrée du *Don Roman Auto Plaza*. Trois parkings se succèdent, remplis de voitures neuves avec de gros autocollants sur le pare-brise.

— Il y a beaucoup de blanc, constaté-je avec dépit.

— Faites le tour. J'aperçois plusieurs garages derrière.

— Il n'y a pas que ça. Vous avez vu ?

Un véritable cimetière de voitures s'étend derrière la concession, des rangées de véhicules à divers stades de déchéance – de la carcasse défoncée à la bagnole avec juste une roue ou une portière en moins. Plus loin, nous apercevons des tours de voitures compressées empilées les unes sur les autres. D'immenses structures sur cinq niveaux s'élèvent au milieu de la casse, des étagères géantes où les voitures s'entassent comme des miches de pain.

— Encore un labyrinthe, je soupire.

Nous longeons une clôture grillagée en rencontrant deux feux de circulation, avant de prendre à gauche pour gagner l'arrière de la propriété.

— Nous y voilà.

Je monte sur le trottoir et coupe le moteur. De ce côté aussi, les tas de ferraille s'amoncellent jusqu'au sommet de la grille.

— Faites-moi la courte échelle pour la clôture et je serai de retour en moins de deux.

— Je vous accompagne.

— Non, si je trouve quelque chose, je reviendrai. Que vont-ils penser s'ils voient un type se balader sans raison dans leur décharge ?

— Oh ! vous comptez vous transformer…

Je suis déjà en train de me déshabiller.

— Restez aux aguets. Si vous entendez des coups de feu et, surtout, s'ils ont un chien de garde, magnez-vous de me rejoindre. S'il y a les deux en même temps, veillez à buter le chien en premier, compris ? (Je panique en voyant son air paniqué.) Non, Brenner, ne me dites pas que vous aimez les chiens.

— La plupart des gens aiment les chiens.

— La plupart des gens aiment aussi leurs semblables, ça ne les empêche pas de se trucider si nécessaire.

— Si nécessaire, oui.

— Voilà !

Vous savez quoi ? Oublions le fait que nous sommes garés dans un coin paumé, que je suis en sous-vêtements et qu'il ne nous reste qu'une demi-heure pour serrer des terroristes armés d'une bombe – nous allons en débattre jusqu'au bout.

— Donc, si vous voyez qu'il est *nécessaire* de…

— Vous savez, ce n'est pas pour rien que les chiens ne meurent jamais dans les films.

— D'accord, disons que, dans cinq minutes, vous regardez par la grille et vous voyez l'adorable petite renarde que je suis en train de se faire poursuivre par un énorme pitbull. Vous faites quoi ?

— Je vous crie de courir plus vite, répond-il du tac au tac.

Je me retiens de justesse de lui donner un coup de poing.

— Quoi ? Attendez, que je comprenne bien. Si vous perdez de nouveau la mémoire, je suis censée vous loger une balle dans la tête sans discuter. Mais si un molosse essaie de me croquer…

— Les renards sont plus rapides que les chiens, non ?

Oui, évidemment, mais :

— Là n'est pas la question ! Vous avez une dette envers moi, oui ou non ?

Je sais, c'est un coup bas.

— Oui.

— Vous avez dit que je n'aurais qu'à demander !

— Tout ce que vous voudrez.

— Eh bien, je veux que vous abattiez le chien !

— Et je le ferai, mais seulement si j'y suis forcé. S'il faut choisir entre vous et le chien, alors oui, je…

Il cligne des yeux. À plusieurs reprises.

— Vous tirerez sur le chien. Dites-le.

— Je tirerai… vers le chien.

— Vous vous foutez de moi !

— Pour l'effrayer.

— Très bien, vous savez quoi ? Parfait. Donc, si vous perdez de nouveau la mémoire, je me contenterai peut-être aussi de tirer *à côté* de vous.

— Non, non. Entendu.

— Entendu ?

— Je… tirerai sur le chien.

— Écoutez-moi. Vous m'écoutez ? (Il m'écoute.) Si on veut que ça se passe bien, je dois avoir la certitude que vous abattrez un chien pour moi.

Il hoche la tête avec solennité et déclare à contrecœur :

— Comptez sur moi. Si je peux avoir la certitude que vous m'abattrez comme vous me l'avez promis.

— Comptez sur moi.

Je lui tends la main. Lorsqu'il la serre, une boutade à moitié sincère me vient à l'esprit : « On scelle le pacte par un baiser ? » J'opte cependant pour le moins romantique :

— Maintenant descendez et allez faire l'échelle devant la clôture.

J'ouvre ma portière et me métamorphose. En renarde, le grillage ressemble pour moi à un mur de prison de six mètres de haut, mais Brenner fait une bonne échelle et, en deux bonds, je parviens à me jucher au sommet de la clôture. De là, je saute facilement sur la pile de voitures la plus proche, avant de descendre de pare-chocs en pare-chocs jusqu'au sol.

J'ai la sensation de pénétrer dans une forêt d'arbres en acier. Sauf qu'on n'entend pas le vent souffler dans leurs branches. Il y a, en revanche, une absence de son assourdissante, comme si le silence se réverbérait sur les surfaces métalliques.

Ici, à la périphérie de la casse, les voitures semblent placées de façon aléatoire. Certaines sont empilées avec soin, d'autres entassées en vrac. Heureusement pour moi (et pour Brenner), il n'y a pas de chien. Je l'aurais flairé depuis le temps.

J'arrive au pied de la gigantesque structure centrale, qui se dresse devant moi comme un parking à étages. Sous ma forme humaine, j'aurais dû faire le tour, mais, en renarde, je parviens à me faufiler entre les voitures ; je pourrais même ramper en dessous à plat ventre si je le voulais. Chaque étage contient des deux côtés des rangées de trois véhicules chacune. Je me demande depuis combien de temps ceux au centre n'ont pas vu la lumière du jour. Il fait très noir là-dessous, et plutôt froid. J'entends des serpents décaniller, sans doute irrités par mon intrusion. De l'autre côté de la structure, je m'arrête pile à la limite entre l'ombre opaque et la lumière orangée du soleil de fin d'après-midi.

Un dernier obstacle me sépare des garages de Don Roman : plusieurs alignements de voitures. Je vois de tout – berlines, breaks, pick-up, minivans. Pas de piles cette fois. C'est comme se tenir à la lisière des bois et contempler un champ parfaitement labouré. Le terrain est très à découvert. D'instinct, je scrute le ciel. Pas de rapace. La voie est libre.

Mon objectif est d'atteindre les garages. J'aperçois leurs toits plats de l'autre côté du champ de voitures. Des voix se font entendre. Quelques gars qui bavardent, semble-t-il. Un roulement de chaînes retentit, accompagné du fracas d'une porte de garage qui se ferme.

Je ne peux pas me pointer comme ça devant ces types. Les gens ont rarement des élans affectueux envers les renards. Ils ne s'accroupissent pas pour nous appeler en sifflant : « Ici, petit ! » Non, ils attrapent leur fusil ou, à l'instar de Brenner avec le renard qu'il a surpris dans ses poubelles…

Minute, papillon ! Alors il rechigne à s'en prendre à un chien, mais il n'hésite pas à caillasser un renard ? Bon, le moment est sans doute mal choisi pour s'en indigner. Je prends note cependant de lui souligner le paradoxe la prochaine fois que nous en discuterons (et, croyez-moi, il n'y coupera pas).

En attendant, je pourrais peut-être recycler la tactique de l'agent Hillerman : jouer les imbéciles. Me montrer sans paraître menaçante. Facile. Il me faut juste un bâton.

Que je ne trouve pas. Cependant, dans une Miata verte, je déniche le pommeau d'un levier de vitesse. Tant pis pour la vis qui dépasse un peu, ils comprendront l'idée.

Boule en bouche, je m'élance dans une allée entre les véhicules, puis me glisse sous la dernière voiture tout au bout afin d'observer la scène dans un premier temps. Trois hommes en combinaison blanche bavardent en riant devant un garage fermé. L'un d'eux, assis sur un seau retourné, retire les coques de protection de ses chaussures. Un autre s'ouvre une canette de soda. Une demi-douzaine de garages suivent celui devant lequel ils se tiennent. La plupart sont ouverts, mais, de là où je suis, impossible d'en voir l'intérieur.

Il me faudra traverser une large bande de bitume craquelé pour les rejoindre. Je bondis donc de ma cachette et pique un sprint vers eux. L'homme sur le seau m'aperçoit en premier. Naturellement, surpris de voir soudain un grand renard foncer vers lui, il tombe à la renverse avec un petit cri. Ses potes se marrent, puis suivent finalement la direction de son doigt et me remarquent à leur tour tandis que je m'approche en m'efforçant de trottiner gaiement. Je lâche la boule et recule. Je suis un peu trop loin, mais je préfère m'assurer d'abord qu'ils ont compris mes intentions, histoire de ne pas me prendre une volée de projectiles sur la tête.

Le type par terre a l'air déconcerté. Les autres se contentent de m'observer. Bon, on est plutôt bien partis. Je rapproche la boule. Toujours pas de réaction. Arrivée à moins de trois mètres d'eux, je laisse tomber la boule une dernière fois, puis recule en agitant la queue. C'est extrêmement humiliant, mais, comme je le dis toujours au sujet des chiens : quand on ne peut pas les tuer, mieux vaut les amadouer.

L'homme à la canette tire enfin le groupe de sa stupeur en éclatant de rire.

— Vous avez vu ça ? Qu'est-ce que je vous disais ? Qu'est-ce que je vous répète depuis des mois ? Ces bestioles pullulent par ici. Elles sont pratiquement apprivoisées. Regardez.

Il me lance la boule. En bon petit toutou bien débile, je vais la chercher. Les hommes s'esclaffent : « Pas mal ! » Au moins, en renarde, je peux toujours rouler des yeux.

Maintenant que le jeu a commencé, on va un peu changer les règles. Contournant le groupe, je jette un coup d'œil dans le premier garage ouvert. Il y a un minivan orné d'une grande publicité pour un couple d'agents immobilier. Il est blanc, mais ce n'est pas le bon type de camionnette. Je cherche plutôt un fourgon de livraison, carré, avec une double porte à l'arrière.

À présent de l'autre côté des ouvriers, je lâche la boule en reculant suffisamment pour inspecter l'intérieur du second atelier. Vide. Mon message est clair : « Envoyez-la loin, faites-moi courir. » L'homme change sa canette de main pour ramasser la boule, tend le bras en arrière et nous fait un lancer de pro. Brave garçon !

La balle improvisée passe devant tous les garages avant d'atterrir avec un lourd rebond sur le bitume. Nous y voilà. Je trottine vers la boule en glissant un coup d'œil au passage dans chaque garage ouvert. Un pick-up avec le logo d'un jardinier ; une Nova retapée avec une peinture brillante bleu nacré. Ces mecs font du bon boulot. Cela dit, sans être une experte, je m'y connais assez pour affirmer que les travaux de peinture de Nolan sont bien meilleurs.

Un atelier vide, encore un autre, puis je dresse les oreilles. Dans l'avant-dernier garage, je distingue le nez courtaud d'une camionnette Ford blanche sous une bâche bleue qui laisse deviner un véhicule haut, long et carré.

Bingo ! Je me précipite dans le garage et me glisse sous la bâche. Le type à la canette pousse un cri de surprise ; les autres se mettent à l'engueuler : « Va le chercher ! Non, pas moi. C'est toi qui as lancé la boule ! Y a rien à craindre puisqu'il est bien apprivoisé, pas vrai ? Vas-y, colle ta main dans sa gueule. »

Derrière la camionnette, j'essaie d'écarter la bâche de la carrosserie, mais elle pèse son poids, surtout avec la masse de plis accumulée par terre, si bien que je dois y mettre tout mon corps. Après trois bonds, je parviens à dévoiler le mot imprimé au pochoir sur la porte arrière.

« FORD TRANSIT. »

J'entends, au bruit de ses pas, que le type au soda est à mi-chemin du garage. Dans chaque atelier, il aboie :

— Hé ! amène-toi maintenant ! Sors de là !

— Pas celui-là, lui crient ses potes. Plus loin.

Je tente à présent d'inspecter le côté de la camionnette, mais ne cesse de tendre la bâche en marchant dessus. De plus, le motif peint est trop grand pour que je puisse le voir dans son intégralité de si près. Je ne distingue que des lignes de peinture nettes, d'une seule couleur assez sombre, du violet peut-être, difficile à dire dans la lueur bleutée qui règne sous la toile.

— Allez, sors maintenant ! tonne l'homme depuis l'entrée. Vilain chien !

Ses collègues hurlent de rire. Je me réfugie sous la camionnette quand il s'avance dans l'atelier. Il inspecte un côté du véhicule, puis l'autre, avant d'empoigner la bâche avec un grommellement agacé.

— Touche pas à ça, décrète une voix masculine dehors. Qu'est-ce qui se passe ici ? Je vous ai dit de vous casser. Pas d'heures sup.

— On s'en va. Je cherchais juste…

— Tu chercheras demain. Retirez vos combinaisons et allez pointer. Je vais m'occuper de la fermeture.

— OK, d'accord.

— Vous avez fini de peindre les véhicules ?

— Neuf sur les dix. On fera le dernier demain matin. (Il tape des mains.) C'est Donné.

— Fais pas ça, tu sais que ça m'énerve.

Leurs pas se croisent. L'homme à la canette s'éloigne tandis que le nouvel arrivant – leur responsable, apparemment – se dirige vers la camionnette. À mesure qu'il approche, je sens enfler, comme un champ d'électricité statique dans ma poitrine, le bourdonnement familier d'un puissant charme de camouflage.

Chapitre 19

— Rends-moi un service, lance-t-il au type à la canette. Allume le compresseur d'air en sortant.

— Lequel ?

— Le gros, dehors.

— Ça marche.

— On va au bar après ?

Ils parlent de plus en plus fort pour compenser la distance croissante qui les sépare. La réponse de l'ouvrier se perd dans le fracas de la bâche bleue, qui dégringole soudain de la camionnette et s'entasse aux pieds de l'homme au charme d'illusion. Il porte des baskets.

Enjambant la toile, il ouvre la portière coulissante côté passager. Alors qu'il fourrage dans des sacs semblant contenir du matériel lourd, je caresse l'idée de me ruer vers la sortie. Cependant, maintenant que la bâche est retirée, je suis tentée d'examiner enfin le motif peint sur la camionnette. Un simple coup d'œil suffira. Si ce type voulait bien se barrer…

Un compresseur se met à vrombir dehors. « Le gros », avaient-ils dit. Gros comment ? Ce machin fait autant de boucan qu'un avion à réaction. J'entends à peine la portière de la camionnette se refermer, mais vois les baskets pivoter et piétiner la bâche en se dirigeant vers la sortie.

Rampant jusqu'à un pneu sous le pare-chocs avant, j'aperçois un jean bleu au-dessus des baskets. À la sortie du garage, les jambes s'arrêtent et se tournent vers le mur. Que fabrique-t-il ? Un son m'aurait donné la réponse, mais le vacarme du compresseur d'air couvre tout, et je finis seulement par comprendre ce qui se passe en voyant une ligne d'ombre progresser lentement du fond de l'atelier vers l'entrée.

Il est en train de fermer la porte.

Pas le temps de réfléchir. *Sors de là, vite!* Je m'élance à découvert et plonge sous la porte juste avant qu'elle se ferme. Filant comme le vent sur la bande de bitume, je tourne la tête un bref instant pour regarder derrière moi. Une foule d'informations me parvient en bloc.

L'homme au charme de camouflage porte un sweat-shirt, et le visage que j'aperçois sous la capuche est aussi diablement beau et exotique que celui de sa comparse. Dans ses mains, un fusil d'assaut – le fameux truc lourd qu'il cherchait dans la camionnette. Je comprends mieux le coup du compresseur d'air (« Le gros ! ») : il lui fallait un bruit pour couvrir les détonations. À peine entraperçois-je la bouche du fusil que je reçois des éclats d'asphalte dans les yeux et une violente décharge de douleur dans ma croupe m'envoie valdinguer jambes par-dessus tête. Nuages, voitures, bâtiments, tout se mélange. Je finis étalée sur du gravier, le corps entier engourdi par le choc. Ça me convient, je ne sens pas vraiment la douleur, au moins pour l'instant, mais ça m'empêche aussi de déterminer son point d'origine. Je sais que j'ai été touchée. Mais où ?

Peu importe. Je dois réfléchir vite. Je suis à terre, blessée. À l'évidence, l'homme pense m'avoir abattue, car il cesse le feu. Je n'ai que quelques secondes pour décider de mon prochain coup avant qu'il n'arrive. Je pourrais faire la morte, il décidera peut-être de…

Mon temps est écoulé. Le tireur jette un coup d'œil au compresseur d'air tout au bout de la rangée de garages, sans doute pour s'assurer que personne n'a vu ni entendu ce qui vient de se produire. On est loin de la distraction que j'espérais, mais je devrai m'en contenter. Prête ou pas, je contracte les muscles pour me redresser. À ma grande surprise, mon corps m'obéit sans protester. Partant comme un cheval de course, je me jette derrière une rangée de voitures au moment où une nouvelle rafale crépite, faisant voler des étincelles autour de moi.

Maintenant que je me carapate, je ne tarde pas à sentir un atroce élancement dans ma patte arrière droite. Je ne sens aucune balle dans mon corps, mais la plaie ouverte me cause une horrible sensation de brûlure.

J'ai un autre problème : ce champ de voitures parfaitement alignées. L'homme peut me voir cavaler dans l'allée et, quand je tente de m'esquiver dans le couloir suivant, il n'a aucun mal à me suivre. Le seul avantage pour moi, c'est qu'il ne peut pas tirer en courant.

Heureusement, je parviens à la structure en étagères et me réfugie dans son obscurité. Ralentie, je rampe et me tortille entre les voitures serrées en rang d'oignons. Mon poursuivant devra faire le tour.

Je me rends compte de mon erreur lorsque je débouche enfin de l'autre côté. Certes, j'ai réussi à le semer provisoirement, mais je l'ai aussi perdu de vue trop longtemps. Il peut être n'importe où…

Ou juste à côté ! Il surgit au coin d'une pile de voitures et me mitraille les talons tandis que je me rue dans le labyrinthe de ferraille. Le pire est derrière moi, me dis-je. J'en serais presque à souhaiter qu'il me course, car, de l'autre côté de ces monticules d'épaves, se trouve la clôture. Et près de cette clôture...

Brenner se tient sur un tas de voitures, son pistolet braqué bien au-dessus de ma tête.

— Police ! Arrêtez-vous !

Il tire trois fois. Je me retourne juste à temps pour voir mon poursuivant se jeter au sol, lâcher son fusil et rebrousser chemin en hâte. Ce revirement me provoque une brusque montée d'adrénaline. Si j'avais des cordes vocales, je pousserais un cri de joie en lançant à l'autre connard : « Ouais, vas-y, casse-toi ! Tu fais moins le malin sans ton arme, hein ? »

Mais j'ai mieux : ma vitesse. Deux fois plus rapide que le recordman humain. Le tireur a presque gagné la structure à étagères quand je lui saute sur les épaules et saisis sa capuche entre mes dents. Malheureusement, je ne suis pas assez lourde et mon attaque le fait seulement tituber. Il mouline des bras, m'éjectant de son dos. Je me redresse en pleine chute et plante les talons dans le sol pour repartir à l'assaut dans la foulée, mais il saute vers le premier étage et se hisse sur la plate-forme. Quand Brenner arrive, il est déjà au troisième étage. Malin, escalader la structure pour passer de l'autre côté, mais trop long. Brenner lui aura plombé les fesses avant qu'il atteigne le dernier niveau. Il se voit donc obligé de se cacher à l'intérieur, derrière un pick-up.

On le tient !

Hors d'haleine, les doigts serrés sur la crosse de son arme, Brenner scrute l'étagère.

— Vous êtes coincé, alors sortez de là ! Descendez !

Un fort claquement métallique retentit et, soudain, le pick-up dégringole vers nous. Nous nous écartons d'un bond au moment où le véhicule s'écrase sur le toit, aplatissant sa cabine. L'instant d'après, une énorme bête atterrit sur la carcasse en laissant échapper un mugissement féroce et un souffle d'air brûlant de ses naseaux.

Bien que trois fois plus grand que Brenner, le baphomet est d'une vélocité étonnante. L'inspecteur n'a pas le temps de tirer que le monstre lui fait sauter le pistolet des mains, le soulève par le cou et le balance contre le pick-up renversé.

Il baisse alors la tête pour pointer ses deux cornes démesurées vers Brenner, puis charge comme un taureau en furie.

Ma fourrure se hérisse. Je ne sais pas ce que j'espérais pouvoir faire contre une machine à tuer aussi titanesque ; je pensais lui sauter sur le dos, le mordre à la gorge, n'importe quoi ! Mais il me dégage d'un simple geste et fonce sur le pick-up. Avec un horrible crissement de métal, ses cornes se plantent dans la portière autour de la tête de Brenner, le manquant de peu.

Piégé, ce dernier a tout juste le temps de lâcher un cri de stupeur, car le démon caprin pousse ensuite sur ses puissants sabots pour enfoncer ses cornes dans la carrosserie jusqu'à lui écraser le torse de son crâne. La bête appuie sans relâche. Incapable de respirer, Brenner l'agrippe, le griffe, le roue de coups de pied. Ses côtes craquent. Je mords et laboure de mes griffes le dos, les jambes et les bras du baphomet, qui me chasse d'un coup de poing, avant de presser Brenner de plus belle contre le pick-up, le faisant cracher du sang.

Je m'apprête à revenir à l'assaut quand plusieurs ombres passent au-dessus de moi. Trois grands coyotes tombent du ciel sur le baphomet avec des grognements féroces, tous crocs dehors. Deux d'entre eux l'attaquent au flanc tandis qu'une bête au beau pelage mordoré se jette sur son dos. Nolan. Il plante ses énormes crocs dans la nuque du monstre. Un autre éclair de fourrure, gris foncé et roux – je n'ai jamais été aussi contente de voir ce connard. Ben plonge sous le baphomet, se redresse et, dans un aboiement sauvage, referme les mâchoires sur sa jugulaire.

Je sais comment le combat va se terminer. Nous le savons tous. Nous avons l'avantage du nombre, nous gagnerons, mais pas sans une dernière lutte acharnée. Avec Brenner au milieu de la mêlée.

Je me rue vers son pistolet tombé par terre. Pour m'en servir, il me faudrait reprendre forme humaine et, avec la plaie à ma cuisse… Impossible de savoir où elle finira sur mon corps de femme, par quoi elle se traduira. Que se passera-t-il si, avec la métamorphose, je me retrouve avec l'artère fémorale sectionnée ? On nous apprend, quasiment dès la naissance, à ne jamais nous transformer avec une blessure sans avoir la certitude que l'autre forme assimilera les dégâts.

Un flot de sang noir jaillit du cou du baphomet, qui rugit et se retire du pick-up en se dressant de toute sa taille malgré les quatre coyotes et l'inspecteur qui se cramponnent à lui telles des sangsues. Pourtant, Brenner semble moins étonné par cette prouesse que par le son de ma voix qui lui hurle de foutre le camp. Il s'écarte du démon juste avant que je loge une balle entre les deux yeux de la bête. Les pattes de bouc flanchent. Il tombe à genoux, les yeux révulsés, puis – *attention la chute, saloperie* – s'écroule la tête la première, mort.

Deux des coyotes, les potes de poker de Ben, partent aussitôt inspecter le périmètre à la recherche d'autres menaces. Nolan retrousse les babines et regarde Brenner en grognant.

— Nolan ! je le rabroue.

Il me rembarre d'un jappement dédaigneux, avant de fixer son regard sur moi d'un air surpris. L'homme baraqué avec la coupe de cheveux d'écolier reprend forme devant moi.

— Tu es blessée.

Il tend la main vers la plaie sanguinolente qui s'étire de ma hanche à ma fesse.

— Ce n'est rien, dis-je en lui tapant les doigts. Ne touche pas !

Maintenant que le choc se dissipe, je ressens la douleur dans toute sa violence.

— Il est mort, n'est-ce pas ? demande Brenner.

Il aimerait visiblement aider Ben à se dégager de la tête du baphomet, mais a trop peur de se faire mordre, à juste titre.

— Il est mort, confirmé-je.

Les yeux toujours collés sur moi, Nolan dit :

— Joli tir.

En soi, même si ce n'est pas son intention, il se félicite lui-même. Il m'a appris tout ce que je sais sur le tir. Histoire de lui rendre le compliment, mais aussi parce que je le pense, bien que je rechigne à l'admettre, je réponds :

— Je n'ai pas fait grand-chose. C'est vous, les gars. Sans vous…

Je le regarde droit dans les yeux pour lui exprimer une émotion que je ne lui ai pas témoignée depuis sans doute des années : la sincérité.

— Merci.

En réponse, il braque son regard sur Ben.

— Ce n'était pas mon idée.

Enfin libéré du baphomet, Ben retrouve son apparence humaine et sa carrure clairement taillée dans la rue, non dans une salle de gym. Sa musculature n'a rien de sculpté, rien d'ostentatoire – rien qu'une force à l'état brut. Le bas du visage maculé de sang, il recrache un morceau de chair et me lance :

— Allez, fillette, je t'écoute. Redis-moi d'arrêter de te suivre.

— D'accord, disons qu'on est quittes.

— Dans quel pétrin tu t'es fourrée ? Un baphomet !

— Et encore, il n'avait pas sa partenaire, dis-je en scrutant de nouveau le ciel.

— Alors, c'est un métamorphe ? m'interroge Brenner. Ou un démon ?

Je lui explique :

— Ce n'est pas un métamorphe, mais un hybride. Démon, oui, mais engendré par Arael Moaz avec une mère fae, dont il a hérité le charme de camouflage.

— Donc… mais ça veut dire que Hillerman avait raison. Arael Moaz…

— Non, décrété-je tout en pensant le contraire. Elle avait *peut-être* raison sur *certains* points, mais on en reparlera plus tard. Le plus urgent est de faire venir une équipe pour sécuriser le périmètre. Le Ford Transit blanc est là. Ils l'ont peint.

Brenner s'apprête à poser la question évidente – « Qu'ont-ils peint dessus ? » – quand le compresseur d'air s'éteint. Ce silence soudain m'oppresse. Je me sens vulnérable. Il me faut deux choses : des vêtements et un téléphone.

— Je dois contacter Nick Sublime.

En regagnant la ruelle où est garée mon Épave, j'observe que Nolan et Ben ont été moins discrets que nous. La Mustang noire de Ben est à l'arrêt sur une portion de grille renversée.

Un crissement de pneus attire notre attention du côté des garages. Par intermittence entre les piles de voitures, nous voyons le Ford Transit foncer vers le fond de la propriété. Il s'arrête un instant, le moteur vrombissant d'impatience, le temps qu'un portail automatique s'ouvre. Même à cette distance, difficile de louper le sceau démoniaque de l'East Side qui recouvre son panneau latéral telle une grande cible rouge.

— Ça y est, dis-je. Ils passent à l'acte.

Nolan se tourne vers moi.

— Vas-y. On s'occupe de tout ici.

(Sous-entendu, du baphomet mort.)

Sans perdre une seconde, je cours à ma voiture, ignorant la douleur à ma hanche, et ouvre la portière. J'enfile mon pantalon en moins de deux (en serrant les dents, *aïe, aïe !*), passe mon tee-shirt, démarre le moteur, embraie. Brenner saute sur le siège passager au moment où je mets les gaz.

Chapitre 20

Nous atteignons l'intersection suivante à temps pour voir la camionnette bifurquer vers le sud sur Woodward Avenue. Quelques secondes plus tard, alors que je tourne sur la même route, l'appel de Brenner bascule vers le central de la police. Je ne comprends rien aux chiffres qu'il débite, mais la partie « Plusieurs coups de feu, plusieurs coups de feu ! » est assez limpide. Il fournit l'adresse de la concession automobile, puis explique que nous sommes à la poursuite des suspects qui « jouent les filles de l'air » dans un Ford Transit blanc sur… Il cherche frénétiquement le nom de la rue.

— Woodward Avenue en direction du sud, je l'informe. Droit vers le centre-ville. Brenner… (Il ne m'entend pas, occupé au téléphone.) Brenner ! (Il me regarde.) La bombe.

Il inspire, puis gueule par-dessus la voix de son interlocuteur pour lui parler d'une possible arme de destruction massive, donc envoyez tout ce que vous avez, et vite !

Curieusement, la camionnette n'a pas l'air pressée pour l'instant. Elle roule sans excès de vitesse, sans slalomer au milieu de la circulation. Je reste à bonne distance en gardant cinq ou six voitures entre nous. Aucun risque de la perdre de vue : c'est un grand fourgon et, avec cette image rouge pétant sur le côté, on le repérerait depuis l'espace.

— Pas très subtil, marmonné-je.

— C'est bien le problème…, me souligne Brenner avant de s'interrompre pour répondre à d'autres questions au téléphone.

Il a raison. Pour s'annoncer de la sorte avant même de frapper, les démons doivent avoir un message en tête et espèrent attirer un maximum d'attention. Ils veulent que tout le monde sache qui est responsable de la tragédie imminente.

Et ils se dirigent vers le centre-ville.

Woodward Avenue passe littéralement en plein milieu du centre-ville de Détroit. Dans quelques minutes, nous serons au cœur de la métropole, avec ses hôtels, ses casinos, ses stades, ses édifices publics, et…

L'Agence.

Je compose le numéro de Nick Sublime.

— Appelle Oliver, il faut évacuer les bureaux au plus vite.

— Tu m'as trouvé une piste ?

— Ce sont les démons, je ne sais pas pourquoi, je ne sais pas ce qu'ils veulent, mais nous poursuivons leur camionnette blanche droit vers le centre-ville.

— Donc Hillerman avait raison ?

— Pourquoi tout le monde le voit comme ça ? (Même si, oui, elle avait raison sur toute la ligne.) Notre seule certitude pour l'instant, c'est que l'East Side tient à revendiquer ce qui va suivre. Brenner l'a signalé au Central. Tous les flics de la ville vont bientôt…

J'entends klaxonner devant. La camionnette se met à zigzaguer, coupe la route aux autres voitures, grille un feu rouge. Je lâche mon portable, empoigne le levier de vitesse et colle mon pied au plancher dans un hurlement de moteur. Brenner informe ses collègues en direct de la situation – « … mis la gomme, on nous a repérés… » – tandis que mon Épave remonte à toute allure la file de voitures et se glisse de justesse entre deux bus au carrefour.

Je suis du même avis. La camionnette a dû remarquer que nous lui filions le train et tente maintenant de nous semer. Donc, histoire de bien leur montrer qu'il était illusoire d'espérer distancer mon Épave, je les rattrape avant même d'arriver au feu suivant. Je dois piler pour ne pas tamponner leur pare-chocs. Soudain, les deux portières arrière s'ouvrent, révélant la magnifique femme aux cheveux noirs en train de brandir un fusil d'assaut…

Je n'ai qu'une seconde pour effectuer une multitude de tâches à la fois : freiner, braquer, changer de vitesse, me baisser, hurler. La rafale nous manque de peu, nous obligeant à emprunter une ruelle transversale. Brenner crie dans son téléphone :

— Plusieurs coups de feu, plusieurs coups de feu, on les a perdus !

— On ne les a pas perdus ! je le corrige en klaxonnant les autres automobilistes tandis que, d'un coup de volant, je tourne dans une rue parallèle à l'avenue.

Brenner se cramponne à deux mains au tableau de bord.

— On peut éviter de refaire ça, s'il vous plaît !

— Où sont vos renforts ? Pourquoi il n'y a personne ?

— Ils arrivent. Faites-moi confiance, ils seront tous là… Attention !

Je me faufile dans un carrefour bondé sans cesser de jeter des coups d'œil vers Woodward Avenue. Je vois passer la camionnette blanche.

— On les a toujours.

— Là ! s'exclame Brenner en désignant une voiture de police qui se fraie un chemin, gyrophare et sirène allumés, dans la circulation arrêtée à l'intersection suivante. Suivez-les. Le Central leur a signalé votre voiture. Ils sauront que c'est nous.

Grâce à l'effet chasse-neige de la sirène, nous n'avons aucun mal à regagner Woodward Avenue et à rattraper la camionnette, maintenant talonnée par deux autres voitures de patrouille.

— Dites-leur de ne pas s'approcher, conseillé-je.

— Ils sont au courant. Ça fait partie du protocole.

— Ah ! ç'aurait été cool de me prévenir *avant* qu'on se fasse mitrailler la gueule !

— On n'est pas dans un film. Personne ne va leur rentrer dedans ni sauter sur le toit. On va se contenter de les suivre à distance.

— Et, quoi, attendre qu'ils foncent dans un bâtiment et explosent ?

— Bien sûr que non ! L'objectif est de bloquer certaines rues dans un périmètre évacué au préalable afin de coincer la camionnette dans une zone sans risque, mais ce type de manœuvre demande du temps et de la coordination. Vous avez déjà vu ce genre d'intervention aux infos. Il nous arrive de les suivre pendant des heures.

Alors que j'ouvre la bouche pour m'indigner – *« Des heures ! »* –, je m'interromps. Un détail insolite a capté mon attention. Une demi-douzaine de voitures de police viennent de nous dépasser pour se joindre à la filature, nous entourant d'un tohu-bohu de sirènes tonitruantes et de gyrophares éclatants. Une voiture sort du lot, cependant. La seule dont les lumières ne sont pas allumées.

J'ai l'impression d'avoir une information importante sur le bout de la langue.

— Vous avez vu ? Le gyrophare de cette voiture est éteint.

— À ce stade, on n'en a peut-être pas besoin de plus.

— Brenner.

Au ton que j'emploie, il comprend qu'il ferait mieux d'écouter.

— Quoi ?

— C'est une Ford blanche.

— D'accord… mais la plupart des véhicules de police sont des Ford blanches…

Sa voix s'éteint lorsqu'il fait le rapprochement. Je confirme ses soupçons :

— Regardez. Que des Ford Interceptor blanches. Et, avec l'atelier de Roman…

— Ils pouvaient maquiller la leur en voiture de police de Détroit.

— Avez-vous la liste de toute la marchandise saisie chez Dario ?

— Oui.

— Je vous parie ce que vous voulez que vous n'y trouverez pas de gyrophare volé.

— OK…, fait-il, perplexe.

— Celui que j'ai vu la première fois que je suis allée chez lui, quand je cherchais les roues dorées de Ben.

— Dario avait un gyrophare ?

— Ça faisait partie de ce qu'il devait leur fournir. (Tout se recoupe.) En plus des matériaux explosifs. Les tireurs l'ont récupéré le soir suivant et l'ont vissé sur leur Ford.

— Sans prendre la peine de le brancher parce que c'est juste pour l'apparence, complète Brenner en observant la fausse voiture de patrouille.

— Qu'est-ce que je fais ?

— Rien, m'ordonne-t-il, avant d'expliquer la situation au Central.

— Dites-leur de vérifier l'inventaire de la saisie chez Dario.

Mais le temps des vérifications et des devinettes touche à sa fin. Nous venons d'arriver sur Campus Martius Park, un immense rond-point constitué d'un parc avec une patinoire et un célèbre monument dédié aux soldats et aux marins. Les piétons s'agglutinent sur les trottoirs pour regarder notre défilé. Les enfants se bouchent les oreilles contre le hurlement des sirènes. Et voilà que plusieurs voitures de patrouille allument leur mégaphone pour crier aux gens de quitter la rue, de se réfugier au centre du parc, de se mettre à l'abri. C'est un véritable cirque.

La camionnette ralentit, mais ignore les deux premières sorties du rond-point. Les policiers doivent être soulagés – apparemment, les terroristes ne comptent pas poursuivre vers le sud en direction des zones les plus peuplées du centre-ville.

Pourtant, mon cœur bat la chamade. La fausse voiture se détache du groupe pour prendre la première sortie et continuer sur Woodward vers le sud.

— Brenner…

— Eh merde…

— Dites-leur !

Trop tard. Le reste du cortège a déjà dépassé la sortie en suivant la camionnette. Il me faut malgré tout une seconde encore pour me convaincre de la vérité.

— Ce n'est pas la camionnette. La camionnette est un leurre !

Fonce ! m'intimé-je, et nous prenons la sortie.

Dès que je m'y engage, la fausse voiture de patrouille accélère. Je la prends en chasse, mais, évidemment, ce n'est pas pour rien que la police utilise des Ford Interceptor : elles sont très rapides. Nous mettons deux rues à la rattraper. J'aimerais crier à Brenner de prévenir le Central, de leur dire que c'est la voiture la véritable menace, mais nous sommes trop occupés à nous cramponner désespérément. Je slalome à toute vitesse entre les véhicules, butant contre les trottoirs, éraflant mes rétroviseurs.

— Shayne ! s'écrie Brenner en pointant le doigt devant lui.

De l'autre côté du carrefour suivant se dresse un monolithe en marbre de douze mètres de haut que les citoyens de Détroit connaissent bien. Il marque l'entrée du centre municipal de la ville. À son pied se trouve une célèbre statue de bronze, l'Esprit de Détroit, symbole de la métropole par excellence. Plusieurs voitures de patrouille et un SUV noir de la police sont garés devant. En nous voyant approcher à fond la caisse, la masse de gens rassemblés sur la place fuit en panique vers les portes du centre municipal.

Plus de doute possible. La fausse voiture traverse l'intersection, droit vers la foule. Je me trouve dans son angle mort et, la seule idée qui me vient, c'est d'essayer de la « retourner », ce qui, pour un pilote du NASCAR, consiste à taper son concurrent par-derrière. Quand c'est bien fait, l'autre part en vrille. À cette vitesse, le moindre coup…

Nos voitures montent sur le trottoir. Les gens hurlent. C'est maintenant ou jamais. D'un coup de volant, je me rapproche de la Ford et – « bam ! » – cogne son pare-chocs. La voiture fait deux tours sur elle-même avant de partir en l'air dans un tonneau et, là, la bombe détone dans le coffre. L'explosion détruit le convoi policier garé sur la place et fait éclater des vitres sur huit des dix-neuf étages de la tour municipale. La carcasse de la voiture percute le monolithe comme un boulet de démolition. La grande dalle de marbre vacille, puis tombe dans une puissante secousse.

Je suis totalement désorientée. Nous sommes à l'écart du centre municipal, entourés de massifs méticuleusement taillés sur un terre-plein central de Woodward Avenue. Par je ne sais quel miracle, le moteur de mon Épave tourne toujours, au point mort. Mes pieds écrasent le frein et l'embrayage. Lentement, je relâche les deux pédales. Brenner pivote sur son siège pour regarder les lieux de l'attentat par la vitre arrière.

— Ce SUV…, dit-il en ouvrant sa portière. C'est celui du commissaire.

Évidemment. Parce qu'Arael Moaz ne fait jamais dans la subtilité. Son plan entier se dévoile à mes yeux à présent, et c'est aussi bête que de s'amener devant un agent de police pour lui flanquer son poing dans la gueule.

— Ne descendez pas. On doit y aller. Ce n'est pas fini.

Roulant au pas, je quitte le terre-plein dans un nuage de fumée noire, puis accélère progressivement à mesure que nous nous éloignons de l'attentat.

— C'est même le *début* de l'histoire.

— Quelle histoire ?

— La guerre d'Arael.

Dix minutes plus tard, alors que nous fonçons vers l'East Side, nos oreilles tintent encore.

Chapitre 21

Le soleil s'est couché. Je m'efforce tant bien que mal de rouler sans mes phares dans l'obscure prairie urbaine de Détroit. Il n'y a pas d'éclairage public aux environs des gares de triage. Pas de lune non plus pour l'instant. Parfois, je ne remarque un arbre qu'au dernier moment et dois piler pour que ma voiture ne soit pas emboutie.

Brenner met fin à son appel. Sans voir sa tête, je sens son regard sur moi.

— Pas de victimes au centre municipal. Quelques blessés à cause des éclats de verre, mais le monument a paré l'essentiel de l'explosion. (Il marque une pause pour me donner le temps d'assimiler l'information.) Si vous n'aviez pas été là, Shayne…

— Et le commissaire ?

— Il va bien.

— Non, je sais, mais pourquoi était-il là ? Ç'a un rapport avec l'assainissement des quartiers de l'East Side ?

— Oui, il sortait tout juste d'une réunion avec le Comité de santé et de sécurité publiques. L'attentat n'aurait pas pu être plus évident.

— Parce que c'est une invitation. Une provocation digne d'une cour de récré. Ils n'ont pas pris de grand risque, ils se moquaient bien en fin de compte d'avoir le commissaire, car, même leur cible manquée, le message reste clair. J'imagine que la camionnette blanche a conduit la police au quartier de Grandy ?

— Toutes les agences de l'État s'y dirigent en ce moment : la police du comté, celle de l'État, le FBI, l'ATF.

— Peu importe le nombre d'agences qu'ils enverront, Brenner. On parle d'un projet préparé pendant des mois, voire des années. Le quartier entier sera armé. Nous savons qu'ils ont des armes automatiques, et Dieu sait quoi d'autre. Sans compter ce labyrinthe de ruelles et d'impasses. C'est un piège.

— Les membres de la police de Détroit ont obtenu la garantie d'être en première ligne. Ils veulent mener les représailles.

— Ils seront reçus, croyez-moi. Et Arael Moaz verra son dernier vœu exaucé, une dernière escalade de violence. Tout le monde est content.

La voiture cahote sur les rails des voies ferrées.

— On y est, dis-je tout bas. Voilà le canal.

Si près du quartier de Grandy, je crains que même nos voix nous trahissent. Lentement, sans bruit, je guide mon Épave sur la pente érodée d'un vieux canal qui longe la frontière sud de l'East Side. Descendre dans cette fosse est un pari risqué, on ne trouvera peut-être pas de sortie, mais c'est le seul moyen de pénétrer dans le quartier sans nous faire remarquer. L'usine abandonnée d'Arael se situe à deux pas de là, au nord. Sans les hauts murs du canal qui nous entourent, nous l'apercevrions probablement déjà.

— Vous pensez qu'on peut avoir un hélico ?

— J'en ai requis un, m'informe l'inspecteur. Je leur ai fait part de votre plan, que nous serons planqués dans un parking à étages à l'autre bout de l'East Side. La police de Détroit a envoyé des guetteurs surveiller la zone depuis les airs, mais l'hélicoptère ne s'approchera qu'à deux minutes de notre arrivée. À ce moment-là, je leur envoie un message et ils interviennent.

— « Deux minutes » ?

— Ça suffira ?

Je ne réponds pas. Nous connaissons déjà la réponse : « Il faudra bien. »

Il m'indique un pan de mur éboulé sur le côté du canal. La pente formée par l'amas de terre et de roche est assez abrupte, mais je tente ma chance.

— Ça va faire du bruit. Je n'ai aucune envie de me retrouver coincée, donc je vais garder le pied au plancher de bout en bout.

J'accélère pour entamer la montée et, à la première grosse pierre rencontrée, enfonce la pédale. Mes pneus labourent la pente, si raide qu'on ne voit plus que le ciel. Après quelques chocs inquiétants sous le ventre de la voiture, nous atteignons le sommet, puis glissons au bas d'un talus jusqu'à une route criblée de nids-de-poule.

— La voilà.

La silhouette de l'usine se découpe, grande et sombre, sur le ciel nocturne. Sans doute trois rues plus loin, d'après mes estimations. Le quartier devient plus animé à mesure que nous approchons. Des gens courent dans l'ombre en communiquant entre eux par des sifflements. Au début, je suis convaincue qu'ils nous ont repérés et cherchent à nous encercler en se coordonnant avec leurs signaux. Mais ils disparaissent très vite derrière des vestiges de bâtiments.

Des phares nous rattrapent. Une Jeep pleine à craquer d'habitants armés de fusils automatiques. Un homme étreint ce qui ressemble à un lance-roquettes. Ils ralentissent à notre hauteur. Je serre le volant, prête à écraser l'accélérateur. Soudain, un éclair de lumière apparaît au loin, suivi d'une colonne de feu et d'une détonation tardive. Les hommes hurlent en frappant le toit et les portières de la Jeep, qui part en trombe vers l'explosion. J'entends des hélicoptères au loin.

L'ancienne usine automobile est pratiquement collée, à un ou deux mètres près, au parking à étages. Ou plutôt ce qu'il en reste. J'ai l'impression de conduire dans une cage thoracique : il ne reste que les os. Pas de murs, rien que des piliers et des rampes pour relier les niveaux. Je parcours le premier étage en observant le mur de fenêtres de l'usine à côté.

— Vous y voyez quelque chose ? demande Brenner.

Oui. Pas des masses, mais juste assez. La mosaïque de carreaux est d'un marron crasseux, entrecoupé çà et là de formes noires correspondant à des vitres manquantes ou cassées. Il me faut trois passages pour être sûre d'avoir identifié les bonnes fenêtres. Je manœuvre pour orienter le nez de mon Épave droit vers elles, puis recule au fond du parking. Passant au point mort, je me tourne vers Brenner.

— C'est quoi votre problème ?

— Pardon ?

— Voilà vingt minutes qu'on roule, on est au milieu d'une zone de guerre, et pas une seule fois vous ne m'avez demandé ce qu'on fiche ici.

— On suit votre plan. Vous avez une idée.

Certes, mais je suis maintenant pétrifiée à l'idée de foncer dans ce bâtiment et de voir une grande paire d'ailes noires m'y attendre.

— Ça briserait mon image d'héroïne si je vous dis que je me retiens de faire pipi dans ma culotte ? (Je dois vraiment être morte de trouille pour me montrer aussi sincère.) Bon, je vais être honnête avec vous. Si je fais ça, c'est uniquement pour prouver à Hillerman qu'elle se goure à mon sujet, et je me rends compte en le disant qu'elle savait sûrement que j'aurais cette réaction, donc elle gagne quand même. Vous et moi, on ferait mieux de s'embrasser, non ? Au cas où on y resterait ? Non ! Si je commence, je ne pourrai plus m'arrêter, et ce n'est vraiment pas le moment. On doit y aller tout de suite, avant que mes mains s'engourdissent. Mais que fera-t-on si Arael n'est même pas là ? ou si je me trompe de fenêtres ? Regardez-les, elles se ressemblent toutes.

Faux. Ce sont les bonnes fenêtres, je n'ai pas le moindre doute là-dessus. Je reconnais les vitres manquantes que j'avais vues quand nous étions dans la salle des trônes. Mais, ça, Brenner l'ignore. Il vérifie le chargeur de son pistolet.

— Eh bien… je ne sais pas, Shayne. Ce sont bien les bonnes fenêtres, non ?

— Oui, mais vous n'en savez rien.

— Peu importe, vous, vous le savez. Dites-moi juste ce que je dois faire.

Mon cœur bat à cent à l'heure. Une fois de plus, je vois à sa mine grave qu'il a une confiance aussi absurde qu'absolue en moi. À ce stade, ça ne me surprend plus vraiment, mais je reste abasourdie par l'effet que ça me fait. J'ai envie d'éclater de rire, de plaquer ma bouche sur la sienne, puis de le gifler. Je me sens téméraire, invincible. Je suis assez forte, assez intelligente, assez vive. J'ai les meilleures cartes en main sur ce coup. Mon corps entier vibre d'énergie contenue.

— Ferro se trompe sur vous, Brenner. Vous n'aspirez pas à être Batman. Le rôle de Robin vous convient tout à fait, pas vrai ?

Il se contente de me dévisager de son regard complexe. Je me frotte les mains.

— OK, appelez-moi Shayne encore une fois.

— C'est votre nom, non ?

— Oui, mais c'est différent quand vous le dites.

— Shayne.

Un frisson me parcourt. L'inspecteur m'observe d'un air interrogateur. C'est sans doute le moment d'y aller. Je lui donne quelques dernières instructions :

— Attrapez Arael. En le neutralisant, on neutralise aussi son influence, et la partie sera gagnée. On fait comme les SEALs de Hillerman, d'accord ? On ressort avant même qu'ils comprennent ce qui leur arrive. Dès qu'on aura repéré Arael, je veux que vous le chopiez et que vous l'emmeniez sur le toit. Peu importe ce qui m'arrive, vous devez vous concentrer sur cet objectif.

— C'est compris. Je m'en occupe.

J'ai une foi totale en lui.

— Donnez le feu vert à l'hélico. Deux minutes.

— « Deux minutes », répète-t-il en tapotant sur l'écran de son téléphone.

Mon Épave ronronne calmement. Le volant en cuir grince sous mes doigts tandis que j'affermis ma prise. Brenner appuie une dernière fois sur son portable et me dit :

— C'est bon.

Ces mots sonnent le départ.

Je démarre au quart de tour, rodée par des années de courses urbaines. Pas une seconde de patinage, rien qu'une poussée maximale qui nous laisse scotchés à nos sièges. Les piliers défilent à toute allure autour de nous. La voiture s'élance du bord. Un bref gémissement suraigu lorsque les pneus tournent dans le vide entre les deux bâtiments, puis nous percutons les fenêtres, qui éclatent dans un déluge de bris de verre. Le pare-chocs heurte le sol en béton en projetant des étincelles sur le capot. Je me mange le volant de plein fouet, la ceinture s'enfonce douloureusement dans mon cou. Après un dernier sursaut, mon Épave s'encastre dans le trône d'Arael Moaz.

Brenner bondit de voiture avant moi. Il tire deux coups de feu. Un homme bascule par-dessus une rambarde et tombe au rez-de-chaussée. Juste devant nous, en uniforme militaire, Arael se cramponne à deux mains à une table couverte de cartes. Notre arrivée surprise lui a provoqué une violente quinte de toux. De l'autre côté de la table, la démone aux cheveux noirs et l'homme à la toison d'ours réagissent : elle se précipite dans un couloir voisin tandis que lui hurle de rage en me voyant et reprend la forme de cet énorme loup au dos argenté. Il a le temps de faire deux grands bonds vers moi avant que je tire – « pan ! pan ! pan ! ». Il se ramasse, face contre terre. *Bonne nuit.* Encore une fois.

L'inspecteur est déjà aux prises avec Arael sur l'une des passerelles qui surplombent les ateliers. Le démon lui oppose une âpre résistance ; aussi, de temps à autre, Brenner le frappe au visage avec son arme. Très vite, Arael se retrouve avec le nez et la bouche en sang. Je cours aider le policier, mais, à peine mets-je le pied sur la passerelle qu'une ombre de six mètres d'envergure me recouvre. D'énormes serres me clouent soudain contre le garde-fou de la passerelle. Je parviens à me dégager au moment où le bec acéré de la harpie me frôle la joue. Mon pistolet m'échappe des mains et tombe dans les ténèbres du rez-de-chaussée. Sortant les griffes, je saisis la gorge de la créature d'un geste vif. Mes doigts s'enfoncent jusque dans les muscles de son cou. Elle lâche un cri strident et recule avec tant de force qu'elle tombe à la renverse en m'entraînant presque avec elle par-dessus la rambarde. Je lui lâche le cou pour m'agripper aux barres.

À présent tout au bout de la passerelle, Brenner pousse sans ménagement Arael par une porte donnant sur une plate-forme extérieure. *Super, encore un escalier de secours.* Le démon pousse des hurlements furieux. Quelque part en bas, la harpie répond à son appel par de violents battements d'ailes. Je vois son horrible silhouette éclipser la lumière des bougies posées sur la marée de vieilles voitures. Elle s'élève jusqu'aux fenêtres. « Gling ! » Elle brise les carreaux à coups de serres, sans parvenir à détruire leur cadre.

Du coin de l'œil, je vois une foule d'ombres se ruer vers moi. L'angoisse me tétanise de nouveau. Je sais que, si je regarde les fantômes, ils disparaîtront, mais je suis incapable de bouger, même les yeux. Ils m'encerclent. Un flot de murmures assaille mon esprit : *Oublie-le. Laisse Brenner se débrouiller. Tu ne peux rien faire de plus. Et puis tu ne veux pas voir ce qui va lui arriver. Il va mourir à cause de toi.*

Je tente de riposter en imposant mes propres pensées. Ma voix intérieure paraît faiblarde, incertaine : *Je n'abandonnerai pas Brenner. Il me fait confiance. J'y vais !*

Dès que je fais un pas vers l'issue de secours, les murmures s'intensifient : *Tu vas te tuer ! Elle t'écorchera vive !*

Je recule en tremblant, les yeux rivés sur la harpie qui continue de se jeter contre les fenêtres en faisant voler une pluie de verre. Encore un coup et le cadre cédera.

Trop tard! me narguent les ombres.

Non, je réplique. *Je dois agir ou mourir.*

Les paroles de Hillerman prennent le pas sur toutes les autres : *« Quand il faudra littéralement agir ou mourir... vous vous sauverez à toutes jambes. »*

Et, là, c'est le déclic.

Je pique un sprint vers la sortie de secours alors que la harpie prend une dernière fois son élan devant les fenêtres. J'enfonce la porte, utilise la rambarde de l'escalier comme tremplin et me jette dans l'obscurité au moment où les fenêtres éclatent en dessous. La harpie surgit dehors. À peine tombée sur son dos, je plante les griffes dans ses omoplates. Elle chute un instant, paniquée, avant de remonter en flèche.

Brenner traîne Arael vers le toit. Ils ont gravi deux étages lorsque la harpie fond sur eux. Je lui griffe le flanc, forçant son aile gauche à se rabattre. Nous tournoyons et nous écrasons presque sur les deux hommes. S'ensuit une folle mêlée de bras, de jambes, de plumes et de griffes. L'inspecteur s'évertue à repousser les serres de la harpie tout en empêchant Arael de s'enfuir. La démone cherche à me donner des coups de bec, battant des ailes, piétinant Brenner. De mon côté, je tente de lui griffer le visage et les yeux.

Soudain, elle reprend son envol à une vitesse prodigieuse. Un étage, deux étages. J'ai du mal à tenir. Mes griffes perdent prise. Nous dépassons le toit. La créature se met alors en tête de me désarçonner en se lançant dans un tourbillon qui finit par m'éjecter de son dos. Elle me rattrape par la cheville et, l'instant d'après – « bam ! » –, nous nous écrasons sur le toit. Je vois trente-six chandelles. Plusieurs de mes côtes se fracturent. Mes pieds me brûlent, et je me rends compte inutilement que je ne porte pas de chaussures. Qu'est-ce qui m'a pris de partir à la castagne sans chaussures ?

Je me sens soulevée dans les airs, pour être de nouveau projetée contre le sol dans la foulée. Mes poumons se vident sous la violence du choc. Pendant un moment, je suis certaine de connaître ma dernière heure. Je ne vois rien, je suis paralysée, incapable de respirer, le bec de la harpie va me transpercer le crâne d'un instant à l'autre. Mais alors, comme dans un claquement de doigts, un réflexe de survie primitif me fait aspirer une grande goulée d'air. Ma main part, mes griffes se fichent dans un mollet charnu au-dessus de ma poitrine. La patte se retire, mais j'enfonce mes doigts de plus belle dans le muscle, jusqu'à les refermer sur un os épais.

Tout s'accélère. Dans un effroyable cri de douleur, la harpie s'envole, m'emmenant avec elle. Des coups de feu retentissent – Brenner lui tire dessus. Je sens les balles lui perforer le corps. Cette fois, nous tombons en chute libre. Alors que je ne distingue plus le bas du haut, mon cerveau de renarde prend le relais – je *sens* où je dois aller – et je parviens à me hisser sur la harpie qui se tortille dans les airs. Nous nous écrasons sur le toit avec une violence inouïe, mais son corps me permet d'atténuer l'impact. Ce qui n'empêche pas mes côtes de me cisailler de douleur quand je m'écarte en roulant sur le côté, secouée d'une quinte de toux, la respiration sibilante.

Un hélicoptère noir se pose près de nous dans une bourrasque. À ma grande surprise, la harpie se relève et, sans protestation de ma part – rien à cirer, j'arrive à peine à respirer –, se laisse tomber du toit pour disparaître dans la nuit.

Les deux minutes les plus longues de toute ma vie.

Deux agents des forces spéciales sautent de l'hélicoptère avec gilets tactiques, lunettes de vision nocturne, fusils d'assaut et tout le toutim. Brenner leur confie Arael, puis accourt auprès de moi. Lorsqu'il m'aide à me relever, tout ce que je trouve à dire, c'est :

— Mes chaussures. (Pire.) Mon blouson ! J'ai laissé mon blouson des Tigers dans ma voiture. (Pire encore.) Ma voiture ! Je ne peux pas la…

— Laissez-la.

Comme je me débats, il m'empoigne par les coudes pour m'obliger à le regarder dans les yeux. Malgré un visage maculé de sueur, de crasse et de sang, ses yeux et sa voix ont conservé toute leur douceur quand il me supplie :

— Shayne, laissez-la.

Je cède. Ça suffit pour aujourd'hui. M'abandonnant contre lui, je le laisse m'emmener vers l'hélicoptère. Un troisième agent se tient devant nous. Il lève son fusil vers Brenner.

— Reculez ! Lâchez votre arme !

— Je suis de la police ! Brigade criminelle !

L'autre hurle sans l'écouter :

— J'ai dit lâchez-la tout de suite ! Allez !

Alors que Brenner jette son pistolet, l'agent spécial Hillerman descend soudain de l'hélicoptère – un appareil du FBI. Elle nous regarde fixement, ses lunettes de soleil sur le nez, tandis que ses hommes attachent et menottent Arael à bord. Brenner lui crie quelque chose, mais la colère me rend sourde. Elle tend le doigt vers le ciel. Un autre hélicoptère, cette fois aux couleurs bleu et blanc de la police de Détroit, vient faire du sur-place au-dessus de nos têtes. Notre navette. Nous partirons d'un côté, Hillerman de l'autre. Avec Arael Moaz.

— Nous en avons déjà parlé, Shayne ! vocifère-t-elle pour couvrir le mugissement des rotors. Vous ne pouvez pas gagner chaque fois !

Son équipe s'entasse dans l'appareil. Elle s'apprête à les rejoindre quand la colère me donne assez de force pour ignorer la douleur lancinante dans mes côtes et crier. Je me rappelle comment elle avait interpellé Arael Moaz en utilisant son vrai nom de démon. Je ne trouve rien de mieux que de faire pareil en hurlant :

— Charlotte Hayes !

Elle tourne la tête d'un coup. Nos yeux se croisent, les miens rouges de colère, les siens indéchiffrables derrière leurs miroirs noirs. Nous nous dévisageons ainsi un moment, peut-être plus long que ces fameuses deux minutes. J'ignore quelle interprétation donner à cet instant, mais tire néanmoins une certaine satisfaction de son ébranlement.

La belle affaire.

Elle grimpe à bord, et l'hélicoptère décolle.

Chapitre 22

Je ne vois pas Brenner pendant une journée entière après ces événements.

Nous faisons le trajet en hélicoptère ensemble, mais nous retrouvons ensuite au milieu d'une marée de policiers, et Nick Sublime s'empresse de me récupérer avant que quiconque puisse me poser trop de questions. Puis c'est le retour à la maison, avec ma mère qui me tombe sur le râble, alors que, tout ce que je veux, c'est dormir. Je me transforme en renarde, me réfugie dans les bois de Newport sous la racine d'un arbre (là où aucun rapace ne me verra), cale ma queue sous mon menton et m'écroule de fatigue.

Je me réveille douze heures plus tard, étonnée de ne pas avoir été dérangée pendant autant de temps. Cependant, j'apprends très vite de Ben que Nolan a posé ses fesses de coyote à l'orée des bois afin de refouler les curieux à grand renfort de grognements. Toujours aussi possessif. Ma mère exige des réponses. Ben se plaint des roues toutes rayées que la police lui a enfin rendues. La routine habituelle à la maison.

Il en va de même à l'Agence. Furieuse, Darla ne m'accorde qu'un regard noir perturbé par un tic nerveux, comme si c'était ma faute que Don Roman soit en taule et qu'il sortait avec elle uniquement pour garder une longueur d'avance sur l'Agence pendant qu'il fricotait avec des démons terroristes. Et Nick Sublime de m'annoncer que je dois m'écraser en plus devant la directrice West.

— C'est son travail de te remettre à ta place, Shayne. Et c'est le tien d'encaisser ses remarques sans broncher, et je dis bien « sans broncher ». N'ouvre pas la bouche.

— Je ne vois pas ce qu'elle pourrait avoir à me dire à part : « Putain de bon boulot, Shayne. Au nom de la ville de Détroit, laisse-moi te payer un sandwich. »

Je désigne la télévision accrochée au mur, qui diffuse des images de l'East Side filmées depuis un hélicoptère. De la fumée s'élève encore des bâtiments détruits au cours d'une guerre de trois heures. La police avait lancé son premier assaut dès que les radios ont annoncé l'arrestation d'Arael Moaz. Il a fallu deux heures supplémentaires aux forces de l'ordre pour se retirer. Trois agents ont été blessés, sans que leurs jours soient en danger.

Les démons de l'East Side ont tenté de prolonger le combat en attisant les flammes de la colère. Même sans leur chef, ils voulaient toujours leur guerre. Malheureusement pour eux, la police de Détroit avait étanché sa soif de vengeance, et il faut être deux pour se battre. La plupart des reportages mettent à présent l'accent sur les proportions catastrophiques que la guerre *aurait* pu prendre si Arael n'avait pas été appréhendé si vite. Les affrontements auraient duré des semaines.

Bref, nous entrons dans le bureau de la directrice, qui entame son laïus en parlant de l'équilibre délicat que nous tentons de conserver entre la protection des humains et le secret de notre existence. D'après elle, j'ai pris le risque inconsidéré de sauver le monde « devant tous les youtubeurs armés d'un portable ».

— Nous maintenons l'ordre parmi nos *semblables*, mademoiselle Davies, et cet objectif reste secondaire par rapport à la préservation du secret de notre existence.

— Oh ! parce que laisser des démons déclencher une guerre n'est pas *du tout* mauvais pour notre image.

Du coin de l'œil, je vois Nick se frotter le visage. Oui, je sais, j'ai oublié de me taire.

— Je comprends votre point de vue, mademoiselle Davies, mais les humains ne l'auraient pas vu de la même manière. Les démons n'ont, pour la plupart, aucune anomalie perceptible. Les humains n'auraient jamais attribué une cause surnaturelle à ce conflit.

— À mon avis, les gens auraient un peu tiqué en voyant un homme-bouc et un monstre-corbeau de trois mètres de haut avec d'énormes seins !

— Formes qu'ils ont uniquement adoptées quand *vous* les avez attaqués. Sans vos multiples interventions, cette histoire n'aurait été qu'une banale guerre de gangs.

— Il y aurait eu beaucoup de morts.

— Je ne le nie pas. Vous avez assurément sauvé de nombreuses vies…

Elle s'interrompt, puis s'enfonce dans son fauteuil, comme pour envisager un changement de tactique.

— Peut-être…, reprend-elle en joignant les doigts sous son menton. Il est possible que je n'aie pas abordé cette conversation d'une manière adaptée à votre sensibilité.

— Oh non ! pas de souci, j'adore me faire hurler dessus. Vraiment. *J'adore* que tout le monde y aille de son petit conseil sur la meilleure façon d'être moi.

Elle acquiesce lentement. Ses traits se détendent, sa voix s'adoucit.

— Reprenons depuis le début. J'aurais dû commencer par vous remercier. (Elle repousse la mèche grise parfaite sur son front.) Nonobstant les préoccupations qui peuvent rejaillir d'événements aussi fâcheux, l'issue de cette affaire n'en demeure pas moins positive. C'est une victoire, qui vous revient entièrement. Tout le monde vous l'accorde, Davies. Vous avez fait un sacré bon travail.

J'attends un « mais », qui finalement ne vient pas. Elle se contente de me dévisager avec bienveillance. Je jette un coup d'œil à Nick, qui tourne la tête vers moi, avant de reporter son attention sur la directrice. Nous sommes là, à nous regarder dans le blanc des yeux, et je n'ai absolument rien à dire. Complètement muette. Alors, oui, je me trouve maintenant un peu pathétique d'avoir attendu si désespérément ces félicitations, mais, en même temps, je sens une autre partie de moi-même, la plus importante, s'apaiser enfin et ne pas éprouver, pour une fois, le besoin de balancer une vanne en réponse.

On croirait que Nick vient d'assister à un miracle.

— Vous avez réussi, dit-il à la directrice. Regardez-la, juste… le silence.

Elle lève un doigt pour reprendre la parole :

— Cela étant dit…

Et voilà le « mais » ! J'en étais sûre !

— Cela étant dit, répète-t-elle en se penchant sur son bureau, maintenant que nous avons parlé de ce qui s'est passé, prenons un petit instant pour nous faire l'avocat du diable et imaginer ce qui *aurait* pu arriver.

— Facile. Le monde entier aurait vu des métamorphes affronter des créatures démoniaques dans le quartier de Grandy.

— C'est une possibilité, concède-t-elle. J'espère que vous comprenez, Davies, que c'est tout ce que je cherche à savoir. Si *vous* mesurez les conséquences potentielles de vos actes.

— Je comprends.

Elle n'a pas l'air convaincue.

— Prenez Arael Moaz, par exemple. Sans notre intervention, il aurait trouvé la mort dans une guerre contre la police, ce qui, en toute honnêteté, et malgré les pertes humaines qui en auraient découlé, aurait été préférable à la situation actuelle.

— C'est ce que vous auriez souhaité ?

Sa voix retrouve une certaine sévérité.

— À votre avis, que vaut-il mieux : un démon mort, ou un démon extradé à Washington ? Je ne m'attends pas à ce que vous saisissiez la complexité des relations entre nos mondes, mais imaginez que des extraterrestres viennent voir à quoi ressemblent les humains et choisissent Adolf Hitler comme sujet d'étude ?

— Mais Washington n'a pas qu'un seul sujet d'étude. Ils nous connaissent tous.

— Certes, mais auront-ils la même version de l'histoire ?

— Qui peut savoir ? Et puis, quand nous sommes arrivés sur le toit, Hillerman était déjà là. Elle aurait attrapé Arael avec ou sans nous.

— Nous n'en aurons jamais la certitude, n'est-ce pas ?

— Arrêtez deux minutes.

— Je reconnaîtrai néanmoins que nous avons de la chance que l'agent spécial Hillerman soit intervenue.

— Donc le FBI s'attribue tout le mérite de l'affaire ?

— Comment justifier sinon la rapidité avec laquelle Arael Moaz a été appréhendé ? Comment savions-nous que c'était lui le coupable ? Comment avons-nous fait le lien avec des indices si peu concluants ? Les déductions faites dans le cadre de l'enquête en paraîtraient presque *surnaturelles*. Trop de raccourcis que des humains n'entendraient pas. Le *Monolithe* par exemple. Pourquoi y être allés ? Quelle piste a bien pu vous conduire là-bas ?

— Des vampires.

— « Des vampires » ! Naturellement. L'affaire est close, contactez CNN. Vous voyez, nous ne saurions pas expliquer ce genre de trous dans l'enquête. Ces grosses empreintes voyantes que vous avez laissées partout sur votre passage. Et voilà que des enquêteurs traînent Henry Stadther dans leur salle d'interrogatoire ! Pourquoi a-t-il dissimulé le meurtre de deux serveuses originaires de l'East Side ? Comment diable l'inspecteur Brenner savait-il que la camionnette blanche se trouverait au *Don Roman Auto Plaza* ? Qui conduisait le tacot qui a percuté les terroristes devant le centre municipal ?

Mon cœur se brise de nouveau à la pensée de mon Épave, condamnée à pourrir dans cette usine abandonnée. Je ne la reverrai plus jamais.

— Vous parlez de la voiture qui a sauvé une foule de citoyens, dont le commissaire de police ?

— Il s'agit d'affaires *humaines*. Toute intervention de l'Agence doit rester invisible. Ils disposent de leurs propres forces de police. Ils n'ont pas besoin de notre aide.

— Mais quand des humains deviennent la cible d'occultes on obtient des gens comme Brenner ou Hillerman. Vous avez dit vous-même que nous aurons un gros problème d'image quand la vérité éclatera. Sans moi, Brenner ne connaîtrait du monde occulte que les monstres qui ont tué sa sœur pour s'en nourrir.

— *Si* la vérité éclate. Pas « quand ».

Je lance un coup d'œil à Sublime. Sans surprise, il refuse de croiser mon regard.

— Vous êtes sérieux, tous ? Mettez-vous d'accord au bout d'un moment ! Washington complote en vue de révéler notre existence, oui ou non ?

La directrice West secoue la tête.

— Une chose est sûre, ils n'auront pas besoin de révéler notre existence si nous laissons notre imprudence le faire à leur place.

La conversation tourne en rond. Ça me fatigue.

— Très bien, alors, laissez-moi deviner. Vous m'avez refourgué la mission ingrate de jouer les baby-sitters pour un agent fédéral parce que vous étiez tous au-dessus de ça et, mince ! j'ai tout fait foirer en *résolvant l'affaire de bout en bout*, donc maintenant il faut me virer. C'est bien ça ?

West lève le menton, sans répondre, puis glisse un regard à Nick Sublime.

— Tu te goures sur toute la ligne, me répond ce dernier. Tu n'es pas virée, Shayne. D'ailleurs, nous ne sommes pas les seuls à vouloir te recruter.

Mon sang bouillonne.

— Ne dis rien.

— L'agent spécial Hillerman a appelé quand tu dormais. Elle te renouvelle sa proposition de rejoindre son groupe d'intervention.

— Offre que nous avons déclinée pour vous, précise aussitôt la directrice.

— Merci, réponds-je avec sincérité.

Notre réaction fait grimacer Sublime. Décidément, on n'atteindra jamais l'unanimité sur quoi que ce soit tous les trois. Enhardie, j'ajoute :

— Et puis, si Hillerman peut le faire, nous aussi.

— Faire quoi ? s'enquiert Sublime.

— Recruter chez les autres. Je veux l'inspecteur Brenner.

Je n'avais pas prévu de faire cette demande. L'idée m'est venue sur le moment. Toutefois, maintenant que c'est dit, je n'envisage pas d'alternative.

— Il peut faire équipe avec moi. Il ne refusera pas si je le lui demande.

Après un bref échange de regards avec Sublime, la directrice répond :

— Nous en avons déjà discuté.

— Et ?

— Pour des raisons évidentes, nous avons certaines réserves. Nous ne pouvons pas tolérer, encore moins cautionner, une quelconque vendetta contre les vampires…

— Je comprends, la coupé-je. J'en suis consciente, et lui aussi. Ce n'est pas un problème, je vous assure. S'il voulait se venger, il serait resté à Chicago, vous ne croyez pas ? Il est venu ici pour échapper à cette tragédie.

Ce n'est qu'une hypothèse, bien sûr, mais ça paraît logique. La directrice approuve d'un hochement de tête.

— Quoi qu'il en soit, un humain au courant de l'existence de l'Occulte reste la responsabilité de l'Agence. S'il vient à représenter une menace…

— Tu seras tenue pour responsable, complète Nick.

— Oh ! pas de souci, je le tiens. Je le tiens, et il me tient bien aussi. Je l'ai à l'œil. Les deux yeux même.

— Il faut le surveiller de près, opine West avec un petit clin d'œil. Soyez constamment sur son dos, entendu ?

Nick ouvre la bouche, atterré.

— Mais c'est quoi cette discussion ? Pourquoi souriez-vous ?

Elle lui décoche un regard blasé.

— Parce que l'inspecteur Brenner est sublime, voyons.

— Avec un S majuscule, ajouté-je.

Nick se lève.

— Je vois. Ça promet.

— Pas si vite, l'arrête West. Donnez-lui le sésame.

J'ignore totalement de quoi elle parle, mais renchéris quand même :

— Ouais, donne-moi le sésame.

À présent d'humeur grincheuse (trop facile), il fourre une main dans la poche intérieure de son manteau et en sort un étui en cuir semblable à un portefeuille. Mon cœur bondit.

— Oh ! ce sésame-là, dis-je en considérant l'insigne tout ce qu'il y a de plus officiel de l'AFO. Du coup, je deviens un agent spécial, tout comme toi ?

— Non, aboie-t-il. Moi, je suis agent spécial *en chef.*

— Et ensemble, nous sommes… (je lui brandis mon badge sous le nez) Diablesse et Sublime, mesdames et messieurs !

Il quitte le bureau en poussant un soupir.

Trop facile.

Chapitre 23

À l'ouest du centre-ville, Vinewood Street traverse un quartier paisible qui, il y a quelques années encore, aurait été assez agréable, avec de petites pelouses soignées, des voitures propres garées dans des allées sans taches d'huile, de belles rangées de ces maisons jumelles étroites typiques de Détroit. En soi, le quartier est toujours paisible, mais on a déjà fait plus chaleureux. L'herbe pousse davantage dans les fissures du trottoir que dans les jardins, la moitié des automobiles sont en panne, et la plupart des maisons abandonnées.

Je frappe à une porte tellement gondolée que je pourrais glisser la main sous le battant. À ma grande surprise, j'entends un bruit de pas rapides et légers à l'intérieur. Une fillette noire, sans doute âgée de huit ans, écarte le rideau d'un oriel et m'observe d'un air méfiant. J'entends une femme lancer sèchement : « Va-t'en de là ! » Le bouton de porte se déverrouille et tourne, mais elle doit tirer trois fois dessus avant de parvenir à entrebâiller le vantail.

— Vous voulez quoi ?

Je lui donnerais la quarantaine bien tassée, peut-être un peu plus jeune sans l'air renfrogné. Je recule, les planches du perron grinçant dangereusement sous mes pieds.

— Pardon, je me suis sûrement trompée de maison.

J'espère qu'elle me corrigera, mais elle se contente de me détailler de la tête aux pieds avec ses yeux sévères. Elle attend que je tourne les talons pour dire enfin :

— Vous êtes Shayne Davies.

— Oui, madame.

Maintenant, je suis intriguée. Elle me connaît alors que j'ignore totalement qui sont ces gens et pourquoi ils habitent ici. Après encore un moment à me dévisager, elle reprend :

— Vous venez voir Brenner.

J'ai beau savoir que ce sont en réalité des questions, son ton n'a rien d'interrogateur. Si elle cherche à paraître intimidante, c'est réussi.

— Oui, madame. Il n'était pas au commissariat quand je suis passée.

Un nouveau silence s'ensuit, durant lequel elle semble se tâter pour savoir si elle va me laisser entrer. Puis, avec un soupir réticent, elle ouvre la porte.

La maison est en piteux état. Pas forcément sale, mais on s'attendrait à la voir s'écrouler sous les premières neiges. Des pans entiers de l'entrée sont dépourvus de placo, permettant de passer directement dans le logement voisin. Les plafonds s'affaissent – il n'y a d'ailleurs pas une ligne droite dans toute la demeure – et les sols sont en contreplaqué, sans moquette.

Dans la cuisine, un vieux monsieur avec une coupe afro grise regarde la télévision, assis dans un fauteuil roulant. En me voyant, il écarquille les yeux et pivote dans son fauteuil pour s'exclamer :

— Crévindiou !

— Ça veut dire : « Bonjour, beauté », me traduit la femme avec une moue ironique. Et aussi « en voilà un joli derrière », alors gardez vos distances. (Elle ne plaisante pas.) Il n'a pas beaucoup l'occasion de sortir.

Sans me quitter du regard, la fillette à la mine grave grimpe sur les genoux du papy. Ne sachant que faire d'autre, je souris en admirant sa masse de frisottis.

— J'aime beaucoup tes cheveux. Comment tu t'appelles ?

Pas de réponse.

— Elle parle pas, m'explique la femme, avant de hocher la tête vers une baie coulissante. C'est par là.

— Crévindiou, murmure derechef le petit vieux en me regardant traverser la pièce.

Dehors, je découvre une scène qui me fait sourire. Même si je ne vois pas son visage, je reconnais Brenner à sa collection d'ecchymoses. Torse nu, il est en plein dans un concours de pompes avec un adolescent qui l'emporte haut la main.

— Qu'est-ce qui lui est arrivé ? me demande la femme.

Sa question ressemble à un reproche – dans tous les cas, elle est convaincue que c'est ma faute.

— Vous parlez des contusions ? Une bagarre avec des drogués de l'East Side. Il va bien, ça fait partie du boulot…

— Pas les contusions, me coupe-t-elle. Pourquoi il n'est plus pareil ?

— Je ne… (Mon cœur se serre.) « Plus pareil » ?

— Écoutez, je sais pas depuis combien de temps vous le connaissez, mais ça fait maintenant six mois qu'on habite avec Brenner et je ne l'ai jamais vu rester à la maison plus de quatre heures, et encore, seulement pour dormir. Il ne vit que pour son boulot. Il le mange, le boit, le respire. Et Dieu sait que je suis la première à vouloir qu'il se consacre à son travail, rende la justice. Mais j'essaie aussi de le convaincre de faire des pauses, de prendre le temps. C'est peine perdue, il n'arrête jamais. (Elle désigne d'un geste le petit jardin.) Jusqu'à maintenant. Il a pris sa journée hier, et aujourd'hui aussi. Il s'occupe de la maison ! Il a essayé de réparer le toit. (Elle affiche un air désabusé, comme si c'était inimaginable.) Réparer le toit, bon sang ! Qu'on soit d'accord, je lui dois une fière chandelle. Je le respecte. Même s'il lui arrive d'être un gros bêta, je le vois toujours comme un homme. Mais pas un homme *à tout faire*, non, jamais de la vie ! Et pourtant il est là, à se balader avec son marteau, à taper à droite à gauche. D'après lui, sa sœur arrivait à réparer un tas de bricoles grâce à des vidéos sur YouTube, et je veux bien le croire, mais…

— Il a parlé de sa sœur ?

Elle arque un sourcil avec emphase.

— Tiens, parlons-en de sa sœur. Normalement, il ne prononce pas son nom à la légère, voire jamais. Maintenant, c'est Haley ci, Haley ça. Je vous le dis, il n'est pas lui-même. Alors n'allez pas me dire qu'il faut pas s'inquiéter. Quelqu'un lui a clairement foutu un gros coup sur la tête.

Le cerveau en ébullition, je repense à la conversation que je viens d'avoir avec la directrice West : *« Et voilà que des enquêteurs traînent Henry Stadther dans leur salle d'interrogatoire ! »* Si le maître vampire était au commissariat… s'il a vu Brenner…

Bien que consciente de mon impolitesse et du risque de la vexer, je ne reste pas écouter la suite de ses récriminations. J'ouvre la baie et me précipite dans le jardin.

Après cinq dernières pompes, l'adolescent se relève d'un bond en s'essuyant les mains sur son maillot de basket.

— Vaudrait mieux appeler les flics, pasqu'on est sur une scène de crime. Je viens de te tuer, mec !

L'inspecteur baisse la tête, à bout de souffle.

— Je voudrais t'y voir avec la moitié des côtes en miettes.

— Zéro souci. Les côtes en miettes, les jambes pétées, dans le fauteuil roulant de pépé, je te mettrais quand même une branlée.

L'adolescent l'aide à se relever, puis tous deux remarquent ma présence. L'expression de Brenner est difficile à déchiffrer. Sans doute parce qu'il n'en affiche aucune.

— Crévindiou, Brenner, lui souffle le gamin.

Son commentaire lui vaut une tape sur le ventre. En se dirigeant vers la maison, le garçon s'arrête pour me serrer la main.

— *Enchanté**, me salue-t-il avec un sourire éclatant et un accent français atroce.

La porte coulisse d'un coup, et sa mère lâche :

— Rentre, gros malin.

Son sourire s'évanouit, et il s'empresse d'obéir.

— Ils sont sympas, dis-je. Vous louez une chambre ici ?

— Non, c'est chez moi. Il leur fallait un logement, alors… C'est une longue histoire.

« Pour le prochain roman », il veut dire.

Nous nous dévisageons un moment en silence. En d'autres circonstances, j'aurais profité du spectacle (torse nu, avec un jean et une ceinture à outils), mais je ne peux que scruter ses yeux à la recherche du Brenner que je connais.

— Pas de blouson des Tigers ? demande-t-il.

Et, à son ton enjoué, je comprends que… ce n'est pas lui. Enfin, si, mais l'autre lui.

* En français dans le texte original. (*NdT*)

Je n'essaie même pas de masquer mon abattement. À cet instant, les rôles sont parfaitement inversés : Brenner est jovial, vif, le regard clair ; je suis fatiguée, démoralisée, les yeux rouges d'angoisse.

— Ça va ? s'enquiert-il en s'approchant.

— C'est ma faute, bafouillé-je. Je n'aurais pas dû vous quitter. Pas même une seconde, je... Mais tout s'est précipité à notre retour...

— Hé ! fait-il avant de me prendre par le coude et de fixer sur moi un doux regard, si insouciant, si *anormal* pour lui. Hé ! tout va bien. Stadther est passé au poste, il s'est excusé pour la conduite de ses hommes. Il y a eu un malentendu : quelqu'un avait tué deux de ses serveuses plus tôt dans la soirée, et je correspondais à la description. C'est pour ça que ses employés pensaient me reconnaître. Mais vous le saviez déjà.

— Je sais, mais quand même... (Des larmes me brouillent la vue.) Donc vous vous rappelez m'avoir accompagnée au casino, et ensuite... ?

— Ensuite pas grand-chose.

C'en est trop. Je veux partir. Fuir. Mais je reste. Je me rappelle le moment où je suis partie après la fusillade chez Dario. Brenner ne se rappelait même plus où il avait garé sa voiture, complètement désorienté, et je l'ai laissé sans hésiter un instant. C'était il y a deux jours seulement. Tout a changé. Je ne peux pas l'abandonner une seconde fois. Pas question.

— Je suis navrée.

— Pourquoi donc ? demande-t-il d'un air amusé.

Mon désarroi est tel que je ne sais même plus à qui j'en veux réellement. Un peu tout le monde, sans doute. La Terre entière. Tout le monde sauf Brenner.

— Vous ne vous souvenez vraiment de rien ?

Ses yeux oscillent entre confusion et inquiétude.

— Brenner, dites quelque chose. Je vous en prie… N'importe quoi.

Le froid me pique les yeux. Il s'approche encore, m'enveloppe d'un regard pénétrant.

— Vous avez menti.

— Je… quoi ?

— Vous aviez promis, mais vous ne le ferez pas, n'est-ce pas ? Vous m'aviez promis de me tuer si je perdais encore la mémoire, mais vous ne tiendrez pas parole.

D'un coup, mes peurs s'envolent. Et convergent vers mes poings. Je le frappe au torse.

— Espèce de salaud ! Oh, si, je vais vous tuer ! Pas plus tard que maintenant, donnez-moi un flingue !

Alors que je m'apprête à saisir le marteau à sa ceinture, il m'attire contre lui pour m'emprisonner dans ses bras. Sans hésiter, je l'imite et me cramponne à lui en collant ma joue à la sienne. Sa barbe de trois jours me râpe le visage.

— J'ai tenté de vous rendre visite, dit-il d'une voix grave que je sens vibrer contre ma poitrine. Hier, je suis venu chez vous, mais les gars…

— Nolan ?

— Oui, il est… ombrageux.

— Je sais.

Je ne vois pas quoi ajouter. Cet échange me rappelle que Brenner ne me connaît pas beaucoup en réalité. Nous ignorons encore tant de choses l'un sur l'autre.

Les événements nous ont précipités dans une folle journée – nos cœurs ont clairement pris le pas sur la raison. Nous faisons tout à l'envers.

— J'espère que vous ne m'en voulez pas d'être venue chez vous. J'ai quelque chose à vous demander, et ça ne pouvait plus attendre.

— Oh ! à ce point ?

Il tente de s'écarter, mais je resserre mon étreinte.

— Possible, ça dépend de votre réponse. Ça ne vous plaira peut-être pas.

— Hé ! c'est vous la patronne.

— Non. Plus maintenant. Je ne plaisante pas. Écoutez, vous avez raison, je n'arriverai jamais à vous abattre. Je ne tiendrai pas ma promesse, donc vous ne me devez rien, compris ? Je veux que vous fassiez ce que bon vous semble, pas parce que je vous l'ordonne.

— D'accord. Mais que voulez-vous que je veuille faire exactement ?

— Travailler avec moi. Genre, faire équipe. J'ai obtenu mon insigne. L'Agence a donné son approbation.

En dépit de mes efforts, il parvient à s'écarter.

— Oh ! fait-il sans grand enthousiasme.

Minute, minute. « Oh ! » C'est tout ce qu'il a à dire ?

— Vous n'auriez pas besoin de quitter votre travail, lui expliqué-je promptement. Vous continuez de faire vos trucs, je continue de faire les miens, mais on peut parfois… le faire ensemble.

Je me tais, déstabilisée par sa manière de m'observer. Ce regard complexe fera toujours battre mon cœur.

— Je suis partant, évidemment.

— D'accord.

— Mais il nous reste quelque chose à faire avant que j'accepte.

— Quoi donc ?

J'ignore où il veut en venir. Puis ses yeux verts se posent sur mes lèvres et il se penche vers moi. C'est à mon tour de faire :

— Oh !

Il m'embrasse. Aussitôt, toute étrangeté qui pouvait subsister entre nous s'évapore dans le souffle brûlant que nous échangeons. Il se laisse aller contre moi. Je viens à sa rencontre, agrippant son cou de mes mains glacées avec le petit gémissement d'un renard qui quémande. Je me rends compte que je sais tout de même une chose sur Brenner. Ce n'est peut-être pas le plus malin, ni le plus dégourdi, mais, quand il se décide enfin, c'est fini : il se donne à fond. Sa cohabitante a raison ; il a changé. Il ne ressemble à aucun des Brenner que j'ai connus, mais se situe un peu entre les deux. À vrai dire, ça ne me dérange pas cette fois de m'en attribuer le mérite, si c'est sa manière de me remercier.

Notre baiser s'achève aussi abruptement qu'il a commencé.

— Bien, murmure-t-il. Maintenant nous pouvons faire équipe sans passer notre temps à nous demander, vous savez…

Quoi ? Si un baiser produira des étincelles entre nous ? Parce qu'on connaît maintenant la réponse : « Oh que oui ! » J'en ai encore le tournis.

— Mais on peut quand même réitérer l'expérience, pas vrai ?

— Non.

Ce n'est pas pour me taquiner. Il est très sérieux. J'insiste :

— Mais si, on pourrait être coéquipiers le jour et amants la nuit.

Il arbore une grimace contrite.

— Ça ne marche pas comme ça.

— D'après qui ? Il n'y a pas de règlement qui l'interdit.

— Écoutez, vous m'avez demandé ce que je veux, et je veux travailler avec vous. On ne peut pas faire les deux.

— Et depuis quand on se soucie de ce que vous voulez ? C'est moi la patronne, alors je décide…

— Mais vous venez de dire !

J'ai envie de hurler. Pourquoi lui ai-je rendu sa liberté ? Quelle idée à la con ! Où est ce fichu marteau ?

— Soit, mais dites-moi une chose : comment ça se fait que vous refusez de tirer sur un chien alors que vous n'avez aucun problème à caillasser un renard, hein ?

— Ce n'est pas vous, Shayne. C'est moi.

— Ah non ! Je vous interdis de me sortir ce cliché.

— Très bien, alors j'ai un autre argument : on se connaît depuis à peine deux jours !

— Ah ! c'est vrai, j'étais censée attendre *trois* jours et, même là, j'aurais dû me contenter d'un texto amical ! Vous ne me ferez pas croire que c'est votre philosophie, d'ailleurs. Je parie que ça vient de Haley.

— Évidemment.

La lueur adorable qui brille dans ses yeux me fait oublier tous mes arguments. J'hésite entre un sourire et un froncement de sourcils. Impossible de rester fâchée contre lui.

— Donc, ce n'est pas moi ?

Il laisse échapper un long soupir plus éloquent que le plus élaboré des discours. Je devine un lourd passé derrière sa décision. Une histoire compliquée. Je me sens gênée tout à coup. En même temps, je m'attendais vraiment à tout connaître d'un homme en deux jours ? Si ça se trouve, il est marié. Toutefois, ce long soupir me dit aussi : « Ne me demandez pas tout de suite. Laissez-moi le temps. »

Le froncement de sourcils l'emporte sur mon visage.

— Vous n'avez jamais fait équipe, n'est-ce pas ? demande-t-il.

Son regard devient grave. L'ombre tourmentée réapparaît dans ses yeux.

— Et alors ?

— Alors… (Il secoue la tête tel un maître face à une élève naïve.) Alors des coéquipiers n'ont aucun secret l'un pour l'autre, et il y a une chose que je ne vous ai pas avouée à mon sujet.

Et mince ! il est marié. Il est marié ! ou… nooon ! pire encore.

— Vous avez un chien.

— Non. C'est au sujet de mon équipe.

Je le regarde sans comprendre.

— Fan des White Sox de Chicago jusqu'à ma mort.

Je ne peux réprimer un sursaut d'horreur. Les White Sox sont les ennemis jurés des Tigers. J'éprouve pour eux la haine viscérale qu'on réserve d'ordinaire aux araignées et aux autocollants qui ne s'enlèvent pas totalement. C'est fort généreux de sa part d'avouer ce défaut rédhibitoire pour atténuer le râteau que je viens de me prendre. Je lève les mains en signe de reddition.

— Finalement, on peut se contenter de faire équipe. Ça me va très bien.

Il me sourit. C'est la première fois que je vois ce Brenner-là afficher autre chose que de l'inquiétude ou du tourment. Une expression discrète, qui transparaît davantage dans ses yeux que sur sa bouche, comme un rayon de soleil qui perce dans un ciel gris. C'est bouleversant.

Oh ! je sens que ça ne va pas être de tout repos !

Achevé d'imprimer en décembre 2020
Par CPI Brodard & Taupin à La Flèche
N° d'impression : 3041070
Dépôt légal : janvier 2021
Imprimé en France
81123321-1